名家精注精评本

欧阳修集

刘扬忠 编选

凤凰出版社

图书在版编目（CIP）数据

欧阳修集 / 刘扬忠编选. -- 南京 : 凤凰出版社, 2014.10（2024.12重印）
（名家精注精评本）
ISBN 978-7-5506-2014-8

Ⅰ. ①欧… Ⅱ. ①刘… Ⅲ. ①欧阳修（1007～1072）—文学欣赏 Ⅳ. ①I206.2

中国版本图书馆CIP数据核字(2014)第208309号

书　　名	欧阳修集
编　　选	刘扬忠
责任编辑	郭馨馨　王淳航
封面设计	徐　慧
责任监制	程明娇
出版发行	凤凰出版社(原江苏古籍出版社) 发行部电话025-83223462
出版社地址	江苏省南京市中央路165号,邮编:210009
照　　排	南京凯建文化发展有限公司
印　　刷	唐山楠萍印务有限公司 河北省唐山市芦台经济开发区场部
开　　本	787毫米×1092毫米　1/32
印　　张	10
字　　数	208千字
版　　次	2014年10月第1版
印　　次	2024年12月第3次印刷
标准书号	ISBN 978-7-5506-2014-8
定　　价	89.00元

(本书凡印装错误可向承印厂调换,电话:022-69381996)

目　录

词　选

文　选

前　言

一、欧阳修生平及著作简介

欧阳修（1007—1072），字永叔，号醉翁，晚号六一居士，吉州永丰（今属江西省）人。他自称庐陵人，因为吉州原属庐陵郡。欧阳修出生于一个小官吏家庭，四岁丧父，生活陷于贫困。寡母郑氏甘守清贫，亲自教他读书，至以芦秆代笔，让他在沙上写字。郑氏还常对欧阳修讲述其父生前廉洁奉公、宽厚爱人的事迹。这种良好的家庭教育为欧阳修日后成为一代优秀政治家和文学家打下了基础。

宋仁宗天圣八年（1030），二十四岁的欧阳修进士及第，次年到洛阳任西京留守推官。在西京留守幕府，他与尹洙、梅尧臣等一批青年文学精英结为至交，互相切磋诗文。这次洛阳文友聚会，为日后由他发动的诗文革新运动预备了骨干力量。景祐元年（1034），召试学士院，受任宣德郎，充馆阁校勘。景祐三年，范仲淹上章批评朝政，被贬饶州。欧阳修为范仲淹辩护，被贬为峡州夷陵（今湖北宜昌）县令。

康定元年（1040），欧阳修被召回京，复任馆阁校勘，后知谏院。庆历三年（1043），范仲淹、韩琦、富弼等人推行“庆历新政”，欧阳修积极参与革新，提出了改革吏治、军事、贡举法等一系列主张。庆历五年，新政因保守派的打击破坏不幸夭折，范、韩、富等人相继被贬，欧阳修也被贬知滁州（今安徽滁州市）。次年在滁州自号“醉翁”。以后又改知扬州、颍州（今安徽阜阳）、应天府（今河南商丘）。至和元年（1054）八月，年已四十八岁的欧阳修奉诏入京，与宋祁同修《新唐书》。

嘉祐二年（1057）二月，欧阳修以翰林学士的身份主持进士考试，提倡平实的文风，录取了苏轼、苏辙、曾巩等优秀人才。这对北宋文风的转变很有影响。

嘉祐五年（1060），欧阳修拜枢密副使。次年转户部侍郎参知政事（副宰相），进封开国公。英宗治平二年（1065），上表请求外任，不准。此后两三年间，因被蒋之奇等人诬谤，多次辞职，都未获准。治平四年（1067），除观文殿学士，转刑部尚书，出知亳州。神宗熙宁元年（1068）八月，转兵部尚书，改知青州，充京东东路安抚使。次年，王安石实行变法。正在外州郡任上的欧阳修对“青苗法”持有异议，不予执行。熙宁三年（1070），除检校太保宣徽南院使等职，坚持不受。改知蔡州（今河南汝南县）。这一年，他改号“六一居士”。熙宁四年六月，以太子少师致仕，定居颍州。次年七月病逝于颍州，享年六十六岁。朝廷赐谥文忠。

欧阳修作为一代文宗，博学多才，诗、词、文创作和学术著述都成就卓著，为当时和后世所钦仰。他在文学创作上不但几乎是全能的，而且几乎是全优的，其诗、词、古文、辞赋、四六等创作在宋代都领风气之先，艺术水平均臻于一流。他不但是作家，还是文学理论家，其散文中有许多篇章就是文论；其《六一诗话》是古代诗歌理论批评史上最早以“诗话”命名的开创性的著作。在学术领域，他在经学、史学、金石学等方面都卓有成就。经学方面，他研究《诗经》、《周易》、《春秋》，能不拘守前人之说，提出自己的创见。他的史学造诣更深于经学，除了参加修撰《新唐书》225卷之外，又自著《新五代史》74卷，总结五代的历史经验，意在引为借鉴。他广泛收集周代至隋唐的金石器物、铭文碑刻，编辑成一部考古学的资料专集——《集古录》。他的著述，除了上述三种学术专著之外，其诗文结集今存《欧阳文忠公全集》，有明正德吉州刊本，明嘉靖三十九年刊本，清康熙吉水曾氏刊本；《欧阳文忠公集》，有《四部丛刊》影元刊本。

二、欧阳修诗、词、文创作的卓著成就和深远影响

欧阳修是文学创作的多面手，是有宋以来第一个在散文、诗、词各方面都成就卓著的作家。他的各类文体的创作中，以散文成就最高，影响也最大。

欧阳修是北宋诗文革新运动的领袖。他既是一代名臣，政治上有很高的声望；又是创作上的高手，其典范作品为同道所折服。以这种双重的身份入主当时的文坛，他自然能够一呼百应，团结同道，汲引后进，成功地倡导和推进宋代革新文风的运动。他自幼喜爱韩愈之文，后来写作古文也以韩愈、柳宗元为学习的典范，继承了韩柳古文运动的精神。但他并不盲目崇拜前人，他学习韩文，主要是取法其“文从字顺”的一面，对韩、柳古文已露端倪的奇险深奥倾向则弃而不取。他虽提倡古文，但对骈体文的艺术功能和成就并不一概否定，对“西昆派”杨亿等人的“雄文博学，笔力有馀”（《六一诗话》）也十分赞赏。他早年为了应进士试，对骈文下

过很深的功夫，同时又认真研读韩文，为日后的古文写作打下了坚实的基础。他的一生，以古文为主要的文体进行写作，但也充分注意形式的多样化，创作了相当数量的骈体文。他不仅能够从实际出发，提出平实的散文理论来指导文风革新，而且自己又以造诣很高的创作实绩，在同道和后辈中起了示范作用，从而开启了一代文风。

欧阳修传世的散文共有五百馀篇，各体兼备，有政论文、史论文、记事文、抒情文和笔记文等等。他的文章，无论是议论、抒情，还是记事，都是有为而作，有感而发。尤其是政论文，都直接关系到当时的政治斗争，充满着政治激情。例如早年所作的《与高司谏书》，尖锐地揭露和批评高若讷在政治上见风使舵的小人行径，斥责其“不复知人间有羞耻事”，是非分明，义正辞严，令人读之，禁不住击节赞赏。又如庆历年间所作的《朋党论》，针对保守派诬蔑范仲淹等人结为“朋党”的言论，旗帜鲜明地提出“小人无朋，惟君子则有之”的论点，引古论今，慷慨陈词，有力地驳斥了政敌的谬论，显示了政治革新派的凛然正气和过人胆识。他的史论文，虽与现实政治并无直接联系，但表现了作者对历史和人生的深刻思考，比如《新五代史》中的《伶官传序》、《一行传序》等，对五代的历史教训进行总结，并鲜明地表达了作者对历史事件、历史人物的褒贬态度，以及国家兴亡系于人事而不系于天命的正确历史观。此外，他的文集中有多篇为友人的文集所作的序言。这是一些将议论、记叙和抒情融为一体的作品，例如本书所选的《苏氏文集序》、《释秘演诗集序》、《江邻几文集序》等，不但对友人的文学业绩进行评述，而且抒写了对死生离合、盛衰成败的人生遭遇的深沉感慨，和他那些政论、史论一样，是为时为事为人而作的好文章。

欧阳修的记叙文，言之有物，形象鲜明，细节逼真，意境优美，耐人寻味。《五代史记》中的许多历史散文自不必说，即使是亭台记、哀祭文、碑志文等作品，也都有充实的内容和对环境、人物等精彩的描写。例如，《丰乐亭记》对滁州的历史故事、地理环境乃至风土人情等都有细致的描写；《王彦章画像记》从题目看是画像记，但主要不是写画像而是写五代名将王彦章其人，文章对王彦章的一生抓住自己感受最深之处着笔，侧重描写其忠节和善战，塑造了一个鲜活生动的历史人物形象。传世名篇《泷冈阡表》更是详细追忆父母的嘉言懿行，细节描写细腻逼真，人物形象栩栩如生。

欧阳修还是宋代笔记文创作的开启者。他的笔记文，有《归田录》、《笔说》、《试笔》等等。这些文章不拘一格，写得生动活泼，富有情趣，并常能描摹细节，刻画人物。其中，《归田录》记述了朝廷遗事、职官制度、社会风习和士大夫的趣事轶闻，还介绍自己的创作经验，具有史学、文学和文化等多重价值。

除了古文之外，辞赋和四六也是欧阳修擅长的文体。他对前代的律赋、骈赋进行了改造，变律体为散体，创造了文赋。其代表作如《秋声赋》，既保留了律赋、骈赋的铺陈排比、骈词俪句及设为问答等形式特征，又引进了散文笔法，呈现出自由流动的散体倾向。他对四六体也进行了改造和革新。宋初四六沿袭唐人旧制，“西昆体”诸家更是严格遵守李商隐等人的“三十六体”。欧阳修虽也遵守旧制用四六体来写公牍文书和书信，但他常常参用散体单行的古文笔法，且少用故事成语，不求对偶工切，从而给这种已趋僵化的骈四俪六的文体注入了新的活力。其《上随州钱相公启》、《谢致仕表》等都是宋代四六中的名篇佳作。

欧阳修的诗歌创作成就不及散文，但也很有艺术个性和时代特色，在宋诗中卓然名家。欧诗今存九百多首，题材广泛，风格亦多样。其中一些诗歌以社会现实为题材，反映人民疾苦，揭露社会黑暗，如《食糟民》揭露了种粮食的农民只能以酒糟充饥的不合理现实，《边户》描写了宋辽边境地区人民的不幸遭遇。另一些诗歌则议论时事，抨击窳败政治，如《奉答子华学士安抚江南见寄之作》等。其他如《明妃曲和王介甫作》、《再和明妃曲》，表现了诗人对妇女命运的同情，对昏庸误国的最高统治者的谴责。但他写得更多、也更成功的，是那些表现个人生活经历或抒发个人情怀、描写山水景物的诗。他的传世名篇《戏答元珍》、《晚泊岳阳》、《黄溪夜泊》、《春日西湖寄谢法曹歌》、《梦中作》、《丰乐亭游春》、《别滁》等等，便都是这样的作品。

欧阳修的诗在题材内容、艺术手法和风格追求等几方面受韩愈的影响较大。他十分重视韩诗“资谈笑，助谐谑，叙人情，状物态，一寓于诗而曲尽其妙”(《六一诗话》)的特点，在学韩时则主要是学习散文手法和以议论入诗。欧诗中的议论往往能与叙事、抒情融为一体，所以得韩诗畅尽之致而避免了其枯燥艰涩之失。如《明妃曲和王介甫作》、《再和明妃曲》等均议论精警而又富于情韵。欧诗的散文手法主要不是体现在句法上，而是借鉴散文的叙事手段，如《抒怀感事寄梅圣俞》叙写宴游经历，平直而周详，深得古文之妙。欧诗也学李白，这主要表现在以李白诗的清新流畅、雄奇豪放与自己特有的委婉平易章法相结合，形成了清丽飘逸、宛转流畅的欧诗主体风格。今人钱锺书对欧诗的创作经验及其对宋诗发展的影响进行总结道："梅尧臣和苏舜钦对他起了启蒙的作用，可是他对语言的把握，对字句和音节的感性，都在他们之上。他深受李白和韩愈的影响，要想一方面保存唐人定下来的形式，一方面使这些形式具有弹性，可以比较的畅所欲言而不致于削足适屦似的牺牲了内容，希望诗歌不丧失整齐的体裁而能接近散文那样的流动萧洒的风格。在'以文为诗'这一点上，他为王安石、苏轼等人奠了基础，同时也替道学家像邵雍、徐积之流开了个端。"(《宋诗选注·欧阳修小传》)

欧阳修也擅长写词。他在宋代词坛的地位虽不能和他在宋文、宋诗中的崇高地位相比，但也卓然自成一家。在词史上，他与晏殊齐名，号称"晏欧"。他的词今存 240 多首，是北宋前期存词较多的一家；其艺术质量也颇高，在当时是左右风气的重要词人。欧词最显著的特色，是一脱在古文中所经常表露出来的那种儒家大师"庄重"的面孔，而表现了风流蕴藉的情调。其主要内容仍然是"花间"派以来文人词常常描写的恋情相思、酣饮醉歌、惜春赏花之类，和同时期的晏殊的创作倾向大致相近。欧阳修作词，受五代词人尤其是冯延巳的影响很大，但是他能取冯延巳词写情深婉的一面，而摒弃了"花间"派的铺金缀玉，也没有那种浓腻的脂粉气息。他的词一般都写得清丽明媚，语近情深，比如本书所选的《踏莎行》(候馆梅残)，其上下片的最后两句"离愁渐远渐无穷，迢迢不断如春水"，"平芜尽处是春山，行人更在春山外"，通过春水喻愁、春山骋望的意象，把感情抒写得非常深挚。他极善于用清新疏淡的笔触来描绘自然景物,并在这些描绘中寄寓自己清通旷达的情怀。比如描写颍州(今安徽阜阳)西湖的组词《采桑子》十首,就写得恬静、澄澈,富于情韵,宛如一幅幅淡雅清新的山水画。他的写男女恋情的小词,摆脱了道学思想的束缚,任随真情自然流露,显得朴实而生动。例如写男女约会的名篇《生查子》(去年元夜时),就是这样的佳作。

欧阳修的词,虽然基本上是五代南唐词的延续,但比起同派的晏殊等人的词,已经有所开拓,有所创新。这主要表现在三个方面:一是对慢词的创制和尝试;二是部分作品口语化和以俚俗辞语入词;三是在传统的风格比较单一的专写艳情、闲情的婉丽小词之外,还创作了一些直抒自己的生活感想和士大夫"逸怀浩气"的清旷疏隽之作。如果说,前两点在与他差不多同时的柳永词中已经是十分突出的特点,因而不足为奇的话,那么第三点就是对北宋中期词体、词风革新的一种预示了。清末词论家冯煦认为欧词"疏隽开子瞻(苏轼),深婉开少游(秦观)",不是没有道理的。

三、关于本书的几点说明

欧阳修其人及其诗文,几百年来一直是古典文学研究、特别是宋代文学研究的一个重点,产生过许多研究成果。20 世纪 80 年代以来,单单是欧阳修的传记和诗文选本,就有好几种。本书并非白手起家,而是从选目、注释到艺术鉴赏都认真参考、吸纳或借鉴了古今这些研究成果。但本书并非研究专著,限于普及读物体例,除了"品评"部分的引文括注出处外,选目和注释中有参酌利用前人和时贤的研究成果之处只好不出注。特此说明。

本书选欧阳修诗55首,词45首,文41篇。入选作品所据均是通行本。个别有异文的,则择善而从,限于选本的体例,不加说明。

如上所述,欧阳修的文学创作成就,以散文为最高,其次才是诗和词。但按目前通行的作家选本的体例,本书仍按诗、词、文的顺序作目录编排。其中,诗编年排列;词因无法全部编年,只能按词牌排列;文则大致以赋、记、序、论、书、祭文、碑铭、四六、笔记等文体归类排列。

关于选目。本书以选欧阳修文学传播接受史上为历代选家和受众所公认的代表作为主,同时也尽量选入一些别家未选的佳作,以使读者更广泛地接触欧阳修的文学作品,并通过这些作品更多地了解欧阳修其人。

关于注释,以简洁明了为宗旨,力求重点突出,同时注意视野的开阔,适当介绍有关的历史背景和文化环境。

关于品评,以发挥个人见解为主,同时充分尊重一部欧阳修文学传播接受史,对历史上已有定评的代表作,尽量引用前人中肯的评论并注明出处。

本书虽力求做成精品,但经过努力仍感到未能尽如人意,诚恳地欢迎专家和读者多多批评指正。

诗 选

被牒行县因书所见呈僚友[1]

周礼恤凶荒， 轺车出四方。[2]
土龙朝祀雨，[3] 田火夜驱蝗。
木落孤村迥，[4] 原高百草黄。
乱鸦鸣古堞，[5] 寒雀聚空仓。
桑野人行馌，[6] 鱼陂鸟下梁。[7]
晚烟茅店月， 初日枣林霜。
墐户催寒候，[8] 丛祠祷岁穰。[9]
不妨行览物， 山水正苍茫。

【注释】

①被牒行县：指作者带着官府文书到西京河南府所属各县视察旱、蝗灾情。被，受。牒，官府文书。 ②周礼：书名，原名《周官》，也称《周官经》。西汉末列为经而属于礼，故有"周礼"之名。恤：救济。凶荒：灾荒。这句说：《周礼》上有救济灾荒的记述。轺(yáo)车：用一匹马拉的轻便马车。这句说，在周代，一发生灾荒，官员们就驾轺车到四方视察。言下之意是说自己学古代官员到下面视察灾情。 ③土龙祀雨：用泥巴团成龙的形状，祭祀求雨。④木落：指树叶脱落。迥：遥远。 ⑤堞：城墙上的齿状小墙。

⑥行馌(yè)：给在田里劳动的人送饭。 ⑦鱼陂：鱼塘。梁：水中筑堰捕鱼的设置，称鱼梁。 ⑧墐(jìn)户：用泥土涂塞门窗的孔隙。 ⑨丛祠：荒野中的神祠。祷岁穰(ráng)：祈祷来年丰收。

【品评】

这首五言排律是作者早期的作品，写于仁宗明道元年(1032)初冬，作者时年二十五岁。上一年，二十四岁的欧阳修通过科举进入仕途，被任命为西京(洛阳)留守推官。他刚到任的第二年，洛阳一带就遭受了严重的旱灾和蝗灾。欧阳修奉西京留守钱惟演之命，视察属县的灾情。本篇便是视察途中纪实之作。作者利用五言排律便于铺陈描写景物的对仗句式，穷形尽相地描绘出受灾农村的萧条凋敝景象。描写的重点是在灾后的荒凉之状和农家的具体活动两个方面。在这一幅初冬农村的风俗民情图画中，我们看到，灾后的农村，粮食欠收，田野一片荒凉，寒雀聚于空仓，鸟儿飞到干涸的鱼塘觅食。在枯树败墙围绕的村子里，农民们一方面修补破旧的房屋准备过冬，一方面还到丛林里的神祠中去祈祷，盼望来年无灾无难，有个好收成。全篇语言典雅凝重，形象鲜明生动，在看似纯客观的写景叙事中，青年诗人悲天悯人的情怀和对贫困辛劳的农民的可贵同情心已经跃然纸上了。

雨后独行洛北

北阙望南山，① 明岚杂紫烟。②

归云向嵩岭，[3] 残雨过伊川。[4]
树绕芳堤外， 桥横落照前。
依依半荒苑， 行处独闻蝉。

【注释】

①北阙：指洛阳北门城楼。 ②明岚：阳光照耀着的山间云气。 ③嵩岭：即五岳之一的中岳嵩山，位于洛阳的东南面。④伊川：水名，即伊河，出河南卢氏县东南，东北流经嵩县、洛阳，至偃师，入洛河。

【品评】

这首五言律诗是明道元年(1032)欧阳修任西京留守推官时所作。诗以画家的技巧描绘雨后独行登上洛阳城北门楼所见的自然风光，写景先写远景，次写中景，最后写眼前景，极有层次。前二联，写登楼纵目所见远景：城楼远对的南山包裹着晴岚紫烟，恍若海市蜃楼；更远处，云彩向嵩岭飘游，伊水上空尚有残雨飞洒，一派迷茫神秘景象。第三联，写中景：黄昏的洛阳城北、伊水岸边，树绕芳堤，桥横落照，景色何等绚丽！尾联则写近景：诗人眼前是一片半荒的旧苑，环境凄清幽寂，诗人独行其间，耳闻蝉鸣，更产生了一种孤寂幽单之感。此诗明显地学习了唐人王维山水诗的写景技巧，所以达到了“诗中有画”的境地。

书怀感事寄梅圣俞[1]

相别始一岁， 幽忧有百端。

乃知一世中，　少乐多悲患。
每忆少年日，　未知人世艰。
颠狂无所阂，[2]　落魄去羁牵。[3]
三月入洛阳，[4]　春深花未残。
龙门翠郁郁，　伊水清潺潺。
逢君伊水畔，　一见已开颜。
不暇谒大尹，[5]　相携步香山。
自兹惬所适，[6]　便若投山猿。[7]
幕府足文士，[8]　相公方好贤。[9]
希深好风骨，　迥出风尘间。[10]
师鲁心磊落，[11]　高谈羲与轩。[12]
子渐口若讷，[13]　诵书坐千言。
彦国善饮酒，[14]　百盏颜未丹。
几道事闲远，[15]　风流如谢安。[16]
子聪作参军，[17]　长跨破虎鞯。[18]
子野乃秃翁，[19]　戏弄时脱冠。
次公才旷奇，[20]　王霸驰笔端。[21]
圣俞善吟哦，[22]　共嘲为阆仙。[23]
惟予号达老，[24]　醉必如张颠。[25]
洛阳古郡邑，　万户美风烟。
荒凉见宫阙，　表里壮河山。
相将日无事，[26]　上马若鸿翩。
出门尽垂柳，　信步即名园。

嫩箨筠粉暗，[27] 渌池苹锦翻。[28]
残花落酒面， 飞絮拂归鞍。
寻尽水与竹， 忽去嵩峰颠。[29]
青苍缘万仞，[30] 杳霭望三川。[31]
花草窥涧窦，[32] 崎岖寻石泉。
君吟倚树立， 我醉欹云眠。[33]
子聪疑日近， 谓若手可攀。
共题三醉石，[34] 留在八仙坛。
水云心已倦， 归坐正杯盘。
飞琼始十八，[35] 妖娆犹双环。
寒篁暖凤嘴，[36] 银甲调雁弦。[37]
自制白云曲， 始送黄金船。[38]
珠帘卷明月， 夜气如春烟。
灯花弄粉色， 酒红生脸莲。
东堂榴花好， 点缀裙腰鲜。
插花云髻上，[39] 展簟绿阴前。[40]
乐事不可极， 酣歌变为叹。
诏书走东下， 丞相忽南迁。[41]
送之伊水头， 相顾泪潸潸。[42]
腊月相公去， 君随赴春官。[43]
送君白马寺， 独入东上门。
故府谁同在？ 新年独未还。
当时作此语， 闻者已依然。[44]

【注释】

①梅圣俞(1002—1060):名尧臣,圣俞是他的字。他是宣城(今属安徽)人。一生仕途不利,累举进士不第,中年才得“赐同进士出身”,官至尚书都官员外郎。欧阳修写这首诗之前,欧、梅二人曾同在洛阳钱惟演的西京留守幕府中任职。②无所阂(hé):无可阻挡。阂,阻隔。 ③落魄:同“落拓”,指不拘小节。羁(jī)牵:原指马笼头和缰绳,引申为世俗的束缚和牵绊。 ④三月入洛阳:指仁宗天圣九年(1031)三月,欧阳修到达洛阳就任西京留守推官。 ⑤大尹:州府长官。此处指钱惟演。 ⑥自兹惬所适:从此感到心满意快。惬,满足。适,快意。 ⑦便若投山猿:就像笼子里的猿猴被放回山。投,放。 ⑧幕府:地方军政长官的官署;这里指西京留守、兼判河南府钱惟演的府署。足:众多。⑨相公:指钱惟演。钱当时还有一个“同平章事”(同宰相)的官号,宋代凡加有此官号的地方军政长官叫“使相”,因此又称钱惟演为“相公”。 ⑩希深:姓谢名绛,字希深,时任河南府通判,后官至知制诰、知邓州军事,于宝元二年(1039)病死,终年四十五岁。迥出:远出。 ⑪师鲁:姓尹名洙,字师鲁,时为河南府户曹参军。 ⑫高谈羲与轩:喜欢谈论远古的传说和历史。羲与轩,伏羲氏与轩辕氏。 ⑬子渐:姓尹名源,字子渐,是尹洙的亲兄,时知河阳县,也有文名。讷:语言迟钝,不善讲话。 ⑭彦国:姓富名弼,字彦国,时为河阳签判,后来升迁很快,官至宰相。⑮几道:姓王名复,字几道,当时是一位秀才。 ⑯谢安:字安石,东晋政治家,年四十馀才出仕,官至宰相。这两句是说王几道像谢安尚未出仕时那样闲逸风流。 ⑰子聪作参军:杨子聪,生卒

未详，时任河南府户曹参军。 ⑱长跨破虎鞯(jiān)：作者《送杨子聪户曹序》说，杨子聪“常衣青衫，骑破虎鞯，出入府门下”。由此可见此人也是个不拘小节的人。鞯，马鞍。 ⑲子野：姓张名先，字子野，时为河南府法曹参军。秃翁：因脱发败顶，得了个“秃翁”的称号。 ⑳次公：指孙延仲，时任河南府判官。旷奇：阔大奇崛。 ㉑“王霸”句：是说孙延仲喜作政论文章。王霸，指王道与霸道。 ㉒吟哦：指作诗。 ㉓阆仙：神仙。阆，阆苑，仙人所居之境。 ㉔达老：当时洛阳幕府文士结为诗社，大家都起了号，如梅圣俞号“懿老”，尹洙号“辩老”，杨子聪号“俊老”，张先号“默老”等等，欧阳修自号“达老”。 ㉕张颠：即张旭，唐代书法家。传说他常常醉后作草书，每次都挥笔大叫，以头浸到墨水里，然后直接用头发书草字，因此天下称为“张颠”。 ㉖相将：相随。㉗箨(tuò)：竹笋上一片一片的皮。筠(yún)：竹的青皮，这里指竹子。 ㉘渌(lù)：清澈。锦：指鱼；鱼的别称叫锦鳞。 ㉙嵩峰颠：嵩山顶上。 ㉚缘：攀援。万仞：极言其高。仞，古代长度单位，七尺或八尺为一仞。 ㉛杳霭：远处的云气。三川：指黄河、洛水、伊川。 ㉜窦：山洞。 ㉝攲云眠：侧着身子睡在云朵上面。㉞三醉石：石名，在嵩山八仙坛上。石名为欧阳修所起。据作者《嵩山十二首·三醉石》诗序，作者与梅尧臣、杨子聪三人同游嵩山，坐在此石上饮酒至醉，叫梅尧臣写了三个“醉”字在石上，然后三人又在石上各题其姓名而刻之。 ㉟飞琼：传说中王母的侍儿。此处代指侑酒的歌女。 ㊱“寒篁”句：指歌女吹笙。篁，当作簧，指笙上的簧管。凤嘴，笙的吹奏口。 ㊲“银甲”句：指歌女弹筝。银甲，银制的假指甲，用以拨弦。雁弦，筝的弦柱排列似雁行，故其柱称雁柱，其弦叫雁弦。 ㊳白云曲：古曲名，此处用作作者所作歌词的代称。黄金船：一种船形的大酒杯。 ㊴云髻：高高的发髻。 ㊵簟（diàn）：竹席。 ㊶"诏书"二句：指仁宗明道二年（1033）五月钱惟演因事得罪，被罢"同平章事"（同宰相），贬到随州去当崇信军节度使。钱原有同平章事的官号，故称"丞相"；随州在汴京和洛阳的南面，故谓"南迁"。 ㊷送之：送钱惟演。潸（shān）潸：不断地流泪的样子。 ㊸随：随后，接着；指送别钱惟演之后。赴春官：指梅尧臣入京参加礼部会考。春官，礼部的别称。 ㊹依然：同依依；依恋不舍。

【品评】

这首叙事抒情的五言长诗作于仁宗景祐元年（1034），它是青年欧阳修怀念知心朋友梅尧臣的一篇忆旧之作，所忆写的主要内容是一年前他在洛阳与梅的相识及他们与一群青年朋友的愉快交游。全诗可分为三大段。开头四句为第一段，这是全诗的一个总帽，它点明题目中"感事"的内容是"幽忧"，正是与友人分别的相思之苦，使他感到人生在世"少乐多悲患"——这也就是本篇写作的缘由。从"每忆少年日"到"展簟绿阴前"这七十六句是第二大段，它是全诗的主要部分，意在回忆过去，极写一年前青年朋友们相聚时的无穷乐事，以此回应第一段中的"乐"字。这一大段又可分为四个层次：开头，写与朋友初交初聚的经过；其次，回忆对每位朋友的印象；第三，写探幽访胜之兴；第四，写歌舞宴乐之欢。如此层层铺叙，步步推进，将西京留守府的青年才子们的赏心乐事渲染得淋漓尽致。这里有意以乐景衬哀情——极力渲染往昔

"相聚"之乐,正是为了反衬而今"相离"之悲。第三大段从"乐事不可及"到全诗结束,共十四句,写"酣歌变为叹",抒发友朋离散后的苦闷心情,也就是作者在为洛阳之会的另一位友人张先所写的《张子野墓志铭》中说的:"知世之贤豪不常聚,而交游之难得为可惜也。"这是一首以叙事为主,兼带抒情、议论的长诗,它描绘了宋仁宗时期一批朝气蓬勃、奋发向上、豪放飘逸、充满自信的青年文学家的群体形象,展示了那一时期文人荟萃的历史生活画卷,对后人了解当时的文化特征和文坛风气很有认识价值。诗虽为欧阳修早期之作,但已经显露出欧诗的一些典型特征,比如:明显的散文化的倾向,感情的真挚浓厚,意境的开阔悠远,构思的奇特巧妙,叙事的委婉周详,等等。此外,音律的和谐优美与文字的朴素自然也是本篇的优点,诚如朱自清先生所评:"诗系少作,故排偶多,音律谐,无刻琢之句。"(《宋五家诗钞》)

初出真州泛大江作①

孤舟日日去无穷, 行色苍茫杳霭中。②
山浦转帆迷向背,③ 夜江看斗辨西东。④
滮田渐下云间雁,⑤ 霜日初丹水上枫。
莼菜鲈鱼方有味,⑥ 远来犹喜及秋风。

【注释】

①真州:宋代州名,即今江苏仪征。大江:长江。 ②杳霭:

远处的云气。 ③山浦：靠水的山脚。 ④斗：北斗星。 ⑤瀌(biāo)田：充满水的田。瀌，水流的样子。 ⑥莼(chún)菜鲈鱼：这是用晋人张翰因秋风起而思念家乡美食的典故。《晋书·张翰传》："翰因见秋风起，乃思吴中菰菜、莼羹、鲈鱼脍，曰：'人生贵得适志，何能羁宦数千里以要名爵乎？'遂命驾而归。"

【品评】

这首七律是仁宗景祐三年(1036)七月欧阳修贬官夷陵途中，乘船航行于真州江面上时所作。这一年五月间，政治改革家范仲淹因上书言事得罪了宰相吕夷简，被贬知饶州。仲淹政治上的同道和好友余靖、尹洙、欧阳修激于义愤，起来向朝廷抗争，也相继被贬谪出京。欧阳修被贬为峡州夷陵(今湖北宜昌)县令，距范仲淹被贬才十天。他离开汴京后，从水路出发，七月中旬到达真州，住了十多天，然后乘船溯大江西上。诗即作于初出真州的船上。诗人着意描写江面上的秋景，是为了排遣贬谪途中的孤独感和失落感，追求精神的解脱。所以前两联景中含情，境界幽寂而苍莽，以旅途之迷茫来反映抒情主人公心情之迷茫。后两联则笔势振起，写自己摆脱了孤独和忧伤，寻觅到了精神的慰藉。云雁之飞下水田，江枫之映日而丹，都是在暗示作者心情渐趋开朗。尾联秋风莼鲈之典的活用，更是表明诗人已经得到了精神的慰藉。此诗写得平易流畅，纡徐不迫，风格颇似其文。清人宋长白在论证欧阳修"诗似其文"时，即举本篇"山浦转帆迷向背，夜江看斗辨西东"一联为例，谓其"纡徐不迫，雅似其文境矣"(《柳亭诗话》卷二十九)。

江行赠雁

云间征雁水间栖，　缯缴方多羽翼微。①
岁晚江湖同是客，　莫辞伴我更南飞。

【注释】

①缯缴(zēng zhuó)：射取飞鸟的猎具。缯，一种用丝绳系住以便于射取飞鸟的短箭。缴，系在箭上的丝绳。

【品评】

这首诗是欧阳修在赴夷陵贬所的路途中，继《初出真州泛大江作》后所写的又一名篇。上一年的七月，他离开真州，乘船逆水西上，经江、黄、鄂三州，入洞庭，离夷陵越来越近。此时季节已是秋末冬初，水乡的景色越来越荒凉，作者的心情也越来越悲凉。当他看到云间水际一群群大雁时，免不了触景生情，于是写下这首将物拟人、借物抒怀的小诗。诗的首句写雁的行踪，次句写雁的遭遇，明写征雁，暗喻自己。征雁的云间飞翔、水边栖息的行止，有似于作者在江湖间奔波劳苦、风餐露宿的旅途生活；而雁群南飞途中所经历的"缯缴"之险，与欧阳修及其同道刚刚经受的政治打击与迫害，也有其共同之处。诗的第三句意思一转，直接点出作者与征雁之间同"病"(遭遇)相怜的关系。正是由于这种特殊关系，使他对征雁产生了一种特殊的感情。所以诗的末句对征雁呼唤道：既然我们遭遇相同，命运相近，那就请你莫辞辛苦，继续陪伴着我，飞到南方的夷陵吧！这一系列描写与倾诉，表面上显得平和，实际上却蕴含着多少沉痛和悲凉！全篇比兴深婉，形象鲜明，情感丰富，语言平易，风格含蓄，颇有唐人绝句的风味。

晚泊岳阳①

卧闻岳阳城里钟，　系舟岳阳城下树。
正见空江明月来，　云水苍茫失江路。②
夜深江月弄清辉，　水上人歌月下归。
一阕声长听不尽，③ 轻舟短楫去如飞。④

【注释】

①岳阳：也称岳州，即今湖南岳阳。　②失：消失，隐没。这句说月光之下江上水汽与空中雾霭相接，江上的来路隐没在一片苍茫之中。　③一阕(què)：一曲。指歌曲。听不尽：还没有听完。　④楫(jí)：船桨。

【品评】

这首诗也是欧阳修诗的名篇之一，为作者景祐三年(1036)秋九月赴夷陵贬所途中所作，写的是月夜泊舟岳阳城下的所见所感。诗的主旨，是抒发一个迁谪者的旅途思归之情，但全篇却句句写景，并无一字言愁，而羁旅之愁、思家之情却隐隐从景中透出。作者赴贬所途中所作《于役志》记载：九月“己卯（初四日）至岳州，泊城外”。诗即从这一天黄昏系舟城外树下而卧闻“城里钟”写起，至夜深不眠而倾听行舟者的“月下歌”止，留下了足以让人驰骋想象的漫长时间与广阔空间。同时在篇末以夜深时有意之“听”呼应篇首黄昏时无意之“闻”，暗示了自己处境之孤独和愁思之绵长。诗中写月色，轻描淡写，笔调空灵，境界全出，看似毫不费力，却是全篇营造抒情意境最具匠心、最显特色之处。通篇平易流畅，境美情长，而又饶有婉曲之致。方东树《昭昧詹言》卷二十二评欧阳修诗：“情韵幽折，往返咏唱，令人低徊欲绝，一唱三叹，而有遗音，如啖橄榄，时有馀味。”就是针对这一类作品而言的。

初至夷陵答苏子美见寄[①]

三峡倚岧峣，[②]同迁地最遥。[③]物华虽可爱，乡思独无聊。江水流清嶂，猿声在碧霄。野篁抽夏笋，丛橘长春条。未腊梅先发，经霜叶不凋。江云愁蔽日，山雾晦连朝。斫谷争收漆，[④]梯林斗摘椒。[⑤]巴賨船贾集，[⑥]蛮市酒旗招。[⑦]时节同荆俗，[⑧]民风载楚谣。俚歌成调笑，[⑨]摖鬼聚喧嚣。[⑩]（夷陵之俗多淫奔，又好祠祭，每遇祠时，里民数百，共馂其馀，[⑪]里语谓之“摖鬼”，因此多成斗讼。）得罪宜投裔，[⑫]包羞分折腰。[⑬]光阴催晏岁，[⑭]牢落惨惊飙。[⑮]白发新年出，朱颜异域销。县楼朝见虎，官舍夜闻鸮。[⑯]寄信无秋雁，[⑰]思归望斗杓。[18]须知千里梦，长绕洛川桥。[19]

【注释】

①苏子美：北宋诗人苏舜钦，字子美，是欧阳修的好朋友。②岧峣(tiáo yáo)：山峰高峻的样子。③“同迁”句：指为范仲淹事同时被贬的余靖、尹洙、欧阳修三人中，欧阳修要去的夷陵离汴京最遥远。按，余靖被贬为监筠州(今江西高安)酒税，尹洙被贬为监郢州(今湖北钟祥)酒税，此二州离汴京都较夷陵为近。同迁，同时被贬谪；贬官降职叫“左迁”。④斫(zhuó)谷：割稻。收漆：收取生漆。⑤梯林：架起梯子登上树；梯作动词用。斗：争先之意。椒：木名，子实称花椒，为调味香料。⑥巴賨(cóng)：古代巴人也叫巴賨(賨为川东、重庆和湖南西北部一带的一种少数民族)。贾(gǔ)：商人。这句是指从巴蜀来的船商云集于夷陵。⑦蛮市：少数民族的集市。蛮，古时对南方少数民族的通称。酒旗：旧时酒店门前悬挂的布招牌。⑧“时节”句：指夷陵的时令风俗与荆州一带相同。⑨俚歌：民歌。调笑：嘲戏取笑；这里应是指当地男女用民歌来谈情说爱。⑩禖(qí)鬼：民间祭祀完毕聚饮。禖，祭。⑪馂(jùn)：吃剩馀的食物。⑫投裔：贬谪、流放到边远之地。裔，边远的地方。⑬包羞：承受羞辱。《周易·否卦》：“包羞，位不当也。”指所作所为违义失正，一切只有耻辱。杜牧《题乌江亭》诗：“胜败兵家事不期，包羞忍耻是男儿。”分(fèn)：甘愿，理当。折腰：用晋陶渊明“不为五斗米折腰”典。⑭晏岁：“岁晏”的倒置，岁晚之意；指快到年底了。晏，晚。⑮牢落：孤寂苦闷，无所寄托。惊飙：令人惊心的狂风。⑯鸮

(xiāo):猫头鹰。 ⑰“寄信”句:用鸿雁传书的典故,说明夷陵地处边远,难以传递信息。 ⑱斗杓(biāo):古代指北斗七星柄部的三颗星。这里即是代指北斗星。 ⑲“须知”二句:意指自己对洛阳那一段生活十分怀念。洛川桥,代指洛阳。

【品评】

这首五言排律为景祐三年(1037)冬天在夷陵所作。全诗写景抒情,不但记叙描写了初到贬谪之地时的所见所感,而且寄寓着仕途遭到挫折的苦闷和对青年时期在洛阳那一段潇洒生活的怀念。诗可分为四个段落来赏析。第一段为开头四句,自述初到异地,不免引起了乡思愁情。第二段从“江水流清嶂”到“擦鬼聚喧嚣”,共十六句,具体描述夷陵的山川风情。这一段分量最重,其篇幅占全诗的二分之一。这是全篇的主干部分,也是最见作者写景叙事的艺术功力的部分。它以简练的笔触、清丽的色调,生动地描写出夷陵初冬时节的自然景色和土风民俗,散发出浓郁的生活气息,可以说是诗中有画。第三段为“得罪宜投裔”到“官舍夜闻鸮”八句,承上对异乡景色的描写而来,写被贬谪到蛮荒之地的屈辱和苦闷。第四段为最后四句,写思归的心情和对洛阳那段生活的怀念。本篇同以上所选的夷陵诸作一样,都是欧阳修青年时期的作品,具有他早期诗作共有的一些特点,正如朱自清先生在评论《抒怀感事寄梅圣俞》时所说的“诗系少作,故排偶多,音律谐,无刻琢之句”(《宋五家诗钞》)。

宿云梦馆[①]

北雁来时岁欲昏,[②] 私书归梦杳难分。[③]
井桐叶落池荷尽, 一夜西窗雨不闻。[④]

【注释】

①云梦:县名,今属湖北。馆:驿馆、驿站。 ②岁欲昏:即岁欲暮之意。一年将尽。 ③私书:指家信。归梦:梦中归家。杳:这里指渺茫不可分辨。此句语本李商隐《赠从兄阆之》诗:"私书幽梦约忘机。" ④井桐:指庭院里的梧桐树。因树的四周有井状的护栏,故名。池荷:池塘里的荷花。这两句说,梦醒后只见桐叶飘落,池塘里的荷花凋谢已尽,下了一夜的秋雨,自己在梦中竟充耳不闻。

【品评】

这首七言绝句大约作于作者贬官夷陵时。它的主题是表达对妻室的思念,立意从李商隐《夜雨寄北》诗"君问归期未有期,巴山夜雨涨秋池。何当共剪西窗烛,却话巴山夜雨时"化出,但章法有所不同,意象、情景也能自出机杼,写梦中、梦醒的情态和心理十分逼真而细腻。李诗像一封短信,好似用笔和妻子聊天;又像是今人在通电话,透过话筒回答妻子关于"何时回家"的询问。本篇却似一幅有声有色的秋夜独眠图画,这幅图画的含意要靠聪明的读者依据画面提供的信息去联想和想象。总的说来，李诗明白地点出盼望团圆之时与妻子共话今夜的念头，本篇却将这一层意思寄于言外。

戏答元珍①

春风疑不到天涯，② 二月山城未见花。
残雪压枝犹有橘， 冻雷惊笋欲抽芽。③
夜闻归雁生乡思， 病入新年感物华。④
曾是洛阳花下客， 野芳虽晚不须嗟。⑤

【注释】

①元珍：丁宝臣，字元珍，仁宗景祐元年(1037)进士，时任峡州(今湖北宜昌)判官。 ②天涯：与下句“山城”均指夷陵(今湖北宜昌)。 ③冻雷：春日之雷。因其时尚未解冻，故称冻雷。④物华：美好的景物。 ⑤“曾是”二句：意谓我曾在洛阳观赏过牡丹花，夷陵的野花虽然不如洛阳牡丹，而且开放较晚，但我也不必嗟叹了，因为毕竟有花可赏。

【品评】

本篇为仁宗景祐四年(1037)春二月在夷陵作，它抒写了作者谪居偏僻山城的寂寞抑郁以及自我排遣的情怀。其中虽然也有思乡之苦和病入新年的感伤，但总的看来并不过于愁苦和感伤，而善于自我开解，特别是诗的尾联，能以清通旷达的心态对待不如意的人生处境。诚如陈衍《宋诗精华录》所评："结韵用高一层意自慰。"这是欧阳修自以为得意的一首诗，可称为他的七律的代表作。特别是其首联二句，上句先写对山城春晚的感受和猜想，下句再补充说明引起这种感受和猜想的原因，两句相合，既叙写出作诗的时间、地点和山城早春的特殊气象，又点出了感伤的主题，并为下文的写景预作铺垫，意思曲折而连贯，故而作者自己也很欣赏，他解释道："若无下句，则上句何堪？既见下句，则上句颇工。"（《笔说·峡州诗》）元人方回评论说："以后句句有味。"（《瀛奎律髓》）试看接下来第二联写夷陵早春二月最有代表性的景物，描绘出一般人尚未察觉到的春之苗头；第三联写乡思兼写对于时光流逝景物变换的感受；尾联则忆往事，看眼前，作出自我宽解。好句联翩而出，诗情、画意与理趣兼具，体现了欧阳修诗歌流利畅达、清新自然的风格。

春日西湖寄谢法曹歌[①]

西湖春色归，[②]　春水绿于染。[③]
群芳烂不收，[④]　东风落如糁。[⑤]
参军春思乱如云，　白发题诗愁送春。[⑥]
遥知湖上一樽酒，　能忆天涯万里人，[⑦]
万里思春尚有情，　忽逢春至客心惊。
雪消门外千山绿，　花发江边二月晴。

少年把酒逢春色，　今日逢春头已白。
异乡物态与人殊，[8]　惟有东风旧相识。

【注释】

①西湖：指许州（今河南许昌市）西湖。谢法曹：指谢伯初，字景山，晋江（今属福建）人，天圣、景祐年间以诗知名，当时在许州任司法参军。宋代州府置录事参军、司理参军、司法参军等属官，统称曹官，司法参军即称法曹。　②归：回去，指春光将逝。　③绿于染：比染过的绿丝绸还绿。　④烂不收：指落花委地，到处飘散，难于收拾。　⑤落如糁（sǎn）：碎米粒，引申指散粒状的东西，这里形容飘落的花瓣。以上四句写想象中的许州西湖暮春景色。⑥参军：指谢伯初。春思乱如云：春天思绪缭乱，如同天空的云彩动荡不定。按，谢伯初曾先寄给欧阳修一首诗，其中有“多情未老已白发，野思到春如乱云”之句，这里便是针对谢伯初的这两句诗而发。　⑦天涯万里人：作者自指。因被贬在边远之地的夷陵，故如此自称。　⑧殊：不同，引申为“陌生”的意思。这句连同下句的意思是，夷陵的景色对我很陌生，只有春风依然和过去一样。

【品评】

这首古风也写于景祐四年（1037）春天。前一年十月，作者因为支持范仲淹的政治革新和范对保守派的斗争，写信痛斥保守派谏官高若讷，被降职为峡州夷陵令。友人谢伯初从许州寄诗安慰他，他便写这首诗作答。此诗着重表现朋友间的思念之情，也抒发了自己遭受贬谪、览物伤春的苦闷心情。诗的前半部分写想象中的许州西湖春景和谢伯初游湖的心情，实际上是含蓄地表达对友人寄诗安慰自己的这番情意的感激。后半部分通过对夷陵春天景物的描绘，抒写自己的苦闷。全篇融情入景，即景抒情，从写想象中的西湖春景自然过渡到写眼前的夷陵春景，可谓步步生春，不但情景历历如画，而且都与友人和自己的心境浑然一体。这首诗想象丰富，意境悠远，音节铿锵流利，情韵绵长，风格接近李白而稍逊其豪迈，是欧阳修自己比较得意的作品。他在《六一诗话》中特意提到这首诗，并说明诗中有些抒情句子的来头道："余谪夷陵时，景山方为许州法曹，以长韵见寄，颇多佳句。有云：'长官衫色江波绿，学士文华蜀锦张。'余答云：'参军春思乱如云，白发题诗愁送春。'盖景山诗有'多情未老已白发，野思到春如乱云'之句，故余以此戏之也。"

代赠田文初[1]

感君一顾重千金，　赠君白璧为妾心。
舟中绣被薰香夜，　春雪江头三尺深。
西陵长官头已白，[2]　憔悴穷愁愧相识。
手持玉斝唱《阳春》，[3]　江上梅花落如积。
津亭送别君未悲，　梦阑酒解始相思。[4]
须知巫峡闻猿处，[5]　不似荆江夜雪时。

【注释】

①田文初：田画，字文初，是欧阳修在夷陵期间结识的友人。作者《送田画秀才宁亲万州序》云："文初辞业通敏，为文敦洁可喜。岁之仲春，自荆南西拜其亲于万州，维舟夷陵。予与之登高以远望，遂游东山，窥绿萝溪，坐磐石。文初爱之，数日乃去。" ②西陵：即夷陵。西陵长官乃作者自指。头已白：已经衰老。按，作者这时才三十出头，说"头已白"是夸张地表明自己因遭贬谪而早衰。 ③斝(jiǎ)：古代一种盛酒的器皿。《阳春》：《阳春白雪》的省写，为古代楚国歌曲名。 ④梦阑：梦残，梦尽。 ⑤巫峡闻猿：为长江三峡中巫峡之一景。郦道元《水经注·江水》引巴东渔歌曰："巴东三峡巫峡长，猿鸣三声泪沾裳。"

【品评】

景祐四年(1037)仲春，田文初从荆南往万州(今重庆市万州区)探亲，途经夷陵，与欧阳修相见，欧乃作此诗以赠。这首赠友诗写得十分别致而含蓄。说"代赠"，是因为此诗是假托一个女子的口吻写成的。诗本身似是陈述田文初与一个女子的恋情，实际上是借这段可能是虚拟的恋情的陈述，表达贬谪中的作者对田文初来看望和安慰自己的感激之情。诗中的"君"，不用说是指田文初，而"妾"所表达的情意，实际上是欧阳修对田文初的情意。诗的开头，就隐隐表达了作者对田文初对自己的"一顾"的感激之情。而"舟中绣被薰香夜，春雪江头三尺深"二句，虽写的是男女欢情，语言稍涉绮艳，但也不妨用来喻示朋友相得之乐。"西陵"二句则是作者本人忍不住现身出来了。"手持"二句，明写男女离别，暗示朋友分手。篇末四句，设想离别后的境况，而且指明“君”所去的方向——穿过巫峡去万州，这更表明了作者对即将西去的田文初的依依不舍之意。虽然如此，我们还是可以把此诗当成一篇优美的恋爱故事来读。因为它叙事简洁生动，造境幽婉艳丽，而且饱含情韵，语言也富有光泽和暗示性，十分耐人寻味。清人方东树评论说：“此诗令人肠断，情韵真是唐人。加入中间一层，更阔大。收四句深折，唐人绝句法也。”（《昭昧詹言》卷十二）

黄溪夜泊[①]

楚人自古登临恨，[②] 暂到愁肠已九回。[③]
万树苍烟三峡暗，[④] 满川明月一猿哀。[⑤]
非乡况复经残岁，[⑥] 慰客偏宜把酒杯。[⑦]
行见江山且吟咏， 不因迁谪岂能来？[⑧]

【注释】

①黄溪：夷陵（今湖北宜昌）境内的一条溪水，具体地点已无考。 ②“楚人”句：夷陵在春秋战国时属楚国，楚人宋玉作《九辩》，中有“憭栗兮若在远行，登山临水兮送将归”，“坎廪兮贫士失职而志不平，廓落兮羁旅而无友生，惆怅兮而私自怜”等登临抒恨的句子，故云。 ③愁肠九回：形容忧伤至极。语出司马迁《报任少卿书》：“是以肠一日而九回。”回，回转之义。 ④三峡：指长江三峡（瞿塘峡、巫峡、西陵峡）。此句应是暗用杜甫《秋兴八首》其

一“玉露凋伤枫树林，巫山巫峡气萧森”诗意。 ⑤一猿哀：用巴东渔歌“巴东三峡巫峡长，猿鸣三声泪沾裳”（见《水经注·江水》）语意。 ⑥残岁：残年，指一年将终。 ⑦客：诗人自指。偏宜：最宜，最适合。 ⑧“行见”二句：大意是若不是被贬谪，就不能见到此地的好风景；所以不妨借江山之助，多作几首诗。行，且。吟咏，指作诗。

【品评】

这首诗作于欧阳修谪居夷陵期间。作者在此地创作颇丰，除了一些友朋赠答的名篇如《戏答元珍》、《春日西湖寄谢法曹歌》等之外，还写了一组歌咏夷陵风物和自己谪宦心情的《夷陵九咏》。本篇就是其中为人传诵的一首。它描画了峡川月夜的凄清景色以及作者在特定时空环境中复杂的心理感受。其中，“万树苍烟三峡暗，满川明月一猿哀”一联无论从意境之苍凉、色调之凄清、景物组合之巧妙还是从对仗之工、声律之美来看，都臻于上乘，是足为三峡风光生色的写景名句。然而作者此时此地写景是为了抒发感情，诗的前三联，都是为了宣泄自己谪宦之哀情的，所以写得凄怆悲凉，愁肠九回。结尾一联却奋力从悲哀之中解脱出来，达于通脱乐观的思想境界，显示了直面人生挫折的豁达气度。清人陆次云认为，这首诗的此种写法是“以见江山为慰，迁谪人善自遣心之法”（《宋诗善鸣集》评语卷上）。这种通过自我解嘲表现放达精神的写法，与唐人元稹贬谪越州时所作《以州宅夸乐天》中的“我是玉皇香案吏，谪居犹得住蓬莱”颇相类似。

古瓦砚

砖瓦贱微物，　得厕笔墨间。①
于物用有宜，　不计丑与妍。
金非不为宝，　玉岂不为坚？
用之以发墨，② 不及瓦砾顽。③
乃知物虽贱，　当用价难攀。④
岂惟瓦砾尔，⑤ 用人从古难！⑥

【注释】

①厕：厕身，参加进来的意思。　②发墨：研磨时出墨多而且快。作者所著《砚谱》指出，端砚虽名贵，“然十无一二发墨者”；真古瓦砚难得，但“凡瓦皆发墨”。　③ 顽：指质地顽钝，反而能出墨多而快。　④攀：比附，比较。　⑤尔：如此。　⑥“难”一本作“然”，“然”作“这样”解，亦通。

【品评】

这首咏物诗作于景祐四年(1037)夏天，时作者在夷陵。作诗的起因是：这一年夏天，欧阳修的友人谢伯初(字景山)从许州托人带了一封书信“并《古瓦砚歌》一轴，近著诗文又三轴”，到夷陵送给他(事见欧阳修《与谢景山书》)，欧阳修十分兴奋，写了七古长诗《答谢景山遗古瓦砚歌》相答，意犹未已，又写了这首五古以尽其兴。谢伯初的《古瓦砚歌》已经失传，我们只从欧的《答谢景山遗古瓦砚歌》中得知，此古瓦砚原是三国时曹操在邺都所建铜雀台废墟上的一块残瓦，经匠人镌刻而成砚台。那首诗只是就事说事，就物说物，叙述了自汉至魏晋时期历史的兴衰，交代了古瓦砚的来源，并抒发了对此奇物的宝爱之情。本篇却借物兴感，借题发挥，从瓦砚的功用生发开去，表达了作者在如何选拔人才这个问题上的观点。这是古代咏物诗中的一种创格，它不粘着于物的形貌，而是借咏物议论人事和寄寓哲理。宋诗的特点之一是以议论为诗，此诗即是以议论为诗的一篇代表作。

答杨辟喜雨长句①

吾闻阴阳在天地，② 升降上下无时穷。
环回不得不差失，③ 所以岁时无常丰。④
古之为政知若此， 均节收敛勤人功。⑤
三年必有一年食， 九岁常备三岁凶。⑥
纵令水旱或时遇， 以多补少能相通。
今者吏愚不善政， 民亦游惰离于农。
军国赋敛急星火， 兼并奉养过王公。⑦
终年之耕幸一熟， 聚而耗者多于蜂。
是以比岁屡登稔，⑧ 然而民室常虚空。
遂令一时暂不雨， 辄以困急号天翁。⑨

赖天闵民不责吏，[10] 甘泽流布何其浓！[11]
农当勉力吏当愧， 敢不酌酒浇神龙！[12]

【注释】

①这首诗为宝元元年（1038）在乾德（今湖北老河口市）作。杨辟：字里生平不详。一本“辟”作“子静”。“喜”一作“祈”。②“吾闻”句：意思是我听说阴阳两种力量在天地间交互运行。③环回：指阴阳升降、上下的循环。作者认为这种循环不可能毫无差误。 ④“所以”句：意思是阴阳循环有差误，就会造成灾荒，因而不可能年年风调雨顺，粮食丰收。 ⑤均节收敛：征收赋税要均匀，使用人力要有节制。 ⑥“三年”二句：意思是三年一定要馀一年之食，九年要预备三年是荒年。 ⑦“兼并”句：意思是兼并之家及靠人民养活的和尚与士兵，生活享受往往胜过王公。⑧比岁：连年。登稔（rěn）：丰收。稔，庄稼成熟。 ⑨号天翁：向天公呼号求雨。天翁，同天公。 ⑩闵民：怜悯人民。 ⑪甘泽：即甘雨，及时雨。 ⑫浇：洒酒祭献。

【品评】

这是一首揭露时弊、同情民生疾苦的政论诗。作者以景祐四年（1037）十二月自夷陵令改任乾德令，次年三月到任。到任不久就遇到了严重的旱灾。他的文集中有在乾德作的《求雨祭文》，记述了这次旱灾和祈雨的情况。本篇则作于祈雨得雨、旱情解除之后。从诗中的抒情和议论可以看出，年轻的欧阳修已经具有强烈的忧患意识，对时事政治有深刻的洞察力。诗作于灾害过去之后，又是和答别人的“喜雨”之作，可是诗人的心情一点也不轻松，他联想到了在这次灾害中受苦最深的农民，以及比自然灾害为祸更烈的时弊，于是在诗中发为议论，表达了他革新政治的强烈愿望。这首诗的内容，可以说是本书所选的作者那篇著名的政论文《原弊》的高度浓缩。在那篇文章中，作者指出北宋的时弊有三：一为“诱民之弊”，二为“兼并之弊”，三为“力役之弊”。这三项时弊，在这首诗中被概括为“今者吏愚不善政，民亦游惰离于农。军国赋敛急星火，兼并奉养过王公。终年之耕幸一熟，聚而耗者多于蜂”等句。所不同者，文中是直陈其事，而本篇则用诗的语言来表述而已。诗中对这些弊政的揭露是十分尖锐的。虽然作者一时还提不出革除弊政的有力措施，只是泛泛地要求执政者“均节收敛勤人功”，要求“农当勉力吏当愧”，但对于刚届而立之年的欧阳修来说，这已经是十分难能可贵的了。本篇虽然议论较多，但由于议论是带情韵以行，所以并不显得枯燥直白，具有一定的说服力和感染力。

水谷夜行寄子美圣俞①

寒鸡号荒林，　山壁月倒挂。
披衣起视夜，　揽辔念行迈。②
我来夏云初，　素节今已届。③
高河泻长空，④ 势落九州外。⑤
微风动凉襟，　晓气清余睡。

缅怀京师友，　文酒邈高会。[6]
其间苏与梅，　二子可畏爱。
篇章富纵横，　声价相磨盖。[7]
子美气犹雄，　万窍号一噫。[8]
有时肆颠狂，　醉墨洒滂霈。[9]
譬如千里马，　一发不可杀。[10]
盈前尽珠玑，　一一难柬汰。[11]
梅翁事清切，　石齿漱寒濑。[12]
作诗三十年，　视我犹后辈。[13]
文词愈清新，　心意虽老大。[14]
譬如妖韶女，　老自有馀态。[15]
近诗尤古硬，　咀嚼苦难嘬。[16]
初如食橄榄，　真味久愈在。
苏豪以气轹，　举世徒惊骇。[17]
梅穷我独知，　古货今难卖。[18]
二子双凤凰，　百鸟之嘉瑞。
云烟一翱翔，　羽翮一摧铩。[19]
安得相从游，　终日鸣哕哕？[20]
问胡苦思之？　对酒把新蟹。[21]

【注释】

①水谷：水谷口，在今河北顺平县西北。子美：苏舜钦的字。圣俞：梅尧臣的字。二人均为作者的好朋友。　②辔：马嚼子和

缰绳。行迈：远行。语出《诗经·王风·黍离》："行迈靡靡，中心摇摇。" ③素节：秋天。《初学记》卷三引南朝梁元帝《纂要》："秋曰白藏……节曰素节、商节。"届：到，来临。 ④高河：银河。泻长空：好像从天空倾泻下来。 ⑤九州：传说夏禹治水后将全国划为九州，后人因以九州代指天下或中国。 ⑥文酒：饮酒写诗作文。邈：远。 ⑦磨盖：同"摩戛(jiá)"，两件东西互相摩擦作响。这里指苏、梅二人在文坛名声都很响，难分高下。 ⑧万窍号一噫：形容苏舜钦的诗歌风格豪放，似乎把天地间的各种声音都聚集在一声感叹中了。万窍，指自然界的各种声音，古人认为它们都是从"窍"(洞穴)中发出来的。噫，感叹的声音。 ⑨"有时"二句：意谓苏舜钦性格狂放，酒醉时濡墨挥毫写诗作文，那气派好似大雨从天而降。滂霈(páng pèi)，大雨。 ⑩杀：同"煞"，收束，收住。 ⑪柬汰：挑选和淘汰。柬，同"拣"，挑选。汰，淘汰。 ⑫石齿漱寒濑：意谓读梅尧臣的诗如同用寒濑中的沙石漱齿，感觉十分清冽。这个典故出于《世说新语·排调》："孙子荆年少时欲隐，语王武子，当枕石漱流，误曰'漱石枕流'，王曰：'流可枕石可漱乎？'孙曰：'所以枕流，欲洗其耳；所以漱石，欲砺其齿。'"濑，沙石上的激流。 ⑬视我犹后辈：看来我自己好像诗坛后辈一样。这是作者自谦，目的是赞扬梅尧臣诗歌的老练和功力。 ⑭"文词"二句：这是倒置句，意思是心境虽然日渐衰老了，文词却愈加清新动人。 ⑮妖韶女：年轻的美女。自：却。馀态：指当年的风韵。 ⑯嘬(chuài)：咬，吃。 ⑰轹(lì)：原意为欺凌，引申为压倒、取胜。 ⑱"梅穷"二句：意思是梅尧臣穷困不得志的处境只有我最了解，他的诗和古代作家风格相类，现在很少有人能真正赏识。 ⑲翮(hé):本是鸟类羽毛下半部的硬管,这里指翅膀。铩(shā):摧残。 ⑳哕(huì)哕:本指鸾凤和鸣声。《诗经·鲁颂·泮水》:"鸾声哕哕。"此处指朋友间的诗歌唱和。㉑胡:为何,为什么。苦:很,非常。

【品评】

这首五言古诗,是庆历四年(1044)秋天,在河北都转运使任上的欧阳修奉命巡视河东路,归途夜经水谷口时,因想到在京师时的文酒高会,特意写了寄给两位好友苏舜钦、梅尧臣的。这首诗不仅抒写了作者与苏、梅二人之间的真挚友谊,更有意义的是,极为生动形象地描述出苏、梅两位齐名的诗人各自的诗歌风格特征,准确地评论了他们的诗歌创作成就,因而具有较高的诗论价值。虽是诗论,却不用抽象的语言和枯燥的概念来表述,而是用一连串生动的意象来加以描述。诗的前半部分叙事写景简洁利落,语言凝炼;中间的评论巧用多种比喻,把苏、美的诗风描绘得十分鲜明生动;结尾写对友人的怀念,饱含感情。全诗一气贯串,结构紧密,脉络清晰,用仄韵一韵到底,音节铿锵,声情并茂,是欧阳修五古中的上乘之作。

唐崇徽公主手痕和韩内翰[①]

故乡飞鸟尚啁啾,[②] 何况悲笳出塞愁。[③]
青冢埋魂知不返,[④] 翠崖遗迹为谁留?[⑤]

玉颜自古为身累，　肉食何人与国谋？⑥
行路至今空叹息，　岩花涧草自春秋。

【注释】

①崇徽公主：唐仆固怀恩之女。代宗时，与回纥和亲，大历四年五月，封为崇徽公主，出嫁回纥可汗。手痕：指崇徽公主手痕碑，在今山西灵石县。相传公主嫁回纥时，道经灵石，以手掌托石壁，遂留下手迹，后世称为手痕碑，碑上刻有唐人李山甫《阴地关崇徽公主手迹》诗。欧阳修《集古录跋尾》卷八《唐崇徽公主手痕诗》云："右崇徽手痕诗，李山甫撰。崇徽公主者，仆固怀恩女也。……大历四年，始以怀恩幼女为公主，又嫁回纥，即此也。"韩内翰：指韩绛，字子华，此时任翰林学士。宋人习惯称翰林学士为内翰，故云韩内翰。嘉祐三年至四年，梅尧臣、韩绛、欧阳修、刘敞等人先后对李山甫的《阴地关崇徽公主手迹》诗依韵唱和，诸人的和诗均流传下来，惟韩绛诗今已不存。　②啁啾（zhōu jiū）：鸟鸣声。　③悲笳：笳是古代一种管乐器，即胡笳，从塞北和西域一带传入中原，常用作军中号角，因其声悲咽，故称悲笳。　④青冢：指汉王昭君墓；相传昭君墓上草色长青，故称青冢。这里以"青冢"代指崇徽公主。　⑤翠崖遗迹：指崇徽公主手痕碑。李山甫《阴地关崇徽公主手迹》诗："一拓纤痕更不收，翠微苔藓几经秋。"此用其语。⑥肉食：指那些享厚禄的达官贵人。语本《左传·庄公十年》："齐师伐我，公将战，曹刿请见，其乡人曰：'肉食者谋之，又何间焉？'刿曰：'肉食者鄙，未能远谋。'"

【品评】

这是一首借古讽今的咏史诗。欧阳修对唐崇徽公主不仅怜其远嫁异域，哀其不幸，而且从政治的高度点明这一历史悲剧的根源——统治集团怯懦腐败，没有兴邦安边的良策，只会以“和亲”求得一时的苟安。作者写这首诗，并不纯然是发思古之幽情，而是以唐朝影射宋朝，讽刺与批评赵宋统治集团对北方强敌的侵扰一味苟且偷安、屈辱求和。特别是“玉颜自古为身累，肉食何人与国谋”一联，乃是一篇之警策，千古之高论。这两句议论虽是从李山甫原诗的“谁陈帝子和番策，我是男儿为国羞”一联引申发挥出来，但立意更高，辞锋更为犀利，讽刺更为尖锐。宋人对这两句诗极为推崇。如南宋初的叶梦得说：“此自是两段大议论，而抑扬曲折，发见于七字之中，婉丽雄胜，字字不失相对，虽昆体之工者，亦未易比。言意所会，要当如是，乃为至到。”（《石林诗话》卷上）朱熹更是赞扬道：“以诗言之，是第一等好诗；以议论言之，是第一等议论。”（《朱子语类》卷一百三十九）清人赵翼也点评此二句道：“此何等议论，乃熔铸于十四字中，自然英光四射。”（《瓯北诗话》卷十一）需要补充说明的是，这首诗不光这两句写得好，而是通体皆佳，浑成完美，达到了很高的艺术境界。比如从章法上看，全诗两度由古及今作大幅度跳跃，使得诗情波澜起伏，曲折跌宕；末联更以无情之岩花野草衬托路人的深情叹息，馀韵悠长，耐人回味。

哭女师[1]

暮入门兮迎我笑，朝出门兮牵我衣，戏我怀兮走而驰。

旦不觉夜兮不知四时，忽然不见兮一日千思。日难度兮何长？夜不寐兮何迟？暮入门兮何望？朝出门兮何之？恍疑在兮杳难追，髧两毛兮秀双眉。[②]不可见兮，如酒醒睡觉追惟梦醉之时。[③]八年几日兮百岁难期，[④]于汝有顷刻之爱兮，使我有终身之悲！

【注释】

①女师：欧阳修的女儿，名师。　②髧（kūn）：剃去头发。髧两毛，指女儿头上扎两个小辫，辫子周围的毛发剃去。　③追惟：追念。　④“八年”句：欧阳修于景祐四年（1037）三月与薛氏结婚，次年生下女儿师，庆历五年（1045）师夭亡，年龄为八虚岁。

【品评】

本篇大约作于庆历五年（1045）夏秋之间作者的八岁女儿师夭亡之时。这首诗在欧诗中可谓别具一格，它仿骚赋而谋篇，几乎每一句都用了楚辞常用的感叹语气词“兮”，造成一种缠绵哀惋、反复咏叹的抒情基调，淋漓尽致地宣泄了作者不幸丧女之悲情。但作者不是直抒胸臆，而是通过形象描写来寄寓悲情。诗中营造的是若干电影镜头般的片段梦境，在一连串跳接而成的镜头中出现的都是娇女生前可爱而鲜明的形象，这就使得所抒之情真切而深惋，具有感动人心的艺术魅力。由于此诗是仿骚赋体，又是通过写梦幻境界来悼念死者，宋末元初的评论家、欧阳修的庐陵老乡刘埙便把它和欧的借述梦而悼亡妻之作《述梦赋》连在一起来评论道：“以上两篇悲哀缱绻，殆骨肉之情不能忘邪？”（《隐居

通议》卷五《古赋》)

啼　鸟

穷山候至阳气生,[1]　百物如与时节争。
官居荒凉草树迷,　撩乱红紫开繁英。
花深叶暗耀朝日,　日暖众鸟皆嘤鸣。[2]
鸟言我岂解尔意,　绵蛮但爱声可听。[3]
南窗睡多春正美,　百舌未晓催天明。[4]
黄鹂颜色已可爱,　舌端哑咤如娇婴。[5]
竹林静啼青竹笋,[6]　深处不见惟闻声。
陂田绕郭白水满,　戴胜谷谷催春耕。[7]
谁谓鸣鸠拙无用?　雄雌各自知阴晴。[8]
雨声萧萧泥滑滑,[9]　草深苔绿无人行。
独有花上提葫芦,[10]　劝我沽酒花前倾。
其馀百种各嘲哳,[11]　异乡殊俗难知名。
我遭谗口身落此,　每闻巧舌宜可憎。
春到山城苦寂寞,　把盏常恨无娉婷。[12]
花开鸟语辄自醉,　醉与花鸟为交朋。
花能嫣然顾我笑,　鸟劝我饮非无情。
身闲酒美惜光景,　惟恐鸟散花飘零。
可笑灵均楚泽畔,　《离骚》憔悴愁独醒。[13]

【注释】

①候：时令；这里指春天。②嘤鸣：鸟叫。③绵蛮：鸟叫声。④百舌：鸟名，即画眉鸟。⑤黄鹂：鸟名，即黄莺。哑咤(yā zhà)：鸟叫声。如娇婴：像娇小的女孩儿说话。按，这个比喻苏舜钦也用过，其《雨中闻莺》诗云："娇呆人家小儿女，半啼半语隔花枝。"⑥青竹笋：鸟名。⑦戴胜：鸟名，即布谷鸟。谷谷：象声词，指布谷鸟的叫声。⑧"谁谓"二句：鸣鸠，即斑鸠。拙，指斑鸠不会造巢，常占鹊巢而居，民间因称斑鸠为拙鸟。知阴晴：据传斑鸠能预知阴晴，古谚说："天欲雨，鸠逐妇；天既雨，鸠呼妇。"⑨泥滑滑：鸟名，即竹鸡。⑩提胡芦：鸟名，又叫提壶鸟。⑪嘲哳(zhāo zhé)：鸟声嘈杂。⑫娉婷：美女，指歌妓。⑬灵均：即屈原，屈原字灵均。离骚：屈原的代表作品。憔悴愁独醒：用屈原故事。《史记·屈原列传》："屈原至于江滨，被发行吟泽畔，颜色憔悴，形容枯槁。渔父见而问之曰：'子非三闾大夫欤？何故而至此？'屈原曰：'举世皆浊，而我独清；众人皆醉，而我独醒。是以见放。"

【品评】

这首诗是庆历六年(1046)在滁州所作。这是欧阳修到滁州后在诗中第一次直接提到自己被贬谪，即所谓"我遭谗口身落此"。文学史上一般的发政治牢骚的作品，多半都忍不住直抒胸臆，往往刻露直白，一泻无馀，缺少艺术感染力。本篇却能力避这种倾向，而采用形象化的手段来抒发感情。具体来说，它是以啼鸟来引导、宣泄作者受诬陷遭贬谪后的苦闷和牢骚的。此诗的艺术形象描写十分成功，它写春天里各种鸟儿的啼叫，写得有声有色，观察极为细腻，想象极为丰富，而且妙用拟人的手法，赋予鸟儿以人的情性，由此自然而然地引发出诗人自己的情绪。全诗用赋法来铺写物象和抒发感情，由鸟及人，连接自然，层次清楚，语言平易，音节流畅，读来有行云流水般的美感，体现了欧诗的主体风格。

游琅玡山[①]

南山一尺雪，　雪尽山苍然。[②]
涧谷深自暖，　梅花应已繁。
使君厌骑从，[③]　车马留山前。
行歌招野叟，　共步青林间。
长松得高荫，　盘石堪醉眠。
止乐听山鸟，[④]　携琴写幽泉。[⑤]
爱之欲忘返，　但苦世俗牵。
归时始觉远，　明月高峰巅。

【注释】

①琅琊山：在滁州城西南约十二华里，为皖东风景名胜。②雪尽山苍然：雪融化了，山露出了它青苍的本来面目。　③使君：作者自称。汉代州刺史称使君，宋代知州相当于汉代州刺史，故欧阳修以此自称。骑从：车马随从。　④止乐：停止奏乐。

⑤携琴写幽泉：带着琴来，让它弹奏出像幽谷泉水流淌那样美妙的声音。写，谱写，这里指作曲来弹奏。

【品评】

这首五古为庆历六年(1046)初春在滁州所作。全诗记叙了一场春雪融化过后游览滁州风景名胜琅琊山的经历，表现了作者在贬谪生活中力求超脱世俗、寻求精神慰藉的强烈愿望。诗分两个段落。第一段，从开头到“携琴写幽泉”止，共十二句，写游山的经过和乐趣。作者以自己的脚步所至为线索，用朴素而简练的笔触，依次描写春日琅琊山的苍峰、暖谷、青林、长松、山鸟与幽泉之美，不用藻饰，不加烘染，一幅山林春游图已如在纸上，而诗人的幽情雅韵也已洋溢于其间。结尾四句是第二段，即景抒情，表达了超越世俗、回归自然的愿望，“明月高峰巅”一句，以景结情，象征自己所追求的高远精神境界。全诗采用诗词中最常见的先景后情的章法，运用委婉平易的叙事风格，却恰到好处地写出了特定客观环境中的特定人物心态。

石篆诗(并序)

某启：近蒙朝恩守此州。州之西南，有琅琊山唐李幼卿庶子泉者。某在馆阁时，方国家诏天下求古碑石之文集于阁下，因得见李阳冰篆庶子泉铭。[①]学篆者云：阳冰之迹多矣，无如此铭者。

常欲求其本而不得，于今十年矣。及此来已获焉。而铭石之侧，又阳冰别篆十馀字，尤奇于铭文，世罕传焉。山僧惠觉指以示予，予徘徊其下久之不能去。山之奇迹，古今记述详矣，而独遗此字。予甚惜之。欲有所述，而患文辞之不称。思予尝爱其文而不及者，梅圣俞、苏子美也。因为诗一首，并封题墨本以寄二君，乞诗刻于石。

寒岩飞流落青苔，旁斫石篆何奇哉！② 其人已死骨已朽，此字不灭留山隈。③ 山中老僧忧石泐，④ 印之以纸磨松煤。欲令流传在人世，持以赠客比琼瑰。⑤ 我疑此字非笔画，又疑人力非能为。始从天地胚浑判，⑥ 元气结此高崔嵬。⑦ 当时野鸟踏山石，万古遗迹于苍崖。⑧ 山祇不欲人屡见，⑨ 每吐云雾深藏埋。群仙飞空欲下读，常借海月清光来。嗟我岂能识字法，见之但觉心眼开。辞悭语鄙不足记，⑩ 封题远寄苏与梅。

【注释】

①李阳冰：字少温（一作仲温），唐赵郡人。为李白族叔。他是著名的书法家，尤长于篆书，笔致清峻，学秦李斯而能独创一格。②斫（zhuó）：砍削。这里意为雕凿。 ③山隈（wēi）：山的曲折处。④泐（lè）：石头被水冲击而出现裂纹。 ⑤琼瑰：美玉。 ⑥胚：孕育。浑判：指天地剖分。 ⑦崔嵬：山高峻的样子。这两句说，

从天地孕育到分开的过程中，分出一股元气，凝结成这个高山上的奇迹——石篆。 ⑧“当时”二句：意谓万古以来，除了偶尔有野鸟飞来踩踏山石外，人迹罕至，所以石崖上的这些字迹才能保存下来。⑨山祇（qí）：山神。 ⑩辞悭：语言贫乏。这是欧阳修的谦辞。

【品评】

这篇七言古诗也是庆历六年（1045）在滁州所作。作为金石学家的欧阳修对前代遗留的富有文化意味的石刻、石屏、石砚之类有一种特殊的爱好，在诗文中屡见吟咏。他在滁州琅琊山得见唐代书法名家李阳冰篆字铭石，这在金石学领域是一件大事，他因此而兴奋之情不能自已，遂作此篇寄给友人梅尧臣、苏舜钦以求和诗，打算一并刻石作为纪念。此诗写法是学习韩愈的那首咏物名作《赤藤杖歌》。宋代诗评家陈善将本篇和欧阳修的另外三首咏石屏的七古长诗《菱溪大石》、《紫石砚屏歌》、《吴学士石屏歌》一起与韩诗《赤藤杖歌》对比，认为“其法盖出于退之”（《扪虱新语》下集卷二）。本篇从章法之开阖跌宕、想象之奇诡丰富、风格之激壮雄豪和用语造句之散文化等方面来看，都深得韩诗七古的神髓。另外，此诗是题石之作，却用了题画诗的写法，所以显得别致。方东树《昭昧詹言》点评此诗说：“起叙，以下却起棱。此与题画同。‘当时’二句偷退之。”

题滁州醉翁亭①

四十未为老， 醉翁偶题篇。②

醉中遗万物,[3] 岂复记吾年!
但爱亭下水, 来从乱峰间。
声如自空落, 泻向雨檐前。
流入岩下溪, 幽泉助涓涓。[4]
响不乱人语, 其清非管弦。
岂不美丝竹? 丝竹不胜繁。
所以屡携酒, 远步就潺湲。[5]
野鸟窥我醉, 溪云留我眠。
山花徒能笑, 不解与我言。
惟有岩风来, 吹我还醒然。

【注释】

①诗为庆历六年(1046)在滁州作。醉翁亭:滁州名胜古迹,在琅琊山后,为欧阳修在滁时所建。详见后《醉翁亭记》及其注。②"四十"二句:庆历六年欧阳修正好四十岁;他也是从这一年开始自称"醉翁"。 ③遗:遗忘,忘记。 ④涓涓:水细流不绝的样子。 ⑤潺湲:水慢慢流的样子。

【品评】

这是一首借客观景物描写来抒发主观感情的诗。欧阳修诗集中直接以"醉翁亭"为题的诗,只此一篇,可与他的同题的散文名篇《醉翁亭记》对照阅读欣赏,从中可见诗与文表情达意之异同。这一诗一文,所写的都是同一个亭子,但从写作主旨到具体描写内容以至风格特征都有很大不同。《醉翁亭记》是散文，散文宜于详尽地写景叙事，所以从醉翁亭周围环境写起，再写到亭本身，又写四时景色的不同和一天之内景色的变化，最后淋漓尽致地铺写滁人和太守在这里的游乐。该文虽也有主观抒情的成分，但毕竟是客观描写和叙事的成分居多。本篇是抒情诗，以抒写主观感情为主，所以一开始就写自己，点明自号“醉翁”的缘由；接下来的写景，都是为了抒情，所以并不全面铺开，而是特意选取那一股流过亭下的山间幽泉来描写，借以寄寓自己的幽怀雅趣。《醉翁亭记》更多地体现了作者迂徐委备、从容不迫的散文风格，本篇则较典型地代表了欧诗清丽流畅、疏旷飘逸的特色。清人宋长白评点说：“欧阳公《题醉翁亭》曰：‘野鸟窥我醉，溪云留我眠。山花徒能笑，不解与我言。惟有岩风来，吹我还醒然。’有行云流水，自得其乐之意。”（《柳亭诗话》卷三十）虽是就篇末六句而言的，但也可用来概括评论全诗。

幽谷晚饮[①]

一径入蒙密，[②] 已闻流水声。
行穿翠筱尽，[③] 忽见青山横。
山势抱幽谷， 谷泉含石泓。[④]
旁生嘉树林， 上有好鸟鸣。
鸟语谷中静， 树凉泉影清。
露蝉已嘒嘒，[⑤] 风溜特泠泠。[⑥]

渴心不待饮，　醉耳倾还醒。
嘉我二三友，　偶同丘壑情。
环流席高荫，　置酒当峥嵘。
是时新雨馀，　日落山更明。
山色已可爱，　泉声难久听。
安得白玉琴，　写以朱丝绳。⑦

【注释】

①幽谷：在滁州城西约一里许的大丰山北麓，为欧阳修所发现。其地之幽谷泉今尚存，又名紫薇泉。　②径：路。蒙密：草木繁茂的样子。这里即指草木丛。　③翠筱：绿色小竹。　④泓：这里指潭。　⑤嘒(huì)嘒：蝉鸣声。语本《诗经·小雅·小弁》："菀彼柳斯，鸣蜩嘒嘒。"蜩，蝉的别名。　⑥溜：急流。泠(líng)泠：清凉。　⑦"安得"二句：意谓应该携带白玉琴到这里来，将幽谷泉声谱为琴曲。朱丝绳，指琴弦。

【品评】

这首五言古诗是庆历六年(1046)初游滁州幽谷时所作。滁州幽谷和幽谷泉，是欧阳修发现的。他的散文《丰乐亭记》这样记述发现经过道："修既治滁之明年夏，始饮滁水而甘。问诸滁人，得于州南百步之近。其上丰山耸然而特立，下则幽谷窈然而深藏，中有清泉，滃然而仰出。俯仰左右，顾而乐之。于是疏泉凿石，辟地以为亭，而与滁人往游其间。"本篇即是用诗的语言和诗的表现方法，具体而生动地描绘这一发现幽谷、游览幽谷的经过。

但它又不是纯客观地写景和记游，而是像上一篇《题醉翁亭》诗那样，通过对山间幽泉的描写，寄寓自己的旷逸怀抱和幽情雅趣。全诗格调清丽，意境清幽，有如作者精心描写的那条幽谷泉一样美。为了突出景物的清幽和诗人怀抱的清逸，所有的形容字都经过了精心的选择：草木用"蒙密"，竹子称"翠筱"，山曰"青山"，谷叫"幽谷"，树木散发出来的气息是"凉"气，水面的风给人的感觉是"泠泠"……。如此等等，可以说是调动诸多艺术手段，创造了一个能够令人移情的审美境界。

重读徂徕集[①]

我欲哭石子，　夜开徂徕编。
开编未及读，　涕泗已涟涟。[②]
勉尽三四章，　收泪辄忻欢。[③]
切切善恶戒，　丁宁仁义言。
如闻子谈论，　疑子立我前。
乃知长在世，　谁谓已沉泉？[④]
昔也人事乖，[⑤]相从常苦艰。
今而每思子，　开卷子在颜。
我欲贵子文，　刻以金玉联。[⑥]
金可烁而销，　玉可碎非坚。
不若书以纸，　六经皆纸传。

但当书百本，　传百以为千。
或落于四夷，　或藏在深山。
待彼谤焰熄，[7]放此光芒悬。
人生一世中，　长短无百年。
无穷在其后，　万世在其先。
得长多几何？　得短未足怜。
惟彼不可朽，　名声文行然。[8]
谗诬不须辨，　亦止百年间。
百年后来者，　憎爱不相缘。[9]
公议然后出，　自然见媸妍。[10]
孔孟困一生，　毁逐遭百端。
后世苟不公，　至今无圣贤。
所以忠义士，　恃此死不难。[11]
当子病方革，[12]谤辞正腾喧。
众人皆欲杀，　圣主独保全。
已埋犹不信，　仅免斫其棺。[13]
此事古未有，　每思辄长叹。
我欲犯众怒，　为子记此冤。
下纾冥冥忿，[14]仰叫昭昭天。[15]
书于苍翠石，　立彼崔嵬巅。[16]
寻求子世家，[17]恨子儿女顽。[18]
经岁不见报，　有辞未能诠。[19]
忽开子遗文，　使我心已宽。

子道自能久，吾言岂须镌！[20]

【注释】

①徂徕集：欧阳修的友人石介的文集。石介(1005—1045)，字守道，因家在徂徕山(今山东兖州境)下，人称徂徕先生，文集也以此为名。②涕泗(sì)：眼泪和鼻涕。涟涟：泪流不止的样子。③辄(zhé)：即，就。忻(xīn)欢：快乐、喜欢。忻，同“欣”。④沉泉：沉埋在地下，指已经死亡。泉，黄泉，指地底下。⑤乖：不顺，抵触，背离常理。⑥刻以金玉联：把(石介的)文章刻在金和玉之上。⑦谤焰：指那些诽谤和诬陷石介的言论。⑧“惟彼”二句：意谓世间只有文人的名声可以不朽，这是因为他们有文章流传下来。⑨“百年”二句：意谓后人不会沿袭前人的偏见来决定自己的爱憎。缘，沿，顺着。⑩媸妍：美和丑。⑪恃：依赖，倚仗。此：指反映在文章中的道德和节操。⑫革(jí)：病危。⑬“已埋”二句：这是说的一件冤案：石介死后，奸臣夏竦向宋仁宗诬告说，石介其实没有死，被富弼派到契丹借兵去了，富弼准备做内应。仁宗将信将疑，派人去兖州准备开棺验尸。由于参加过石介丧事的数百人具结保证石介确实已死，才得仅免开棺。⑭下纾冥冥忿：下为死者解忿。纾，缓解。冥冥，昏暗幽深的阴间。⑮仰叫昭昭天：抬头上呼青天(为死者鸣冤)。昭昭，明亮；昭昭天，犹言“青天”。⑯崔嵬巅：指徂徕山头。⑰世家：即“家世”，指家庭历代功业、门阀、谱系等等情况。⑱顽：这里指愚顽、蠢笨。⑲报：回答。未能诠：无法下笔写文章。诠，原为说明解释之意，这里指写成文章。⑳镌(juān)：在金石上雕刻

文字。

【品评】

这首著名的政治抒情诗是庆历六年(1046)秋天在滁州所作。此诗写作的背景是:上一年的七月,欧阳修的友人、支持和歌颂过“庆历新政”的石介病逝于家中。石介死后都不得安宁,被权奸夏竦诬告私通契丹,甚至要被开棺验尸。对石介的诬陷如果得逞,那么保守派就可以借端株连,将“庆历新政”的推行者与支持者全部置于死地。由此可见,对石介的诬陷,实际上是保守派为反对新政而精心策划的一个政治阴谋。作为“庆历新政”的拥护者和参加者,欧阳修写这首诗,就是要想通过为石介辩诬雪谤而保护“庆历新政”诸君子。他在此时为石介纾忿,实际上就是为“庆历新政”的夭折纾忿。因此这首诗虽然议论连篇,但却情感真挚而饱满,论辩充分而有力。宋人许颉《彦周诗话》评论说:“欧阳文忠公《重读徂徕集》诗,英辩超然,能破万古毁誉。”

画眉鸟[①]

百啭千声随意移,[②] 山花红紫树高低。
始知锁向金笼听, 不及林间自在啼。

【注释】

①庆历七年(1047)春在滁州作。题一作《郡斋闻百舌》。

②啭：鸟儿婉转地啼叫。

【品评】

这首咏物诗为庆历七年(1047)春在滁州所作。全篇借禽鸟寓情，表现诗人对羁束颇多的仕宦生活的厌倦和对自由自在的田园山林生活的向往。前两句描写画眉鸟在山林花木中自在飞翔、欢声啼叫的情景，形象生动，画面声色兼备。后两句发为感慨，并寄寓哲理，十分耐人寻味，发人深省。当代研究者认为，这首诗“显示了宋代咏物诗向哲理诗发展的趋势”(傅璇琮《宋人绝句选》34页)。此评可供参考。

田　家[1]

绿桑高下映平川，　赛罢田神笑语喧。[2]
林外鸣鸠春雨歇，　屋头初日杏花繁。

【注释】

①庆历七年春在滁州作。　②赛田神：旧时农家于每年立春后第五个戊日举行赛神会，祭祀田神(土地神)，祈祝一年的庄稼丰收，称为春社。赛，酬祭神灵。

【品评】

这首田园诗是庆历七年(1047)春在滁州所作。诗境如画，画面的中心是乡村人家的活动场面：正是江南杏花春雨的美好时节，村民们在春社赛神后笑语喧腾，期盼着今年有一个好年成。诗篇不但真切地描写了乡村的美景乐事，也流露了作者对田家生活的兴趣。全篇笔触清新，色彩鲜活，很见作者述事写景的功力。

丰乐亭游春三首①

绿树交加山鸟啼，② 晴风荡漾落花飞。
鸟歌花舞太守醉，③ 明日酒醒春已归。

春云淡淡日辉辉， 草惹行襟絮拂衣。
行到亭西逢太守， 篮舆酩酊插花归。④

红树青山日欲斜， 长郊草色绿无涯。⑤
游人不管春将老， 来往亭前踏落花。

【注释】

①丰乐亭：为欧阳修在滁州作官时所建，遗址在滁州城西一里许的大丰山下，亭东十馀步就是幽谷泉。 ②交加：彼此错杂。这里指树木成荫。 ③太守：欧阳修自指。下同。 ④篮舆：竹轿。酩酊：醉得迷迷糊糊的。 ⑤长郊：广阔的郊野。无涯：无边无际。

【品评】

这组诗作于庆历七年(1047)春。丰乐亭建于庆历六年(1046)夏天,作这组诗时,是诗人第一次来自己营建的风景点赏春,因此他感觉特别新鲜,游兴也特别高。第一首写诗人春游兴致之高,并寄寓惜春之意。第二首写滁人游春、相逢太守(作者自己)之乐,并表现诗人自己的醉春之态。第三首写恋春之情,意蕴缠绵,境界悠远,是欧诗的名篇。三首绝句内容互相关联,构成一个有序的整体。这组诗的结构安排也颇具匠心,每一首都是前半写景,后半写人,但各首所呈现的景象都不同:第一首是早晨,第二首是日午,第三首是黄昏。这样写,可以让人体会时间的推移并感受到诗人情绪的变化。从抒情线索上来考察,这组诗是以一个隐藏于纸背的"乐"字贯穿成一体的:第一首主在太守游春之"乐",第二首则写太守与滁人同"乐",第三首专写滁人之"乐",但其中也寓"太守之乐其乐"(作者《醉翁亭记》中语)之意。而这最后一点,正是这组诗写景抒情重心之所在,也是它们有别于一般写景纪游诗之所在。

怀嵩楼新开南轩与郡僚小饮[①]

绕郭云烟匝几重,[②] 昔人曾此感怀嵩。[③]
霜林落后山争出, 野菊开时酒正浓。
解带西风飘画角,[④] 倚阑斜日照青松。
会须乘醉携嘉客,[⑤] 踏雪来看群玉峰。[⑥]

【注释】

①怀嵩楼：滁州古迹。据《清一统志》卷一三八《滁州·古迹》："怀嵩楼，在州治后，一名赞皇楼。唐李德裕刺滁州建，取'怀归嵩洛'之意。"郡僚：指作者在滁州的同事和下属们。 ②绕郭云烟：有云烟缭绕城郭。这是夸张地描写怀嵩楼的高出云端。匝（zā）：环绕一周。 ③昔人：指唐人李德裕。他于唐文宗开成元年（836）到滁州任刺史。感怀嵩：指李德裕为此楼取名"怀嵩"，是寓"怀归嵩洛"之意。 ④解带：解开衣带。这个动作是酒酣引起的。画角：古乐器名。形如竹筒，本细末大，外加彩绘，故名画角。⑤会须：一定要。 ⑥群玉峰：指被白雪覆盖的滁州周围的群山。

【品评】

这首登楼览景抒怀的七言律诗，是欧阳修于庆历七年（1047），也就是他贬居滁州的第三年的秋天所作。之所以登上怀嵩楼就产生强烈的创作冲动，是因为他与此楼的建造者——唐人李德裕有着一定的感情共鸣。李德裕原籍河北赞皇，自其父李吉甫为相，已将洛阳视为第二故乡。李德裕两次分司东都（洛阳），曾在洛阳龙门附近营建名园平泉别墅，广搜天下奇花异石置于其中。后来出将入相，总难忘情于此地，因而其诗文中颇多怀念嵩洛之作。李氏任滁州刺史时，建怀嵩楼，寓"怀归嵩洛"之意。欧阳修年轻时也曾在洛阳为官，并常与好友梅尧臣、尹洙等畅游伊阙、嵩山。他自己后来常常回忆这段壮游，对嵩洛有极深的感情。更巧的是，二百年前李德裕因党争而外放滁州，二百年后欧阳修也因在朝廷内部的激烈斗争中失败而贬官滁州，命运遭际的相似把他们的感情一下子沟通，所以这首诗就自然而然地从欧阳修的笔下出来了。不过，欧阳修此刻登此楼的心境与李德裕毕竟有很大的不同：李德裕《怀嵩楼记》开篇就说："怀嵩，思解组也。"是当时已萌退隐之志；欧阳修此时登楼聚饮，却是心志高昂，豪气未衰，眼前是"山争出"的意象，胸中是"酒正浓"的情怀。他以怀古发端，写当下之胜景，预他日之清游，一副展望未来信心十足的样子，毫无衰迟颓唐之念。诗言志。这表明欧阳修虽经贬谪，意志并未衰退，在人生道路上仍持进取姿态。这首诗最鲜明的特征，就是以阔大高远境界的营造，来凸显抒情主人公的嶙峋风骨和旷达胸怀。通过写景见出人的精神面貌，这种高超的艺术手法常为后人所学习借鉴。陈衍《宋诗精华录》就评论说："'霜林'二句，极为放翁所揣摩。"仔细品味陆放翁那些景中有人的诗篇和名句，我们就会知道陈衍此评不虚。

沧浪亭①

子美寄我《沧浪吟》，　邀我共作沧浪篇。
沧浪有景不可到，　使我东望心悠然。②
荒湾野水气象古，　高林翠阜相回环。
新篁抽笋添夏影，　老枿乱发争春妍。③
水禽闲暇事高格，④　山鸟日夕相啾喧。⑤
不知此地几兴废，　仰视乔木皆苍烟。
堪嗟人迹到不远，　虽有来路曾无缘。⑥

穷奇极怪谁似子，　　搜索幽隐探神仙。
初寻一径入蒙密，[7]　　豁目异境无穷边。
风高月白最宜夜，　　一片莹净铺琼田。
清光不辨水与月，　　但见空碧涵漪涟。[8]
清风明月本无价，　　可惜只卖四万钱。
又疑此境天乞与，[9]　　壮士憔悴天应怜。[10]
鸱夷古亦有独往，[11]　　江湖波涛渺翻天。
崎岖世路欲脱去，　　反以身试蛟龙渊。[12]
岂如扁舟任飘兀，[13]　　红蕖渌浪摇醉眠？[14]
丈夫身在岂长弃，　　新诗美酒聊穷年。[15]
虽然不许俗客到，　　莫惜佳句人间传。

【注释】

①沧浪亭：苏州园林名胜之一，为欧阳修的好友苏舜钦所建。苏舜钦因事获罪被革职为民后，定居苏州，买得五代时吴越广陵王钱元璙的旧园一座，经过修缮，并在园中傍水筑亭，取名沧浪。后人即以沧浪代替园名。按，本篇一题作《寄题子美沧浪亭》。　②东望：遥望东方。作者在滁州，苏舜钦居苏州，苏州在东，故云“东望”。　③新篁：新长的竹林。老枿(niè)：老树的根株。这里指老树所长的新枝。　④高格：高雅的风度。　⑤啾喧：鸟儿叫声杂乱。　⑥曾无缘：指无缘到沧浪亭。　⑦蒙密：掩蔽很深。指树木幽森繁茂。　⑧漪涟：同涟漪，微波。　⑨天乞与：上天所赐。　⑩壮士憔悴：指苏舜钦被革职闲居。语本杜甫《梦李白二首》：“冠盖满京华，斯人独憔悴。”　⑪鸱夷：指春秋时范蠡。范蠡

辅佐越王勾践灭了吴国,知勾践只能共患难而不能同安乐,因浮海而去,自号鸱夷子皮。独往:指范蠡功成身退的独特行为。⑫蛟龙渊:蛟龙出没之处,亦即风险浪恶之所。这是暗喻作者在政治斗争中失败,被贬到滁州。 ⑬飘兀:飘泊。 ⑭红渠:种有荷花的水渠。 ⑮穷年:终年,度完一年;意指打发时光。语出韩愈《进学解》"焚膏油以继晷,恒兀兀以穷年"。

【品评】

这首诗是庆历七年(1047)在滁州所作,写作的缘起是:废居苏州的苏舜钦建成沧浪亭之后,写了《沧浪吟》一诗,另又写了《沧浪亭记》一文,寄到滁州,邀欧阳修唱和,于是欧写此诗作答。这是一首借题发挥的抒情诗,它通过对想象中的沧浪亭的描写,对友人不幸的政治遭遇表示了深切的同情,并由人及己,宣泄了自己遭打击受贬谪的牢骚。诗分三个段落:开头四句为第一段,交代写作此诗的缘起;从"荒湾野水气象古"到"可惜只卖四万钱"这二十句为第二段,根据苏舜钦的诗篇和文章所提供的线索,发挥想象来描写沧浪亭的美景;以后的十二句为第三段,由景生情,由友人联想到自己,发牢骚,抒感慨,哀友人亦以自哀,并以"丈夫身在岂长弃"这样乐观自信的话语安慰友人和自己,实际上是对政治上的重新振起寄予了希望。全篇形象鲜明,感情充沛,行文畅达,有行云流水之美。稍嫌不足的是,章法比较平直,语言不够精炼。陈衍《宋诗精华录》既把此诗作为"精华"入选,又对它的缺点加以批评道:"此诗未免辞费,使少陵、昌黎为之,必多层折而无长语。《渼陂行》、《山石》可参看也。特此题是诗家一掌故,故录之。

'清风明月'二句,更一诗料。"

宝　剑[1]

宝剑匣中藏，　暗室夜长明。
欲知天将雨，　铮尔剑有声。[2]
神龙本一物,[3] 气类感则鸣。
常恐跃匣去，　有时暂开扃。[4]
煌煌七星文,[5] 照曜三尺冰。
此剑在人间，　百妖夜收形。[6]
奸凶与佞媚，　胆破骨亦惊。
试以向星月，　飞光射搀枪。[7]
藏之武库中，　可息天下兵。[8]
奈何狂胡儿，　尚敢邀金缯![9]

【注释】

①这首诗是庆历六七年间(1046—1047)在滁州作。　②铮尔:形容金属撞击声。尔,同"然",词尾无义。　③神龙本一物:古人认为世间稀有的宝剑乃是神龙所化,所以说"本一物"。古籍中关于宝剑是神龙所化的传说很多,这里不具引。　④扃(jiōng):闭锁。　⑤煌煌:极明亮的样子。七星文:剑柄上刻镂着七颗星,作为装饰的花纹。　⑥收形:隐藏起来,不敢露面。　⑦搀枪(chān chēng):即彗星,古人认为它的出现是将有战乱的征兆。 ⑧兵:这里指战争。 ⑨狂胡儿:指辽和西夏。古代统称北边的少数民族为“胡”,“狂”是形容其张狂自大,“儿”则含有轻视意味。邀:求得,这里有“强求”的意思。金缯(zēng):金银和丝织品。缯,丝织品的总称。按,北宋王朝每年要用大量的银绢去讨好和安抚辽、西夏的统治者,以求得中原地区的苟安。

【品评】

这是一首借物言志的诗。它通过咏唱历来就有着种种神奇传说的宝剑,寄托了欧阳修内除奸佞、外御强敌的政治抱负。全诗二十句,均匀地分为两个段落。前十句为第一段,极力描写宝剑的神奇非凡。后十句为一篇之中心,写宝剑威力无比,能够内除奸邪,外消战乱。通过对宝剑的威力和作用的赞颂,表现作者的政治愿望。之所以在篇末愤激地说“奈何狂胡儿,尚敢邀金缯”,确与当时强敌压境而宋王朝却一味妥协退让以求苟安的政治形势密切相关。八年前,盘踞西北边塞的党项族首领元昊正式建都称帝,国号大夏(西夏),并发兵攻宋。其后连年开战。至庆历四年(1044)双方议和。经过反复地讨价还价,宋承认西夏为“夏国”,元昊为国主;元昊答应对宋称臣,但条件是每年宋要“赐”给西夏白银七万馀两,绢、帛等十五万馀匹,茶三万馀斤。这是北宋继与辽(契丹)的“澶渊之盟”后又一次丧权辱国的和约,同样是用“金缯”换得暂时的和平。宋、夏议和之初,欧阳修曾以谏官的身份,多次上书反对这一屈辱的和约,但均未被采纳。从这首诗所流露的感情可知,作者此时虽在贬谪之中,仍时刻关心着国家大事。因此可以说,此诗是一首表达爱国立场的政治抒情诗。不过作者并没有一泻无馀地直抒胸臆,而是巧妙地采用古典诗歌托物言志的传统表现手法,成功地用艺术形象来寄托思想感情,所以此诗显得形象鲜明,感情充沛,具有感动人心的艺术力量。

菱溪大石[1]

新霜夜落秋水浅, 有石露出寒溪垠。[2]
苔昏土蚀禽鸟啄, 出没溪水秋复春。
溪边老翁生长见, 疑我来视何殷勤。
爱之远徙向幽谷,[3] 曳以三犊载两轮。
行穿城中罢市看, 但惊可怪谁复珍。
荒烟野草埋没久, 洗以石窦清泠泉。
朱栏绿竹相掩映, 选致佳处当南轩。
南轩旁列千万峰, 曾未有此奇嶙峋。[4]
乃知异物世所少, 万斤争买传几人。
山河百战变陵谷, 何为落彼荒溪渍?[5]
山经地志不可究, 遂令异说争纷纭。
皆云女娲初锻炼, 融结一气凝精纯。
仰视苍苍补其缺, 染此绀碧莹且温。[6]
或疑古者燧人氏, 钻以出火为炮燔。[7]
苟非神圣亲手迹, 不尔孔窍谁雕剜?[8]

又云汉使把汉节，　西北万里穷昆仑。
行经于阗得宝玉，　流入中国随河源。
沙磨水激自穿穴，　所以镌凿无瑕痕。[9]
嗟予有口莫能辨，　叹息但以两手扪。
卢仝韩愈不在世，　弹压百怪无雄文。[10]
争奇斗异各取胜，　遂至荒诞无根原。
天高地厚靡不有，[11]　丑好万状奚足论。[12]
惟当扫雪席其侧，　日与佳客陈清樽。[13]

【注释】

①菱溪：原为滁州琅琊山脚下由西向东的一条溪流，溪早废，今只存一池塘，称菱溪塘。欧阳修另有《菱溪石记》，记菱溪石事。②垠（yín）：边，岸。　③徙（xǐ）：迁移。　④嶙峋（línxún）：山石重叠不平的样子。　⑤濆（fén）：水边。　⑥“皆云”四句：这是在介绍滁州人关于菱溪石的一种传说，说它是当初女娲所炼补天之石。苍苍，指天。《庄子·逍遥游》：“天之苍苍，其色正邪？”蔡琰《胡笳十八拍》：“泣血仰头兮诉苍苍，生我兮独罹此殃。”绀（gàn），微带红的黑色。莹，光洁透明。　⑦燧人氏：古帝名。传说他发明钻木取火，使民熟食。《韩非子·五蠹》：“民食果蓏蚌蛤腥臊恶臭而伤害腹胃，民多疾病，有圣人作，钻燧取火以化腥臊，而民说之，使王天下，号之曰燧人氏。”炮燔（fán）：烧烤食物。《诗经·小雅·瓠叶》：“有兔斯首，炮之燔之。”　⑧神圣：指燧人氏。不尔：不然。以上四句是关于菱溪石来源的另一种传说：它是当初燧人氏钻燧取火所用的那块石头。　⑨汉使：指汉朝出使西域的使

者。汉节:汉朝使者所持的节杖。于阗:汉代西域国名,在今新疆和田县一带。以上六句是关于菱溪石来源的又一种传说:它不是石头,而是汉朝使者出使西域时得到的于阗宝玉,不慎掉进河里,随着河水流到了中国内地。 ⑩“卢仝”二句:卢仝(约795—835),唐代诗人,自号玉川子,作诗以雄奇险怪著称。他写过一首《月蚀诗》,讨伐食月的虾蟆精怪。韩愈(768—824):字退之,唐代著名散文家、诗人。其诗文雄奇险怪。他写过一篇《祭鳄鱼文》,讨伐吃人的鳄鱼。这两句说,可惜现在没有像卢仝《月蚀诗》、韩愈《祭鳄鱼文》这样的雄文来弹压百怪,遂使众说纷纭,莫衷一是了。 ⑪靡不有:无所不有。 ⑫奚足论:何足论。奚,为什么,有什么。 ⑬席其侧:在它(菱溪石)旁边铺上席子坐下。樽:一作罇,亦作尊,酒杯。

【品评】

这首诗是庆历六年(1046)欧阳修贬守滁州时所作。他在滁州城东五里的菱溪上发现两块怪石,因作《菱溪石记》和这首《菱溪大石》诗。此诗极力赞扬菱溪大石清白坚贞的品格及其嶙峋劲骨,惋惜它久经历练却深埋于荒烟野草无人见赏,这其实是借石头来表现自己的胸襟和情志。全诗分为前、中、后三个段落,虚实结合,将石与人融为一体来写。从开头到“万金争买传几人”这十八句为前段,实写发现大石、运走大石和将它当宝物供养起来的经过,叙事饱含感情,且又简练而纡徐,十分引人入胜。中段从“山河百战变陵谷”起,到“所以镌凿无瑕痕”止,共十八句,为虚写,采用多种神话传说,假借各种议论,实际上是赞颂大石的“高才”与“美质”。构思奇特，想象丰富，波澜起伏，正是全篇最精彩的部分。从“嗟予有口莫能辨”到结尾这十句是后段，抒写作者自己对大石的无限爱惜之情。此诗属咏物诗，但不同于一般描头画脚、仅仅追求形似的咏物之作，而是借物抒情，做到了以物寓志、兴寄深远，所以能自成高格。关于它的写作技巧，清人方东树《昭昧詹言》点评道：“平叙中入奇，议以代写。”说得很允当。

紫石屏歌①

月从海底来，　行上天东南。
正当天中时，　下照千丈潭。
潭心无风月不动，　倒影射入紫石岩。
月光水洁石莹净，　感此阴魄来中潜。②
自从月入此石中，　天有两曜分为三。③
青光万古不磨灭，　天地至宝难藏缄。
天公呼雷公，　夜持巨斧隳崭岩。④
堕此一片落千仞，　皎然寒镜在玉奁。⑤
虾蟆白兔走天上，　空留桂影犹毿毿。⑥
景山得之惜不得，　赠我意与千金兼。
自云每到月满时，　石在暗室光出檐。
大哉天地间，　万怪难悉谈。
嗟予不度量，　每事思穷探。

欲将两耳目所及，　而与造化争毫纤。
煌煌三辰行，[⑦]　日月尤尊严。
若令下与物为比，　扰扰万类将谁瞻？
不然此石竟何物，　有口欲说嗟如钳。
吾奇苏子胸，　罗列万象中包含。
不惟胸宽胆亦大，　屡出言语惊愚凡。
自吾得此石，　未见苏子心怀惭。
不经老将先指决，　有手谁敢施镌镵？[⑧]
呼工画石持寄似，　幸子留意其无谦。

【注释】

①紫石屏歌：一本题作《月石砚屏歌寄苏子美》。苏子美，即作者好友苏舜钦。诗中“苏子”就是指他。作者文集中另有《月石砚屏歌序》，当是本诗之序，其中介绍此紫石屏的来源及其形状特征道：“张景山在虢州时，命治石桥小版一石，中有月形，石色紫而月白，月中有树森森然。其文墨而枝叶老劲，虽世之工画者不能为，盖奇物也。景山南谪，留以遗予。予念此石古所未有，欲但书事，则惧不为信，因令善画工来松写以为图，子美见之，当爱叹也。”可与本篇参看。　②阴魄：指月亮。《春秋繁露》：“阴之行不得于春夏，而月之魄常厌于日光。”《参同契》：“阳神曰魂，阴神曰魄，魂之与魄，互为室宅。”陈子昂《感遇诗三十八首》其一：“圆光正东满，阴魄已朝凝。”　③两曜：指日月。《初学记》卷一引梁元帝《纂要》：“日月谓之两曜。”李白《古风》其二：“浮云隔两曜，万象昏阴霏。”这两句是说，自从月亮照进此石中，天上的两曜就分成了三

曜。 ④隳(huī):毁坏,这里指劈砍。崭(chán)岩:险峻的样子。语本《楚辞·招隐士》:“山气巃嵸兮石嵯峨,谿谷崭岩兮水曾波。”崭岩,同“巉岩”。这里即指险峻的岩石本身。 ⑤玉奁(lián):玉制的镜匣。 ⑥毵(sān)毵:枝叶细长。 ⑦三辰:指日、月、星。⑧镌镵(juān chán):雕刻刺凿。

【品评】

这首咏物诗是庆历七年(1047)在滁州所作。作者发挥想象力,运用绘画的手法,将一块静态的石头写得活灵活现,光彩夺目,如在眼前。这首诗的风格特征,可用一个“奇”字来概括。和他在滁州所写的另外两首咏石诗《石篆诗》、《菱溪大石》一样,本篇也是模仿学习韩愈想象奇特、穷极物理的诗风而写成的。具体来说,这几首诗都不同程度地模仿了韩愈的《赤藤杖歌》。宋代评论家陈善早就指出了这一点,他说:“韩文公尝作《赤藤杖歌》云:‘赤藤为杖世未窥,台郎始携自滇池。’‘共传滇神出水献,赤龙拔须血淋漓。’‘又云羲和操火鞭,暝到西极睡所遗。’此歌虽穷极物理,然恐非退之极致者。欧阳公遂每每效其体,作《菱溪大石》云(略)。观其立意,故欲追仿韩作,然颇觉烦冗,不及韩歌为浑成尔。公又有《石篆诗》云(略)。《紫石砚屏歌》云(略)。公又尝作《吴学士石屏歌》云(略)。此三篇亦前诗(指《菱溪大石》——引者)之意也,其法盖出于退之。”(《扪虱新语》下集卷二)陈善的看法可供我们欣赏这几首诗参考。

别　滁[①]

花光浓烂柳轻明，　酌酒花前送我行。
我亦且如常日醉，　莫教弦管作离声。[②]

【注释】

①滁：指滁州，即今安徽滁州市。仁宗庆历八年（1048）春，欧阳修自滁州徙知扬州，这首诗即离开滁州时在告别筵席上所作。
②弦管：泛指乐器。离声：送别的感伤乐曲。

【品评】

这首饯别诗，前两句描写滁州父老亲故和州署僚属为作者举行别宴的热烈隆重气氛，反映出他与滁州民众的真挚情谊。后两句表现了诗人面对离别时的洒脱旷达的胸怀，是宋诗中传诵很广的名句。钱锺书《宋诗选注》选了这首诗，并在后两句的注释中指出其创意之所从来及其对后来诗人的影响道："欧阳修这两句可以说是唐人张谓《送卢举使河源》里'长路关山何日尽，满堂丝管为君愁'；武元衡《酬裴起居》'况是池塘风雨夜，不堪弦管尽离声'；白居易《及第后归觐》'轩车动行色，丝管举离声'等等的翻案。""黄庭坚《夜发分宁寄杜涧叟》'我自只如常日醉，满川风月替人愁'，正从这首诗来。"

寄生槐[1]

桧惟凌云材，[2] 槐实凡木贱。
奈何柔脆质， 累此孤高干。[3]
龙鳞老苍苍，[4] 鼠耳光粲粲。[5]
因缘初莫原，[6] 感咤徒自叹。[7]
偷生由附托， 得势争葱蒨。[8]
方其荣盛时， 曾莫见真赝。[9]
欲知穷悴节， 宜试以霜霰。[10]
萌芽起微蘖，[11] 辨别乖先见。[12]
剪除初非难， 长养遂成患。
虽然根性殊， 常恐枝叶乱。
惟应植者深， 幸不习而变。[13]
含容固有害， 剿绝须明断。[14]
惟当审斤斧，[15] 去恶无伤善。

【注释】

①寄生槐：一种叶似槐的寄生植物。 ②桧(guì)：乔木名，叶坚硬似柏，干似松。惟：是。凌云材：直冲云霄的高大木材。③奈何：为何。孤高：独立挺拔。这两句说，为什么质地柔脆的寄生槐，要死死缠住独立挺拔的桧树呢？ ④龙鳞老苍苍：形容桧

树青黑色的树皮老得像龙的鳞甲一样。苍苍，青黑色。⑤鼠耳：指槐叶，因其形状很像鼠耳。粲粲：鲜明的样子。⑥因缘初莫原：桧与寄生槐的这种关系的由来，起初谁都没有去研究。莫，没有谁，否定代词。原，推求，研究。⑦感咤：感叹惊奇。⑧蒨蒨(qiàn)：枝叶茂盛的样子。⑨赝(yàn)：假。⑩穷悴节：困苦忧愁时表现出来的节操。霰(xiàn)：雪粒。⑪微蘖：树木砍去后又长出的细芽。⑫辨别乖先见：起初不加分辨，主意就打错了。乖，不恰当。⑬植者深：种植得深。幸：希望。习：习染，浸染。⑭含容：宽容。剿绝：连根拔掉。明断：准确果断。这两句是指寄生槐说的。⑮审斤斧：砍伐时应审慎。斤，也是斧。斤斧，在这里指砍伐。

【品评】

这是一首托物寓意的政治讽刺诗，与本书所选的另一首诗《奉答子华学士安抚江南见寄之作》写于同一年同一地，即都是仁宗皇祐元年(1049)在颍州所作，两首诗的思想内容也有相近之处。但那一首是直发议论之作，而本篇则是借物抒怀之作。寄生槐，是槐木的一种，因其寄生于桧、柏等树，故名。诗人是从这种树木的寄生特性生发开去，以冷峻而又不无幽默的诗笔，层层剖开其丑恶面目和卑劣品质，在惟妙惟肖的形象刻画中，对现实生活中类似的丑恶人物进行深刻而又婉转的讽刺。寄生槐所象征的，就是作者在《奉答子华学士安抚江南见寄之作》中所指斥的那些北宋官场里的“侥幸蠹弊”、“贪昏滥官”。联系到作者在此之前遭贬谪的背景，可知其具体所指的就是攀附朝中权贵而对作者造谣中伤落井下石的谏官高若讷、钱明逸、杨日严等小人。作者除了对这类小人给以辛辣的讽刺外,还要求人们擦亮眼睛,让这些丑类在萌芽状态时就被识别出来,加以剪除。凌云之桧则是作者心目中的理想人物,对于这种人,作者认为应该辛勤培植,细心爱护,使他们能根深叶茂,不受牵缠浸染。本篇虽是政治讽刺诗,却不干巴巴地直陈己见,而是采用比喻象征的手法,用形象来表达思想,因此艺术性较高,也有相当强的说服力与感染力。只是需要指出一点:本篇艺术形象的塑造固然成功,思想感情也完全正义,但在对某一类人的认识和评价上却不无偏颇。那些寄生槐似的小人固然可恶,被小人攀附的宰执大臣吕夷简、夏竦、章得象等也非良善之辈;甚至那位高高在上的宋仁宗,对庆历新政的态度也与"小人"们并无二致。他们同属阻滞庆历新政的保守势力,绝非值得歌颂和保卫的凌云桧柏。当然,作者对此不会完全心中无数,也许是出于策略上的考虑,才如此下笔的吧。

鹭　鸶[1]

激石滩声如战鼓，　翻天浪色似银山。
滩惊浪打风兼雨，　独立亭亭意愈闲。[2]

【注释】

①鹭鸶:一种水鸟,羽毛洁白,又叫白鹭。按此诗作于庆历八年,当时作者由滁州调任扬州知州。　②亭亭:高标独立、姿态美

好的样子。

【品评】

这是一首有寄托的咏物诗。在古代文人士大夫的心目中，鹭鸶是一种高洁不俗的禽鸟。蔡正孙《诗林广记》后集卷一引《庚溪诗话》说："众禽中惟鹤标致高逸，其次鹭亦闲野不俗。"又引佚名《振鹭赋》赞扬鹭鸶的高洁不俗说："翛(xiāo)然其容，立以不倚；皓乎其羽，涅而不缁。"欧阳修的咏鹭鸶之作，便是将此鸟拟人化，来具体描写其高洁闲雅品格的。作者另外还有一首《鹭鸶》绝句云："风格孤高尘外物，性情闲暇水边身。尽日独行溪浅处，青苔白石见纤鳞。"这偏于抽象的赞美和静态的描写，尚未能突出所咏之物的典型特征。本篇则刻意营造了一个江滩之上风吹浪打的喧闹环境，烘托出所咏之物的"精神"，极其鲜明地勾画出鹭鸶独立不倚、气定神闲的形象，因此堪称宋代咏物诗中的上乘之作。

梦中作

夜凉吹笛千山月，　路暗迷人百种花。
棋罢不知人换世，① 酒阑无奈客思家。②

【注释】

①"棋罢"句：典出《述异记》卷上：晋王质持斧伐木至石室山，"见童子数人，棋而歌，质因听之，童子以一物与质，如枣核，质含

之，不觉饥。俄顷，童子曰：‘何不去？’质起，视斧柯尽烂。既归，无复时人。”人换世，指世间人事变迁之速。 ②酒阑：酒尽，酒喝完了。客：指梦中的作者自己。

【品评】

这首诗是仁宗皇祐元年（1049）欧阳修在颍州（今安徽阜阳）任知州时所作。诗写梦，梦境恍惚朦胧，扑朔迷离，充满神秘感，似有某种寄托，但又不可确指。明杨慎《升庵诗话》卷十一指出，此诗章法受杜甫《绝句》（“两个黄鹂鸣翠柳”）一首的影响，“一句一绝”，即每句各为一个独立的意境。全篇四句一句一绝，分别写出秋夜、春宵、棋罢、酒阑四个不同的意境。这四个意境似断似续，而又浑然一体，末尾以怀乡情绪作结，似是暗寓作者既想超凡出世又十分留恋人间的思想矛盾。陈衍《宋诗精华录》卷一说：“此诗当真是梦中作，如有神助。”

奉答子华学士安抚江南见寄之作[①]

百姓病已久，[②] 一言难遽陈。[③]
良医将治之， 必究病所因。
天下久无事， 人情贵因循。
优游以为高， 宽纵以为仁。
今日废其小， 皆谓不足论；
明日坏其大， 又云力难振。[④]

旁窥各阴拱，[5] 当职自逡巡。[6]
岁月侵隳颓，[7] 纪纲遂纷纭。[8]
坦坦万里疆， 蚩蚩九州民。[9]
昔而安且富， 今也迫以贫。
疾小不加理， 浸淫将遍身。[10]
汤剂乃常药， 未能去深根。
针艾有奇功， 暂痛勿呻吟。
痛定支体胖， 乃知针艾神。
猛宽相济理， 古语六经存。[11]
蠹弊革侥幸， 滥官绝贪昏。[12]
牧羊而去狼， 未为不仁人。
俊乂沉下位，[13] 恶去善乃伸。
贤愚各得职， 不治未之闻。
此说乃其要， 易知行每艰。
迟疑与果决， 利害反掌间。
舍此欲有为， 吾知力徒烦。[14]
家至与户到， 饱饥而衣寒。[15]
三王所不能，[16] 岂特今所难！
我昔忝谏列，[17] 日常趋紫宸。[18]
圣君尧舜心， 闵闵极忧勤。[19]
子华当来时， 玉音耳尝亲。
上副明主意， 下宽斯人屯。[20]
江南彼一方， 巨细到可询。

谕以上恩德，　当冬反阳春。

吾言乃其概，　岂止一方云。[21]

【注释】

①奉答子华学士：一本题作“答韩绛”。韩绛，字子华，举进士甲科，庆历末年以户部判官出为江南体量安抚使，到安徽、江西一带巡察吏治民情。曾写诗给欧阳修叙述百姓的困苦，请教治理的办法，欧以这首诗作答。韩绛曾任龙图阁直学士、翰林侍读学士等，故称。　②病：这里指遭受灾难困苦。　③一言难遽陈：一言难尽。遽陈，说完。　④“今日”四句：意谓庆历新政的那些改革措施，当政者或以事小不值得去做，或以事大力量不足难以振起为理由，全都给废除了。　⑤旁窥：指旁观者。阴拱：暗自敛手。喻袖手旁观。语本《汉书·英布传》：“今抚万人之众，无一人渡淮者，阴拱而观其孰胜，夫托国于人者固若是乎?”注：“敛手曰拱。孰，谁也。言不动摇，坐观成败也。”　⑥当职：当权者。逡巡：退缩不前。　⑦侵：逐渐。隳(huī)颓：毁坏、衰败。　⑧纪纲：指朝政。纷纭：混乱。　⑨坦坦：宽广的样子。蚩蚩：敦厚的样子。⑩浸淫：水浸渍蔓延。喻疾病扩大到全身。　⑪“猛宽”二句：语出《左传·昭公二十年》：“宽以济猛，猛以济宽，政是以和。”⑫蠹：本指蛀虫，引申指妨害社会以自肥的人。侥幸：原指求利不止，意外获得成功或免于不幸；这里指那些无真才实学而靠恩荫或阿附权贵取得官职、谋得利益的小人。滥官：主要指北宋官场那些老朽、病患、贪污、不才的官吏。欧阳修任谏官时，曾上疏请求朝廷设立按察使，派到各地去考察官吏，发现这四种滥官，就上

报朝廷，予以撤换。 ⑬俊乂(yì)：指贤德之人。 ⑭力徒烦：犹如现代汉语说“白费力气”。 ⑮饱饥而衣寒：让饥饿的人吃饱，让寒冷的人有衣服穿。 ⑯指上古贤明帝王夏禹、商汤、周文王。 ⑰忝(tiǎn)谏列：在谏官的行列里充个数。忝，谦词，辱没。 ⑱趋：奔赴。紫宸：皇帝的居处。 ⑲闵闵：忧愁的样子。 ⑳斯人：指人民。屯：艰难困苦。 ㉑岂止一方云：意谓自己的这些意见不止对江南一方有效。

【品评】

这首政治诗也是皇祐元年(1049)在颍州时作，与前选《寄生槐》作于同一年，思想内容也颇有相近之处——即都主张革除弊政，铲除庸官滥官，重振朝纲，以实现天下大治。篇中直言指斥的“侥幸蠹弊”、“贪昏滥官”，就是前篇的“寄生槐”；此处的“革侥幸”、“绝贪昏”、“牧羊去狼”、“恶去善伸”，就是前篇所说的“剪除”、“剿绝”寄生槐，务必“去恶”存“善”。只不过前一篇没有直说，而是托物寄兴，而本篇却直斥时弊，直发议论，直抒胸怀。虽是直发议论和直抒胸怀，却饱含主观感情，而且运用了许多比喻，因此同样写得形象具体，生动感人，具有打动人心的艺术力量。除了以上内容外，本篇还以医生看病须对症下药、小疾可用汤剂常药、重病则须用针艾为喻，正面阐述了自己的治国主张。这首诗在宋代影响颇为久远，南宋末年的理学家黄震评论说：“《答子华安抚》诗，指陈治道之要者也。”(《黄氏日钞》卷六十一《欧阳文》)

庐山高，赠同年刘中允归南康[①]

庐山高哉几千仞兮，根盘几百里，巀然屹立乎长江。[②]长江西来走其下，是为扬澜左蠡兮，[③]洪涛巨浪日夕相舂撞。[④]云消风止水镜净，泊舟登岸而远望兮，上摩青苍以晻霭，[⑤]下压后土之鸿庬。[⑥]试往造乎其间兮，[⑦]攀缘石磴窥空谾。[⑧]千岩万壑响松桧，悬崖巨石飞流淙。[⑨]水声聒聒乱人耳，[⑩]六月飞雪洒石矼。[⑪]仙翁释子亦往往而逢兮，[⑫]吾尝恶其学幻而言哤。[⑬]但见丹霞翠壁远近映楼阁，晨钟暮鼓杳霭罗幡幢。[⑭]幽花野草不知其名兮，风吹露湿香涧谷，时有白鹤飞来双。幽寻远去不可极，便欲绝世遗纷庬。[⑮]羡君买田筑室老其下，插秧盈畴兮酿酒盈缸。[⑯]欲令浮岚暖翠千万状，[⑰]坐卧常对乎轩窗。[⑱]君怀磊砢有至宝，[⑲]世俗不辨珉与玒。[⑳]策名为吏二十载，[㉑]青衫白首困一邦。[㉒]宠荣声利不可以苟屈兮，[㉓]自非青云白石有深趣，其气兀硉何由降？[㉔]丈夫壮节似君少，嗟我欲说安得巨笔如长杠？[㉕]

【注释】

①同年：科举时代凡乡试、会试同年考中的考生彼此称呼为同年。刘中允：刘涣，字凝之，筠州（今江西高安）人，与欧阳修同年中进士，官终太子中允颍上令。居官正直，不合于世，五十馀岁

时辞官归隐于庐山，欧阳修作此诗送行。南康：今江西星子县，位于庐山附近。中允，太子中允的省称。 ②巀(jié)然：山高峻的样子。 ③扬澜：扬波。左蠡：山名，在今江西都昌县西北，以临彭蠡湖(即鄱阳湖)左(东面)而得名，隔湖与庐山相望。又借指彭蠡湖。这里用后一义。 ④舂撞：即冲撞。 ⑤摩：触，摸。青苍：指天。晻(yǎn)霭：云气迷茫荫蔽的样子。 ⑥后土：有二义，一是指土地神，二是指大地。这里用第二义。宋玉《九辩》："皇天淫溢而秋霖兮，后土何时而得干？"鸿庞：广大无边。 ⑦造：造访，这里指游览。 ⑧石磴：山路的石阶。空谾(hóng)：空旷幽深的山谷。 ⑨流淙：指山石上飞悬的瀑布。 ⑩聒聒：象声词，形容声音喧闹杂乱。 ⑪飞雪：喻指瀑布溅起的水雾。石矼(gāng)：石桥。 ⑫仙翁：指道教徒，即道士。释子：佛教徒，即和尚。 ⑬恶：厌恶。学幻而言哤(máng)：意指佛道两家的学说虚幻荒诞，言论繁杂纷乱。哤，语言杂乱。 ⑭楼阁：指山中的佛寺和道观。沓霭：烟雾弥漫的样子。幡幢(fān chuáng)：这里指佛寺和道观悬挂或竖立的旗帜。 ⑮绝世：弃绝人世，与尘世隔绝。遗：抛弃。纷庞：纷杂，困苦。 ⑯畴：田地。 ⑰浮岚暖翠：指山间云气和田野的翠色。"暖"是形容春夏之交田畴尽绿，看上去仿佛给人以温暖的感觉。千万状：形容变化多端。 ⑱轩窗：小屋的窗。 ⑲磊砢(luǒ)：玉石累积的样子，比喻人有奇才异能。语本《世说新语·言语》："其人磊砢而英多。" ⑳珉(mín)：似玉之石。玒(hóng)：美玉。 ㉑策名：姓名被载入官籍，即"出仕"之义。为吏：做官。 ㉒青衫白首：到老了还只是个低级官员。青衫，低级官员的服装。白首，白头，指已经年老。困一邦：指刘涣到老还只是个小小颍上县令。 ㉓宠荣声利：指恩宠、荣誉、声名、利禄。苟屈：随便降低志趣身份。 ㉔兀硉（wù lù）：不平的样子。何由降：怎么能平息呢？ ㉕嗟（jiē）：叹息。长杠（gāng）：长杆子。

【品评】

这首著名的赠别诗在艺术上有其独特之处：它撇开一般送别之作的陈规老套，径直用大量篇幅极力描写被送者归隐之地——庐山的奇丽壮观、变化万千的自然景色，借以衬托出被送者不为世俗所知的“磊砢”胸怀和“兀硉”不平之气。全篇从内容上看可分为两个部分：从开头到“时有白鹤飞来双”为第一部分，描写庐山景色；从“幽寻远去不可极”到结句为第二部分，写刘涣归隐庐山，歌颂他的高风正气。诗写得气势磅礴，笔势开张，境界雄阔，明显地学习了李白的《庐山谣寄卢侍御虚舟》、《鸣皋歌送岑征君》等作，都是以对江山的歌颂来抒发别情。这是欧阳修自以为得意的一篇力作，他曾对其子欧阳棐（fěi）说：“吾《庐山高》，今人莫能为，惟李太白能之。”（见叶梦得《石林诗话》卷中）宋人郭功父、梅尧臣等也对此诗极口称赞。平心而论，此诗确有李白式的境界和风格，但在奇思异想、奇情壮采上均不及李白，它缺少李白诗之飘逸，却多了一些抑郁不平之气；其议论化、散文化的倾向也是唐诗所没有而为宋诗所特有的。总起来看，它是学习了唐诗而又带有明显宋诗特色的一篇优秀之作。

边　户[①]

家世为边户，　年年常备胡。[②]
儿童习鞍马，　妇女能弯弧。[③]
胡尘朝夕起，[④] 虏骑蔑如无。[⑤]
邂逅辄相射，　杀伤两常俱。[⑥]
自从澶渊盟，[⑦] 南北结欢娱。
虽云免战斗，　两地供赋租。[⑧]
将吏戒生事，　庙堂为远图。[⑨]
身居界河上，　不敢界河渔。[⑩]

【注释】

①边户：边境地区的住户。此指与辽（契丹）交界处宋境内的居民。　②胡：古代对北方、西北少数民族的泛称。此处专指契丹。　③弯弧：弯弓射箭。　④胡尘：辽军骑兵搅起的沙尘。指辽军入侵。　⑤虏骑蔑如无：辽军蔑视宋朝的边防军，越境入侵，如入无人之境。虏，对敌军的蔑称。　⑥“邂逅”二句：指边民与敌军不期而相遇，以弓箭相对射，双方常常互有死伤。这实际上是暗指守边军士不敢与辽军对抗，而边民却敢于对射。邂逅，不期然而相遇。　⑦澶渊盟：宋真宗景德元年（1004）闰九月，辽朝发兵二十万南侵，直逼澶州（今河南濮阳市南，又名澶渊郡），威胁

汴京。宋朝廷内和战两派经过激烈争论，主战派得势，宋真宗被迫率兵到前线迎战。宋军士气大振，辽兵连吃败仗。打了胜仗的宋真宗却于十一月间派人去辽军中求和，结果以宋每年向辽输银十万两、绢二十万匹，各守疆界互不侵犯等为条件，订立“和约”。历史上称这次屈辱的和约为“澶渊之盟”。 ⑧“虽云”二句：是说虽然免于两国交战，但是边民受累，从此要向宋、辽两方交纳赋税。 ⑨庙堂：指宋朝廷。按，这两句是讽刺话。 ⑩“身居”二句：意谓身居界河上的边民，至今不敢到界河里去打鱼。按，当时辽、宋的界河，西起今河北涞源县北的沉远泊，东至泥沽海口，上游叫拒马河，下游叫白沟，全长约九百里。

【品评】

这首诗大约是仁宗至和二年(1055)冬天欧阳修出使辽朝途中经过边界时有感而作。作者曾不止一次出使辽朝，对宋、辽双方的对立给宋朝人民造成的诸多损害有深切的了解。本篇所着力揭示的，就是一个具有迫切的现实意义的问题——妥协退让的“澶渊之盟”给宋朝北方边民带来了沉重的灾难。此诗从题材内容看是政治诗，但却不像作者其他一些同类作品那样大发议论，而是使用叙事体结构谋篇，用事实来说话。作者采用“澶渊之盟”最直接的受害者——河朔边民自叙的口吻，反映了这一重大政治事件发生前后边户生活的变化情况，对边户的不幸遭遇表达了深厚的同情，揭露出边境人民被迫承受宋、辽两个敌对政权的双重赋税剥削的怪现象，从而透露出对宋王朝所一贯奉行的屈辱退让、苟且偷安政策的讽刺之意。诗中对边民并不仅仅表达同情之意，还赞扬了他们高昂的爱国抗敌情绪，描写了他们骁勇善战、藐视敌人的英雄气概，并与朝廷畏敌如虎、一味妥协退让的态度作了鲜明的对比。全诗富于形象性，加上语言朴素而平易，叙事简练而真切，所以很有思想震撼力和艺术感染力。

食糟民[①]

田家种糯官酿酒，榷利秋毫升与斗。[②]酒沽得钱糟弃物，大屋经年堆欲朽。[③]酒醅瀺灂如沸汤，[④]东风吹来酒瓮香。累累罂与瓶，[⑤]惟恐不得尝。官沽味浓村酒薄，[⑥]日饮官酒诚可乐。不见田中种糯人，釜无糜粥度冬春。[⑦]还来就官买糟食，官吏散糟以为德。[⑧]嗟彼官吏者，其职称长民。[⑨]衣食不蚕耕，[⑩]所学义与仁。仁当养人义适宜，[⑪]言可闻达力可施。[⑫]上不能宽国之利，下不能饱尔之饥。[⑬]我饮酒，尔食糟，尔虽不我责，[⑭]我责何由逃？[⑮]

【注释】

①食糟民：指那些在灾荒之年被迫买酒糟为食的老百姓。灾民春荒被迫食糟，这在宋代是十分普遍的现象。欧阳修在他的诗文中多次对食糟民表示了深切的同情，本篇是其中反映这一问题最集中、最为形象的一篇。　②官：指官府、政府。榷(què)利：专利，宋代规定酒由官府专卖，称为“榷酤”。秋毫：本指鸟兽秋天极

微细的毫毛，这里比喻微小的利润。这两句说，官府用农民种出的糯谷来酿酒，升斗之间极微小的利润也不肯放过。 ③沽：既可指买，也可指卖；这里是卖出的意思。经年：整年。朽：指积压损烂，发霉变质。 ④酒醅(pēi)：未经过滤的酒。瀺灂(chán zhuó)：水流动翻腾的样子。这里是指酒醅浮动。按，这句是描写酿酒的情况。 ⑤罂(yīng)：腹大口小的酒器。 ⑥官沽：官府所买的酒。村酒：民间酿造的酒。当时经官府特许并纳税后，民间也可以酿造少量的酒。薄：味淡，酒精含量低。 ⑦釜(fǔ)：锅。糜粥：稀粥。糜，也是粥。 ⑧以为德：还以为是对百姓的恩德。 ⑨长(zhǎng)民：做百姓的长官，管理百姓。 ⑩不蚕耕：不养蚕、不种地。意思是不干农活。 ⑪仁当养人：仁就是要养活百姓。义适宜：义就是凡事要恰当，不要超过限度。 ⑫“言可”句：意思是对上述关于仁义的言论，官吏们本来是应该懂得并有力量施行的。⑬宽国之利：扩大国家的收益。饱尔之饥：让百姓吃饱。尔，你们，指百姓。下文的两个“尔”字皆同此义。 ⑭不我责：不责备我。责，责备，动词。 ⑮我责何由逃：我的责任又哪能逃避得了呢？责，责任，名词。

【品评】

这首诗大约作于庆历四年(1044)。那一年欧阳修奉命视察河东路，发现该处官府“将十五年积压损烂酒糟售配与人户，要清醋价钱”，对这种盘剥百姓的做法十分愤慨，曾向朝廷上《乞不配卖醋糟与人户札子》，请求明令禁止配卖(摊派)酒糟。从描写内容来看，本篇可能是与这篇札子同一时间所作。这是欧阳修社会政治题材诗中思想境界很高的一篇作品，它用对比的手法，揭露出当时社会的一桩极不合理的事实：官府把农民种出的糯米酿成美酒，实行专卖，供官吏和富人们享受，又赚了钱，而受灾的农民却连稀粥都喝不上，不得不向官府买回霉烂的酒糟来充饥。官吏们竟还认为这是对农民的恩典。作者用儒家的仁政思想来谴责官府，并深深地自责，流露了自己不能施展政治抱负的苦闷心绪和忧国忧民的高尚情怀。尤其是忧民爱民这一点，十分难能可贵，因而为后世的诗评家们所看重。比如宋人许顗《彦周诗话》就赞扬道："欧阳文忠公《食糟民》诗，忠厚爱人，可为世训。"从艺术表现上来看，本篇选取具体而有典型性的社会现象来揭露时弊的手法，以及篇末的自责语气等等，都显然是对唐人白居易"新乐府"诸篇有所借鉴和继承。

奉使道中作三首[①]

执手意迟迟，[②]　　出门还草草。[③]
无嫌去时速，　　但愿归时早。
北风吹雪犯征裘，　夹路花开回马头。[④]
若无二月还家乐，　争奈千山远客愁！

为客莫思家，　　客行方远道。
还家自有时，　　空使容颜老。
禁城春色暖融怡，　花倚春风待客归。[⑤]

劝君还家须饮酒，记取思归未得时。

客梦方在家，　　角声已催晓。
匆匆行人起，　　共怨角声早。
马蹄终日践冰霜，未到思回空断肠。
少贪梦里还家乐，早起前山路正长。

【注释】

①至和二年(1055)冬，辽朝新君道宗耶律洪基即位，宋仁宗派欧阳修为“贺登位国信使”，出使辽都上京去致祝贺之意。这组诗即为奉使途中所作。　②迟迟：缓步徐行。这里有留恋不舍之义。　③草草：忧愁的样子。《诗经·小雅·巷伯》：“骄人好好，劳人草草。”　④“夹路”句：以这条道路两旁春花开放为归期。按，欧阳修于这一年冬天出使，第二年二月回国。　⑤“禁城”二句：是设想明年春天，汴京城处处春色，迎接作者归来。禁城，宫城，这里代指北宋京城汴京。

【品评】

这一组诗，以婉转含蓄、缠绵悱恻的笔调，将作者于至和二年冬季奉命出使外邦、离京远行时的复杂感受宣写得淋漓尽致。第一首，写亲友送别时互相依依不舍的情形。前四句写自己满怀忧愁出门远行，亲友劝慰其不要嫌去得匆忙，但愿其顺利完成使命，早日归来。后四句，写自己泛寒冒雪上路，心中默默地发愿：明年二月这条大路两旁春花开放的时候，我这个思家远客应该从千山之外回来了！第二首，写上路之后的自我安慰和对随行人员的安慰。前四句说：此行前路正远，作为远行客不要轻易就想家；如果不到归期就想家，那是无用的，空使容颜衰老而已。后四句则设想将来如期返家时的美好情景以自慰和慰人：明年春天，京城里暖意融融，百花迎风开放，等待我们归来，那时我们回到家里先要痛饮一场，然后再慢慢回忆在路上思归未得的情景。第三首，具体描写在路途中住宿的第一个晚上就苦苦思家的情景。前四句叙述道：长夜过去、角声催晓的时候，我们的梦魂还在汴京的家里没有回来。大家匆匆起床，同声埋怨起床的号角吹得太早！后四句则展开描述上路继续前行时的艰苦之状，和在这种情况下思家情绪之缠绵浓厚。三首之中，以第三首最为形象逼真，韵味深远。所以钱锺书先生《宋诗选注》所选的就是这一首。

礼部贡院阅进士就试[①]

紫案焚香暖吹轻，　广庭清晓席群英。
无哗战士衔枚勇，[②] 下笔春蚕食叶声。[③]
乡里献贤先德行，[④] 朝廷列爵待公卿。[⑤]
自惭衰病心神耗，[⑥] 赖有群公鉴识精。[⑦]

【注释】

①嘉祐四年(1059)二月，欧阳修被任命为“御试进士详定官”，主持礼部贡院考试，仁宗皇帝赐御书“善经”二字。此诗即为

主持考试期间所作。 ②无哗战士：指应试的进士。旧时科举考试称“文战”，故云。衔枚：默不作声。古时行军，战士口中含一支筷子形状的“枚”，以防喧哗。 ③春蚕食叶声：形容用笔写字在纸上发出的声音。 ④先德行：首先考虑的是道德和品行。《周易·节卦》疏：“德行谓人才堪任之优劣。” ⑤“朝廷”句：意谓朝廷正等待挑选这些进士去担任官职。 ⑥自惭衰病：欧阳修当时五十二岁，已进入老年。这是他的谦辞。 ⑦群公：指和作者一起负责礼部贡院考试的其他官员。按，当年礼部贡院考试，欧阳修为详定官，范镇、王珪、梅挚、韩绛为同知，梅尧臣为参详官，所谓“群公”，指的就是这些人。

【品评】

嘉祐四年欧阳修主持礼部贡院考试，在考试之前和考校之暇，他与同事范镇、王珪、梅挚、韩绛、梅尧臣等人相互用诗歌唱酬。这首诗就是唱和诗中很有名的一篇，它写举子就试的情景和作者身为主考官的心情感受，题材新颖，描绘生动。尤其三四两句，描写举子答卷作文的情景，最为精彩动人，具有很高的典型性，是广为传诵的名句。宋人叶梦得《石林诗话》卷下简介这次贡院唱和的情况，并评论其中的优秀之作云：“至和、嘉祐间，场屋举子为文尚奇涩，读或不能成句。欧阳文忠公力欲革其弊，既知贡举，凡文涉雕刻者，皆黜之。时范景仁、王禹玉、梅公仪、韩子华同事，而梅圣俞为参详官，未引试前，唱酬诗极多。文忠‘无哗战士衔枚勇，下笔春蚕食叶声’最为警策；圣俞有‘万蚁战时春昼永，五星明处夜堂深’，亦为诸公所称。”宋人王直方《王直方诗话》也称赞“无哗”一联“绝为奇妙”。近人陈衍《宋诗精华录》则指明：这一联好就好在形容出了“举子在闱中作文情状。”

盘车图[1]

浅山嶙嶙，乱石矗矗，山石硗磐车碌碌。[2]山势盘斜随涧谷，侧辙倾辕如欲覆。出乎两崖之隘口，忽见百里之平陆。坡长坂峻牛力疲，天寒日暮人心速。[3]杨褒忍饥官太学，[4]得钱买此才盈幅。爱其树老石硬，山回路转，高下曲直，横斜隐见，妍媸向背各有态，远近分毫皆可辨。[5]自言昔有数家笔，画古传多名姓失。后来见者知谓谁，乞诗梅老聊称述。[6]古画画意不画形，梅诗咏物无隐情。[7]忘形得意知者寡，不若见诗如见画。乃知杨生真好奇，此画此诗兼有之。乐能自足乃为富，[8]岂必金玉名高赀。[9]朝看画，暮读诗，杨生得此可不饥。

【注释】

①盘车图：盘车，是古代绘画中常见的题材，唐开元时画家董萼便以画盘车著名，五代南唐画家卫贤也善画这一题材，《宣和画谱》卷八记载宋代有他的《雪岗盘车图》、《闸口盘车图》和两幅《盘车图》传世。今故宫博物院尚藏有宋人《盘车图》，绘牛车在山道上艰难行进之状。欧阳修此诗又题作《和圣俞盘车图》，题下注“呈杨

直讲”。杨直讲：杨褒，字之美，成都华阳人，时与梅尧臣同为国子监直讲。杨喜收藏古画，曾在市上购得《盘车图》一幅，请梅尧臣为之题诗。欧阳修此诗就是和梅诗之作。 ②嶙嶙：山峰重叠高峻的样子。矗矗：高耸的样子。硗嶅（qiāo áo）：山多石的样子。③坂：斜坡。按，这两句中的“牛力疲”、“人心速”等，乃是诗人对画中事物的揣测体会。 ④“杨褒”句：杨褒当时任国子监直讲，其职责是在隶属于国子监的太学讲授诸经、训导学者。这是一个俸禄微薄的职位，所以说他“忍饥官太学”。梅尧臣《和杨直讲夹竹花图》诗也说：“太学杨君固甚贫。” ⑤“爱其”六句：大意是说，杨褒之所以忍饥买画，乃是爱这幅画的精美。妍，美好。媸，丑陋。⑥“自昔”四句：是说《盘车图》自来就有数家的手笔，因流传久远而失其姓名，杨褒也不能确定谁是此画的作者，只好向梅尧臣请教，于是梅尧臣写诗称述这幅画。按，梅尧臣《观杨之美盘车图》诗说：“古丝昏晦三尺绢，画此当是展子虔。坐中识别有公子，意思往往疑魏贤。”展子虔，北朝著名画家，历仕北齐、北周，入隋为朝散大夫，善画人物、车马。魏贤，即卫贤，五代南唐画家。参见注①。⑦梅诗：指梅尧臣的《观杨之美盘车图》诗。 ⑧乐能自足：能以自我精神满足为乐。 ⑨“岂必”句：不一定要拥有金玉之类的财宝才叫富有。赀，同“资”，钱财。高赀，丰厚的钱财。

【品评】

这首题画诗是嘉祐元年(1056)在汴京所作。宋代绘画艺术发达，诗人们因之喜作题画诗，此诗便是其中传诵很广的一篇名作。诗中既有对画面所呈现的景物的传神描写，也有对画面不能直接表现的物态、人情的揣测和补充；既有对名画收藏者杨褒清高人品的称赞，也有对诗画艺术的高明议论。其中“古画画意不画形，梅诗咏物无隐情。忘形得意知者寡，不若见诗如见画”等句，是欧阳修论诗艺、画艺的著名观点，曾在宋代产生过很大的影响，并引起过当时诗话家们的热烈讨论。有关资料这里不一一具引，读者如有兴趣，可参看《梦溪笔谈》、《王直方诗话》及《韵语阳秋》等。除了善于议论外，本篇还运用自如地使用了散文句式，因此这首诗又是宋诗中“以文为诗”的一篇较为成功之作。朱自清先生《宋五家诗钞》评论说：“此杂言也。须留意诗中散文句。”它以七字句为主，适当穿插了四字、六字句，形成了全篇音律节奏的错落变化；而不管是四字、六字或七字句，也多用虚字，使之散文化，这就产生了平易畅达之中见曲折顿挫的独特艺术效果。

明妃曲和王介甫作[①]

胡人以鞍马为家，　射猎为俗。
泉甘草美无常处，　鸟惊兽骇争驰逐。[②]
谁将汉女嫁胡儿？　风沙无情貌如玉。
身行不遇中国人，[③]　马上自作思归曲。[④]
推手为琵却手琶，[⑤]　胡人共听亦咨嗟。[⑥]
玉颜流落死天涯，　琵琶却传来汉家。
汉宫争按新声谱，　遗恨已深声更苦。
纤纤女手生洞房，[⑦]　学得琵琶不下堂。

不识黄云出塞路，　岂知此声能断肠？

【注释】

①明妃：即王嫱，字昭君（晋人避文帝司马昭讳，改为明君，或称明妃），西汉南郡秭归（今属湖北）人，汉元帝的宫女。竟宁元年（前33），汉室与匈奴和亲，元帝以昭君远嫁呼韩邪单于，号宁胡阏氏。王介甫：即王安石（字介甫）。王安石于嘉祐四年提点江西刑狱时，作《明妃曲》二首，梅尧臣、司马光、刘敞等人纷纷和作。欧阳修也和了两首，即本篇和《再和明妃曲》。　②“胡人”四句：写匈奴人所过的狩猎游牧生活，点出胡、汉习俗之异。《汉书·晁错传》：“胡人食肉饮酪，衣皮毛，非有城郭田宅之归居，如飞鸟走兽于广野，美草甘水则止，草尽水竭则移。”所记为这四句所本。胡人，指匈奴。　③中国人：指中原地区的汉族人。上古华夏族建国于黄河流域，认为地居天下之中，故称“中国”，而称周边少数民族为“四夷”。　④“马上”句：是说当年明妃（昭君）出塞时曾在马上作琵琶曲以寄托哀怨。按，汉以后流传的王昭君琵琶怨曲，都是伪托，并非昭君所作。　⑤“推手”句：推手、却手，是弹琵琶时手指前后拨弦的动作。推手往前拨弦叫琵，引手往后拨弦叫琶。此句泛指弹奏。　⑥咨嗟：叹息。　⑦纤纤：妇女手指细弱柔美的样子。洞房：宫禁中幽深的内室。

【品评】

本篇与下一篇《再和明妃曲》，都是欧阳修的名作。据宋叶梦得《石林诗话》卷中记载，欧阳修曾对其子欧阳棐说：“吾《庐山高》，今人莫能为，惟李太白能之。《明妃曲》后篇，太白不能为，惟杜子美能之。至于前篇，则子美亦不能为，惟我能之也。”可见本篇是他平生最得意的作品。本篇小中见大，从国家大事着眼来写昭君出塞的历史悲剧，见识高超。其中描绘昭君出塞之苦，思归之切，尤为生动传神，又能巧借琵琶新声以发议论，也颇有诗意。后人对此诗的构思及章法布置十分赞赏，如清人方东树评论说，此诗“思深，无一处是恒人胸臆中所有”。“以后一层作起。‘谁将’句逆入明妃”。“‘玉颜’二句逆入琵琶。收四句又用他人逆衬。一层一层不犹人，所以为思深笔折也”（《昭昧詹言》卷十二）。

再和明妃曲[1]

汉宫有佳人，　　天子初未识。
一朝随汉使，　　远嫁单于国。[2]
绝色天下无，　　一失难再得。
虽能杀画工，　　于事竟何益？[3]
耳目所及尚如此，万里安能制夷狄！[4]
汉计诚已拙，[5]　　女色难自夸。
明妃去时泪，　　洒向枝上花。
狂风日暮起，　　飘泊落谁家？
红颜胜人多薄命，莫怨春风当自嗟！[6]

【注释】

①这首诗也是嘉祐四年(1059)在汴京所作,是和王安石《明妃曲》两篇中的第二篇。 ②“汉宫”四句:本事出于《后汉书·南匈奴传》:竟宁元年,匈奴呼韩邪单于来朝,汉元帝命赐他五个宫女。王昭君入宫已数年,不得进见,遂自动请行。临行之日,“昭君丰容靓饰,光明汉宫,顾景徘徊,竦动左右。帝见大惊,意欲留之,而难于失信,遂与匈奴”。单(chán)于,匈奴国君的称号。 ③杀画工:相传汉元帝因后宫美人多,不能常见,就令画工为她们画像,按图召见。于是宫女们都贿赂画工。惟独王昭君自恃容貌美丽而不行贿,画工便将他画丑,遂不得召见。后欲嫁匈奴时,元帝才发现她容貌为后宫第一,且善应对,举止娴雅。但因怕失信于匈奴,不好改换他人,因而怒杀画工。事见《西京杂记》卷上。 ④“耳目”二句:意思说自己身边的事情尚且要受蒙蔽,哪里还谈得上战胜万里之外的敌人呢? 按,这二句是借汉事言宋事,讽刺宋廷一味求和的对外政策。 ⑤汉计诚已拙:汉代的和亲政策的确很不高明。这句也是针对宋朝的对外政策而言。 ⑥红颜:指妇女的美貌。春风:喻指命运遭遇。

【品评】

本篇是前选《明妃曲和王介甫作》的姊妹篇,是欧阳修自许为“太白不能为,惟杜子美能之”的得意之作。它通过抨击汉元帝愚拙的和亲政策,借汉讽宋,对宋朝君臣苟安妥协、不事振作、一味向辽和西夏乞求和平作了尖锐的揭露与批判。与前一篇比较起来,本篇议论较多,形象性稍逊,但“耳目所及尚如此,万里安能制夷狄”二句议论警策，诚如宋人所评：“欧阳公《明妃后曲》，其间言近而宫廷闻见且有所不及，况远而万里之夷狄乎？此语切中膏肓。”（蔡正孙《诗林广记》卷二卷一引钱晋斋语）

忆滁州幽谷[①]

滁南幽谷抱千峰，　高下山花远近红。
当日辛勤皆手植，　而今开落任春风。
主人不觉悲华发，　野老犹能说醉翁。[②]
谁与援琴亲写取，[③]　夜泉声在翠微中。[④]

【注释】

①滁州幽谷：见前选《滁州幽谷》注①。　②醉翁：作者自称。欧阳修在滁州时开始自称醉翁。　③与："与我"的省略，"替我"之意。援琴：即抚琴，弹琴。写：这里指作曲。　④翠微：轻淡青葱的山色，这里指青山。

【品评】

这首诗是嘉祐、治平年间在汴京作，为作者“忆滁诗”之一。这时的欧阳修，年已五十馀岁，官位渐隆，正是其一生仕途较为得意之时，但朝中一系列的纷争和政敌的诬陷打击也使他渐渐心灰意冷，萌发了辞官退隐、回归自然的念头。在这种心态下，他不时回忆起贬谪滁州期间的那一段生活，陆续写了一些忆滁之作。本书选此首作为代表。欧阳修在滁州所过的贬谪生活既是痛苦郁闷、幽凄彷徨的，同时又是风流潇洒、自得其乐的。之所以能过得风流潇洒、其乐融融，一个重要的原因是琅琊山的幽谷清泉使他找到了心灵慰藉的场所，使他在回归自然、物我两忘中获得了精神解脱。本篇即是回忆当初由他自己发现、最让他终生难忘的滁州幽谷的。诗的前两联，深情款款地回忆起琅琊山中千峰环抱的幽谷，回忆起山中自己辛勤手植的花木，心情无限怅惘之至。第三联，回到眼前，自伤年岁老大，想像当初与自己同其乐的田夫野老还在，还记得“醉翁”。尾联以寄语滁人的方式表达无限思念之情：你们当中有谁能替我援琴去幽谷一游，把幽谷泉深夜在青山中淙淙流动的美妙声音记录下来？全诗抒情气氛较为浓厚，意境深窈幽丽，语言朴素自然，虽非欧诗名篇，但也体现了作者七律的典型风格。

秋　怀①

节物岂不好，　秋怀何黯然。
西风酒旗市，②　细雨菊花天。
感事悲双鬓，③　包羞食万钱。④
鹿车终自驾，⑤　归去颍东田。

【注释】

①本篇为英宗治平二年(1065)在汴京作，是作者在这个时期

所作的一系列“思颍诗”中的一篇。 ②酒旗：旧时酒店门前悬挂的布招牌。 ③悲双鬓：悲叹头发已经花白。 ④包羞食万钱：对自己空居高位享受丰厚的俸禄感到羞愧。包羞，用《周易》“位不当也”之义，参见前选《初至夷陵答苏子美见寄》注⑬。 ⑤鹿车自驾：典出《后汉书》卷八四《鲍宣妻传》：“妻乃悉归侍御服饰，更著短布裳，与宣共挽鹿车归乡里。”这里指欧阳修想要辞官归隐。鹿车，一种用人力推挽的小车。

【品评】

这首作于治平二年的五言律诗，真实地反映了欧阳修晚年的政治处境和心情。细察作者履历可知，这一年他两次上书要求辞去参知政事(副宰相)，但都未获允准。此前他先在立英宗的问题上和富弼有矛盾，接着在议定英宗生父濮王的称号上，又与司马光意见冲突，发生所谓“濮议”之争。因此思想很消沉，归隐的念头十分强烈。在这种背景下，此诗感叹国事，自伤衰老，羞于食厚禄而愤然思归隐，这正是他当时消极颓唐心态的形象化的呈现。全篇字句凝炼，诗意浓缩，章法严谨，艺术表现手法十分高超。作者还成功地以乐景写愁情，这主要表现在“西风酒旗市，细雨菊花天”一联，它道尽秋日之佳趣，并借此反衬出作者黯然神伤的意态。这首诗广为后来的诗话家所称道，“西风”“细雨”一联，更被公认为描写秋景难得的佳句。宋人胡仔《苕溪渔隐丛话》前集卷三十引《雪浪斋日记》道：“或疑六一诗，以为未尽妙，以质于子和。子和曰：‘六一诗只欲平易耳。如：西风酒旗市，细雨菊花天，岂不佳？晚烟寒橘柚，秋色老梧桐，岂不似少陵？’”宋末方回称赞此联

“全不吃力”(《瀛奎律髓》卷十二《秋日》)。近人高步瀛《唐宋诗举要》也评点此联曰:“名隽。”他们都未能说明这一联诗究竟好在哪里。我们认为它好就好在不用一个虚字,不着半点雕饰,而纯用白描,不仅写出了典型的季节风物,而且寄寓了诗人的思想感情。

寄答王仲仪太尉素[①]

丰乐山前一醉翁,　馀龄有几百忧攻。
平生自恃心无愧,　直道诚知世不容。
换骨莫求丹九转,[②]　荣名岂在禄千钟。[③]
明年今日如寻我,　颍水东西问老农。

【注释】

①王仲仪太尉素:王素,字仲仪,庆历三年(1043)曾与欧阳修同为谏官。太尉,官名,北宋时已不设此官,一般用为对高级武职官员的尊称;此时王素任澶州观察使、知武成军,故称之为太尉。②“换骨”句:道教传说,服用“九转仙丹”后可换凡骨为仙骨。这句是说自己不慕神仙,不祈求长生不死。　③“荣名”句:这句是说自己不留恋富贵。钟是古代计量单位,十斗为一斛,十斛为一钟;“千钟禄”是很高的俸禄。

【品评】

这首七律是治平四年(1067)三月在汴京作,亦为“思颖诗”之一。为了理解诗的内容，对其写作背景须作简略的介绍：欧阳修自至和元年(1054)重被朝廷召用后，虽然因多年宦海风波的打击而思想渐趋消沉，但立朝仍一如既往地以刚直为本，对人对事还是直言不讳，因而除了宿敌之外，又新得罪了不少人，“以是怨谤益众”(《欧阳文忠公全集》卷首《四朝国史本传》)。为防别人的报复打击，他曾于治平二年、三年两次要求辞去参知政事，均未获准。治平四年二月，怨谤者终于对他搞了个突然袭击，由御史蒋之奇、彭思永等出面弹劾他“帷簿不修”，诬告他与长媳通奸。这在当时是乱伦大罪，要身败名裂的。欧阳修一个月之内九次上奏，要求辩诬。幸赖新即位的宋神宗亲自过问此案，将诬陷者贬官，并在朝堂出榜为欧阳修雪谤，这场风波才平息下来。虽然如此，此事对欧阳修刺激实在太大，使他痛下决心，请求辞去参知政事，外任州守，然后辞官退休。在他的坚持请求下，三月间神宗准许他辞去参知政事，出任亳州知州。这首诗就是他已经罢政尚未成行的时候，为答谢友人王素的慰问而写的。诗用直抒胸臆的方式写成，但也在抒情中带有明显的自述经历的成分。“百忧攻”、“心无愧”等，显然是指被蒋之奇等诽谤之事；“直道诚知世不容”云云，不但说明他很清楚自己被小人怨谤的原因，而且概括了他入仕以来因行直道而屡遭挫折的经历。末联“明年今日”云云，则是明明白白地把自己将来的打算和归宿告诉友人。全诗情感真挚而沉痛，叙事概括而清晰，可当一篇简洁的欧阳修自叙传来品读。

再至汝阴三绝[1]

黄栗留鸣桑椹美，[2] 紫樱桃熟麦风凉。[3]
朱轮昔愧无遗爱，[4] 白首重来似故乡。

十载荣华贪国宠，[5] 一生忧患损天真。
颍人莫怪归来晚， 新向君前乞得身。[6]

水味甘于大明井， 鱼肥恰似新开湖。[7]
十四五年劳梦寐，[8] 此时才得少踟蹰。[9]

（余时将赴亳社，[10] 恩许枉道过颍也。）

【注释】

①汝阴：即颍州（今安徽阜阳）。 ②黄栗留：即黄鸟、黄莺。③麦风：麦熟时节所吹的风。唐人李乂《兴庆池侍宴应制》诗："纵棹洄沿萍溜合，开轩眺赏麦风和。" ④朱轮：汉代制度，地方守令所乘之车，以朱漆涂车轮。《史记·张耳陈馀列传》："令范阳令乘朱轮华毂，使驱驰燕赵郊。"此处用"朱轮"代表自己原先的颍州知州身份。遗爱：遗留及于后世之爱。语本《汉书》卷一百下《叙传》："淑人君子，时同功异，没世遗爱，民有馀思。"这里指留下的

政绩。 ⑤十载：作者自仁宗至和元年(1054)离开颍州，至英宗治平四年(1067)再来，已隔十四个年头，这里说“十年”，是举其成数。国宠：指皇帝和朝廷给与的恩宠荣耀。 ⑥乞身：封建时代以作官为委身事君，因称请求退职为乞身。《史记·张仪列传》：“故仪愿乞其不肖之身之梁。”又汉《巴郡太守樊敏碑》：“秋老乞身，以助义都尉养疾闾里。”欧阳修这一句是说自己的辞官申请刚刚得到皇帝的恩准。 ⑦大明井、新开湖：均在扬州。 ⑧十四五年：见上注⑤。 ⑨踟蹰(chí chú)：来回走动。这里指流连观赏。 ⑩亳(bó)社：指亳州(今属安徽)。亳州曾为殷商建都之地，古代建国必先立“社”，故亳州又称亳社。

【品评】

这三首七言绝句，是治平四年(1067)欧阳修赴亳州途中，在颍州停留时作。在此之前，欧阳修已经选定他曾经任职的颍州作为自己退隐终老之地。这一年三月，他获准辞去参知政事，以观文殿学士、刑部尚书出知亳州，在向神宗辞行的时候，请求准许他赴任途中先到颍州停留一段时间(以便扩建房屋，预备辞官后去定居)。得神宗同意后，他就于初夏到达颍州，在那里居留了大约两个月的时间。诗即作于刚刚抵达颍州之时。这三首诗所表达的意思可用八个字来概括：思颍情深，回颍心喜。第一首，以初夏景色发端，自述重新踏上颍州土地时的亲切之感。第二首，向颍人倾诉说：归隐田园是自己久有之愿，无奈十年荣宠、一生忧患，耽误了自己，如今总算如愿以偿了。第三首，将颍州与自己曾经宦游的扬州相比，认为颍州有优于扬州之处——水甘鱼肥，利于优游养老，再次为自己终于回到十多年来一直魂牵梦萦的这个“似故乡”之地而感到无比欣慰。这组诗也是欧诗的名篇，特别是其中的写景佳句，久已为前人拈出。南宋初年的胡仔就引第一首的“黄栗留鸣桑椹美，紫樱桃熟麦风凉”一联，认为是写初夏景色的佳句（《苕溪渔隐丛话》后集卷二十三《六一居士》）。其实这组诗之所以显得美，主要还不在个别写景佳句上，而在于它们抒情达意十分真挚婉转。

升天桧[①]

青牛西出关，　老聃始著五千言。
白鹿去升天，　尔来忽已三千年。[②]
当时遗迹至今在，　隐起苍桧犹依然。
惟能乘变化，[③]　所以为神仙。
驱鸾驾鹤须臾间，[④]　飘忽不见如云烟。
奈何此鹿起平地，　更假草木相攀援？[⑤]
乃知神仙事茫昧，[⑥]　真伪莫究徒自传。
雪霜不改终古色，[⑦]　风雨有声当夏寒。
境清物老自可爱，　何必诡怪穷根源！

【注释】

①升天桧：道家传说，老子骑白鹿从亳州一棵桧树之巅白日

飞升，后人称这棵树为升天桧，并就地建庙。 ②“青牛”四句：道家传说，老子（姓李名耼）曾乘青牛西出函谷关，著《道德经》五千言；后来他乘白鹿升天成仙，从那时到宋代已经三千年。尔来，从那时起，打那以来。 ③乘变化：指能顺应自然。 ④须臾：片刻，一会儿。形容时间过得快。 ⑤“奈何”二句：意谓既然此鹿能够平地起飞，又何必攀缘桧树、借桧树之力才上天呢？ ⑥茫昧：幽暗不明。 ⑦终古：这里作“往昔”、“自古以来”解。

【品评】

这首诗是熙宁元年（1068）夏天在亳州（今属安徽）所作。欧阳修一生致力于儒学复兴，力排佛、道二家，在不少诗文中表示了对佛、道之说的怀疑和批判。本篇就对道教徒关于老子“飞升”的传说表示了深深的怀疑。早在南宋时，就有人揭示了这首诗的主题思想和批判矛头之所向。如理学家黄震就说：“《升天桧》一首，其说谓老子自此乘白鹿升天，如上虞刘樊升仙木之类也。欧谓曰：‘惟能乘变化，所以为神仙。驱鸾驾鹤须臾间，飘忽不见如云烟。奈何此鹿起平地，更假草木相攀缘？乃知神仙事茫昧，真伪莫究徒自传。’”（《黄氏日钞》卷六一《欧阳文》）黄震的意思是说：亳州老子升天桧的传说，和他的家乡浙江慈溪附近的上虞刘樊升仙木一样荒诞不经；欧诗中对此事表示怀疑的句子，就是从“惟能乘变化”至“真伪莫究徒自传”这八句。这八句中尤其是“奈何”二句，可以说是击中了要害：既然白鹿能平地起飞，又何必借桧树作为支撑点呢？由此可见这首诗并不是枯燥无味的说理议论诗，而是一首形象化的咏物抒情诗，它对神仙之说的怀疑，是在形象描写中自然而然地引发出来的。还需强调指出的是，这首诗思想表达的可贵之处，不仅在于对神仙之说的怀疑，还在于对神话古迹采取了一种极为通达的态度——这就是诗的结尾二句：“境清物老自可爱，何必诡怪穷根源！”

词　选

采桑子

轻舟短棹西湖好，[①]绿水逶迤。[②]芳草长堤。隐隐笙歌处处随。　　无风水面琉璃滑，[③]不觉船移。微动涟漪。[④]惊起沙禽掠岸飞。

【注释】

①棹(zhào)：一种划船工具，形状如桨。西湖：指颍州(今安徽阜阳)西湖。本书所选的十首《采桑子》，是欧阳修专为咏唱颍州西湖旖旎风光和自己流连欣赏之感受而创作的一组词，其中每一首写到的西湖都是指颍州西湖，下文不再一一作注。　②逶迤(wēi yí)：弯曲而长的样子。　③琉璃滑：形容流水清澈透明像玻璃一样光滑。白居易《泛太湖书事》诗："碧琉璃水净无风。"④涟漪：水波纹。左思《吴都赋》："濯明月于涟漪。"向注："涟漪，细波纹。"

【品评】

本篇是欧阳修歌咏颍州西湖的组词——《采桑子》十首的第一首。关于写作这十首《采桑子》的心态和目的，作者在冠于组词之首的《西湖念语》中这样说道："虽美景良辰，固多于高会；而清风明月，幸属于闲人。并游或结于良朋，乘兴有时而独往。鸣蛙暂听，安问属官而属私；曲水临流，自可一觞而一咏。至欢然而会意，亦旁若于无人。”由此可见，这些小词都是他以旷达的胸怀和潇洒的态度去啸傲湖山、流连光景的即兴之作，每一首都是他对颍州西湖的自然风光“欢然会意”时的产物。这十首词好就好在，它们虽然都是写同一个西湖，但每一篇都有各自的艺术境界和审美特色。诚如近人夏敬观所说：“此颍州西湖词。公昔知颍，此晚居颍州所作也。十词无一重复之意。”（龙榆生《唐宋名家词选》）

本篇描写西湖的恬静明丽和作者湖面泛舟的舒适之感，并通过这种描写表现作者这个“闲人”的闲雅风度。全篇向读者展示出这样的“有我之境”：在碧波长堤、水平如镜的湖面上，先是笙歌隐隐，接着桨声阵阵，惊起沙禽，平静的气氛一下子被打破，醉翁欧阳修轻舟短棹，由远而近地缓缓出现了……作者似乎只是客观地写景，而没有作什么自我描写，但主人公那一副风流自赏、自得其乐的悠闲之态，却活灵活现地凸现在画面上。由此可见作者善于通过特定境界的展现来进行自我表露的艺术功力。所以许昂霄《词综偶评》称赞本篇说：“闲雅处，自不可及。”俞陛云《唐五代两宋词选释》则点评其造境之妙道：“下阕四句，极肖湖上行舟波平如镜之状。‘不觉船移’四字，下语尤妙。”

采桑子

春深雨过西湖好，百卉争妍。蝶乱蜂喧。晴日催花暖欲然。[1]　　兰桡画舸悠悠去，[2]疑是神仙。返照波间。水阔风高飏管弦。

【注释】

①花欲然：化用杜甫《绝句》："山青花欲然。"然，同"燃"，燃烧。　②兰桡（ráo）：木兰树材做的船桨；此用作船桨的美称。梁简文帝《采莲曲》："桂楫兰桡浮碧水，江花玉面两相似。"画舸：油漆的有图案花纹的大船。

【品评】

这首词有如一幅风景画，它所展示的是春深时节一场豪雨过后颍州西湖的热闹景观。这种展示是两个景物层面的有机合成：一是湖岸四周无比繁盛的花草，二是湖面上管弦高奏的游船。首句"春深雨过西湖好"是一篇之关纽，它告诉我们，湖岸四周与湖面上的热闹景象都是春雨给带来的：是春雨催开了百花，从而招来了无数的蜂蝶；是春雨使湖水猛涨，更便于泛舟行乐，从而招来了众多的游客。上片先写湖上花事之盛，精心选用暖色调的和带热闹意味的语词如"暖"、"然（燃）"、"乱"、"喧"、"争妍"、"晴日"等等，渲染出一派"晴日暖花春意闹"的景象。这个景象是作为湖面上泛舟游乐的美好背景而出现的，水中的游船才是景物描写的中心。下片就专写游船，诗人大笔挥洒，由近及远、由白天到晚上地写将过去，让我们看到了这样一连串整整持续了一天的热闹景象——雨后天晴，水深浪阔，游船轻驶，悠悠远去，使游客（包括诗人自己）感到飘飘然如羽化登仙。这一场游乐一直持续到黄昏，夕阳返照于波间，这时水阔风高，更宜于畅其所乐了，于是船上奏起了乐曲。

采桑子

画船载酒西湖好，急管繁弦。[1]玉盏催传。[2]稳泛平波任醉眠。　　行云却在行舟下，[3]空水澄鲜。[4]俯仰留连。疑是湖中别有天。

【注释】

①急管繁弦：指乐器管弦声急促而繁复。　②玉盏催传：指宴席上酒杯催着传递。　③"行云"句：是说天上流动的云彩倒映在水里，好像是在船底下行走一样。　④空水澄鲜：化用谢灵运《登江中孤屿》诗："空水共澄鲜。"空水，指水清澈见底；澄，清澈。

【品评】

本篇承上篇之馀绪，专写画船游湖之乐。上片先泛写游船上一般都有的活动内容：饮酒，听音乐。听音乐是听惯常的"急管繁弦"，饮酒是不断地传杯换盏，醉倒方休，这些描写都不足为奇。显出本篇特色的是下片——作者醉后稳卧平波，仿佛身处水晶宫里，放眼远望，倾耳细听，潜心体味着此中的澄澈和宁静，于是在他的笔下绘出了一个高迥透明、水天一色的清净世界。这个清净世界，既是眼前的实景，也使他晚年归于平淡超旷的心灵世界的外化。近人俞陛云评论此词下片造境之美说:“湖水澄澈时如在镜中,云影天光,上下一色,‘行云’数语能道出之。”(《唐五代两宋词选释》)

采桑子

群芳过后西湖好,狼藉残红。① 飞絮濛濛。② 垂柳阑干尽日风。　　笙歌散尽游人去,始觉春空。③ 垂下帘栊。④ 双燕归来细雨中。

【注释】

①群芳:百花。谢朓《酬德赋》:“览斯物之用舍,相群芳之动植。”狼藉:纵横散乱。　②濛濛:雨点细小的样子。这里形容柳絮漫天飞扬如细雨。　③春空:春意消失。　④帘栊:即窗帘。窗棂为栊。谢惠连《七月七日夜咏牛女》诗:“升月照帘栊。”

【品评】

本篇通过描写颍州西湖暮春景物,表现作者晚年退休之后恬淡自适的生活情趣。古诗词中春游题材的作品,一般都喜欢描写群芳正盛时的美景与乐事,本篇却偏偏选取万花凋零的时刻来进行描绘,从中觅取寂静之境,体验恬淡之趣,可谓别具一格。作者采用虚实相生的章法来结构全篇:上片写暮春湖上“花谢花飞飞满天”的景致,是实写;下片写游人散尽之后自己体验到的无边安静与几分寂寞，是虚写。此词通体皆佳，然以首句“群芳过后西湖好”最受词论家称赏，它好就好在突兀而起，笼罩全篇，是写景抒情之关纽，以后的优美情景都由此句生发出来。清代词话家谭献评论说：“‘群芳过后’句，扫处即生。”又：“‘笙歌散尽游人去’句，悟语是恋语。”（谭评《词辨》卷一）近人俞陛云则评论此词全篇之美曰：“西湖在宋时堤上香车，湖中画舸，极游观之盛。此词独写静景，别有意味。”（《唐五代两宋词选释》）

采桑子

何人解赏西湖好，佳景无时。飞盖相追。①贪向花间醉玉卮。②　　谁知闲凭阑干处，芳草斜晖。水远烟微。一点沧洲白鹭飞。③

【注释】

①飞盖相追：这是化用曹植《公讌》诗：“清夜游西园，飞盖相追随。”盖，车篷；飞盖指奔驰的马车。　②玉卮：玉杯。卮，饮酒的圆器，见《说文》。　③沧洲：水边之地。

【品评】

人人都说颍州西湖好，但要问究竟好在哪里，又似乎无人能解。作为西湖的老熟客，作者就在本篇用审美的语言把西湖的好处给介绍出来。上片是说，西湖的第一点好处，是在于“佳景无时”——一年四季风景皆佳，春景、夏景、秋景、冬景各有各的妙处；一天之中，无论晚景、午景、黄昏之景，都各有特色。正因为如此，一年到头，一天到晚，都有车马载着游客联翩而至。人们往往在花间饮酒，用醉眼观景，直至尽兴方归。下片则告诉人们，虽然西湖“佳景无时”，但好中选好，最好的还是黄昏之景。你看，我闲倚阑干向西天远眺，但见芳草斜阳，一片瑰丽；水远烟微，引人遐想；而最让人感到惬意的是，水边草地上，高洁潇洒的白鹭在自由自在地飞翔。欧阳修晚年定居颍州，目的就是在这里度过他的桑榆晚景，他对西湖黄昏之景情有独钟，这是符合一个垂暮老人的心理常态的。

采桑子

清明上巳西湖好，[①] 满目繁华。争道谁家。绿柳朱轮走钿车。[②]　　游人日暮相将去，[③] 醒醉喧哗。路转堤斜。直到城头总是花。

【注释】

①上巳：古时农历三月巳日为上巳节，魏晋以后改为三月三日。　②朱轮：古制，太守所乘车以朱漆涂车轮，作者曾为颍州太守，故云。钿车：嵌上金丝花纹作为装饰的车子。杜牧《街西长句》诗：“绣鞅珑璁走钿车。”　③相将：相随。

【品评】

本篇写农历三月三日上巳节至三月五日清明节那几天颍州西湖游乐之盛。在中国的传统习俗中，春季是旅游旺季；而在春季旅游中，上巳—寒食—清明这连着的几天又是旺中之旺。本篇就是着力描写这几天西湖游乐之“旺”象的。唐人杨巨源春游诗有句云：“若待上林花似锦，出门俱是看花人。”可见无论在任何风景旅游处，春游的主要特征都是：人多，繁华热闹。欧阳修在本篇中就是紧紧抓住这一特征来渲染描绘西湖春游之盛况的。上片写柳荫大路上熙熙攘攘、车马争道的状况，以见出游客之多；下片则专写黄昏游客归去时的酒态醉语高声喧哗之状，而以满路繁花作映衬，以见出场面之繁华热闹。此词以小篇幅写大场面，写得有声有色，宛然是一幅浓缩的皖西北春日民俗风情画。

采桑子

荷花开后西湖好，载酒来时，不用旌旗。前后红幢绿盖随。① 画船撑入花深处，香泛金卮，② 烟雨微微，一片笙歌醉里归。

【注释】

①“不用旌旗”二句：意谓不必用旌旗，荷花荷叶红绿相衬，比旌旗仪仗更好看。红幢绿盖：红色的旌旗和绿色的伞盖，形容湖中的红花绿叶。 ②金卮：金杯，酒杯的美称。邢邵《三日华林园

公宴》诗："方筵罗玉俎，激水漾金卮。"

【品评】

本篇写夏天荷花开放时颍州西湖风景之美与作者自己的游赏之乐。上片写西湖荷花给作者带来的审美愉悦。作者是用一个地方长官的眼光来观赏荷花的。他是颍州太守，按官场惯例，太守出行，要摆威风，用旌旗仪仗左右夹护。而西湖水面上的荷花，红花与绿叶相间，就像一簇簇红色的旌旗和绿色的伞盖，拥卫着太守的游船。作者觉得它们比自己那一套旌旗仪仗更好看，赞赏之馀，忍不住自我打趣道：下次我载酒再来时，不用带旌旗仪仗了！下片写"醉翁"自己在荷花丛中饮酒的乐趣——荷花深处，烟雨微微，撩人情思，动人遐想，酒香中融入了荷香，更使人飘飘然如在仙境。于是举酒细饮，慢慢至醉，才在花香、酒香与乐曲声的包围中打道回府。古今写荷花的作品多如牛毛，此词的佳处，就在于写出了有特定身份和特定审美标准的人赏荷所获得的特殊乐趣。

采桑子

天容水色西湖好，云物俱鲜。① 鸥鹭闲眠。应惯寻常听管弦。　　风清月白偏宜夜，一片琼田。② 谁羡骖鸾。③ 人在舟中便是仙。④

【注释】

①云物：指天空的云霞。赵嘏《长安秋望》诗："云雾凄清拂曙流，汉家宫阙动高秋。" ②琼田：形容湖面莹洁，有如玉田。旧题东方朔《十洲记》："东海有不死之草，生琼田中。" ③骖鸾：指仙人骑着鸾鸟在天空遨游。江淹《别赋》："驾鹤上汉，骖鸾腾天。" ④"人在"句：典出《后汉书·郭太传》："林宗(郭太)惟与李膺同舟而济，众宾望之以为神仙焉。"

【品评】

本篇通过描写昼晴夜朗的日子里西湖上空(天容)和湖面(水色)之美，创造出一个莹澈高迥的神仙般境界。上片写日丽天青的昼景：红轮高照，云物俱鲜，暖气融融，鸥鹭闲眠，这时最宜于在湖上以闲暇的心态聆听音乐。下片写风清月白的夜景：天空，明月皎皎，莹澈无边；湖面，银波闪闪，宛如万顷琼田。月光把天空和湖面粘合成为一体，使人实在难以分辨何处是天，何处是湖。此时如果在湖面泛舟，会使人觉得是在天上行驶，自认为已经进入仙境，不再羡慕那些骖鸾驾鹤的神仙了。

采桑子

残霞夕照西湖好，花坞蘋汀，[1]十顷波平。野岸无人舟自横。[2]　西南月上浮云散，轩槛凉生。莲芰香清。[3]水面风来酒面醒。[4]

【注释】

①花坞：四面高中间低可以障风的花圃。严维《酬刘员外》诗："花坞夕阳迟。"蘋汀：长满蘋花的水边小洲。 ②"野岸"句：化用韦应物《滁州西涧》诗："野渡无人舟自横。" ③芰(jì)：菱。④酒面：醉脸。

【品评】

本篇专写黄昏的西湖。上片先写太阳落山时的情景。首句"残霞夕照西湖好"，不光是写景，亦暗喻老年心态，它与唐诗人刘禹锡"莫道桑榆晚，为霞尚满天"，李商隐"夕阳无限好"一样，都是通过"晚霞"、"夕阳"来寄托临老的情思。以下具体描写黄昏西湖究竟"好"在何处。"花坞"者，土墙高处栽花；"蘋汀"者，水岸低处种蘋，这是"残霞夕照"辉映下的美景之一。"十顷波平，野岸无人舟自横"者，黄昏游人多已散去，水面显得十分平静而空阔，只有岸边孤舟自横。这是"残霞夕照"辉映下的美景之二。"野岸"句化用唐诗人韦应物《滁州西涧》的"野渡无人舟自横"，改"渡"为"岸"，就不是"春潮带雨晚来急"的滁州西涧，而是"十顷波平"的颍州西湖野岸了。欧公"引古"之灵活而善于创造，于此可见一斑。下片续写月上东山时的情景，着重突出日落月出之际的环境气氛给人带来的清凉幽爽之感：月亮出来之后，首先驱散了天空的浮云；接着，风来了，水中的芰菱荷花散发出清幽的香气，在轩槛内倚阑欣赏湖光秋色的诗人开始感到了阵阵凉意；更让人感到舒适和兴奋的是，这挟带着花香的凉风吹醒了诗人的醉脸，唤起他写出了这首像风景画一样美的词。

采桑子

平生为爱西湖好，来拥朱轮。[1]富贵浮云。[2]俯仰流年二十春。[3]　　归来恰似辽东鹤，城郭人民，触目皆新。[4]谁识当年旧主人？

【注释】

①来拥朱轮：指到颍州当太守。见前《采桑子》(清明上巳西湖好)注②。　②富贵浮云：把功名富贵看得像过眼烟云。语出《论语·述而》："不义而富且贵，于我如浮云。"　③"俯仰"句：作者自仁宗皇祐二年(1050)秋天离颍州知州任改知应天府(今河南商丘)，到神宗熙宁四年(1071)退休归颍，恰好二十个春天。④"归来"三句：《列仙传》："丁令威者，辽东人，少随师学得仙道，分身任意所欲。尝暂归，化为白鹤，集郡城门华表柱头言曰：'有鸟有鸟丁令威，去家千年今始归。城郭如故人民非，何不学仙冢累累。'"

【品评】

这是作者西湖组词的最后一首，它不再描写颍州西湖本身，而是抒写作者离开颍州二十年后又回到故地的欣喜而又感伤的复杂情绪，作为组词的收束。上片逆入，回忆二十年的经历。首二句自述平素十分喜爱西湖，曾经到这里任太守，领略了西湖的美景。后二句感叹自己因仕宦所需，当年轻易地离开了这个美好的地方，打那以来，年华似水，二十年很快就消失了。下片纯用“引古”（用典）之法，写自己重返颍州后的物是人非之感。这里所用的是古诗词中常用的一个神话故事，却没有俗滥之感，而是恰切地表露了作者此时此地的心境。作者认为他重返颍州“恰似辽东鹤”——就像离乡多年又还乡的丁令威。“城郭人民”四字，是丁令威的话“城郭如故人民非”的缩写，用来表达作者的物是人非之感。结尾二句极为沉痛：时过二十年，已经没有人记得当年的旧主人欧阳修了！

朝中措

送刘仲原甫出守维扬①

平山阑槛倚晴空，②山色有无中。③手种堂前垂柳，④别来几度春风。　　文章太守，⑤挥毫万字，一饮千钟。行乐直须年少，尊前看取衰翁。

【注释】

①刘仲原甫：刘敞（1019—1068），字原甫（仲，老二，这是指其排行），江西新喻人，庆历进士，官至集贤院学士、判南京御史台。出守维扬：出任扬州知州。刘敞于仁宗至和三年（1056）出知扬州，欧阳修写了这首词送他。　②平山：堂名，在扬州蜀冈山上，

欧阳修守扬州时所建。倚晴空：形容平山堂栏槛很高，像是插在半空中一样。 ③山色有无中：这是化用王维《汉江临泛》诗：“江流天地外，山色有无中。” ④“手种”句：据张邦基《墨庄漫录》：“扬州蜀冈上大明寺平山堂，欧阳文忠手植柳一株，人谓欧公柳。” ⑤文章太守：这是欧阳修自称。他曾任扬州太守。

【品评】

这首送别词，不涉别情，而是抒发豪情，自励亦以励人。上片写作者在扬州时所建造的平山堂的壮丽景色。首句“平山阑槛倚晴空”，一起高横，“倚”字极警动，显示出平山堂突兀峥嵘的凌空之势。“山色有无中”本为唐诗人王维《汉江临眺》中的句子，欧公化用，遂成词中名句，成为“醉翁语”。后二句逆入，借对手植之树的怀念，回忆平山堂往事，也就是回忆自己在扬州任太守时的往事，以呼应词题——送刘原甫出守维扬。下片作自我写照，以前任扬州太守（作者自己）豪放旷达的形象劝勉现任扬州太守（刘原甫）效其所为，做一个乐天派、豪放派。“文章太守”三句，是欧公的自画像，风流雄豪，令人景仰。结拍“行乐”二句，意思是说，你正当壮年（这一年刘原甫才三十七岁），到了那里以后，应当及时行乐，你看我如今已是衰翁（这一年欧阳修已五十岁），要想行乐是不如你了。在自谦自叹中表现了一种旷达的人生态度。这里所说的“行乐直须年少”，并非指消极的浪游，而是如《古诗十九首》的“生年不满百，常怀千载忧，昼短苦夜长，何不秉烛游”一样，已经升华到珍惜光阴的哲理高度，其立意是“少壮须努力”。所以这首词的抒情基调是豪放的、旷达的、乐观的。

诉衷情

眉　意[①]

清晨帘幕卷轻霜，呵手试梅妆。[②]都缘自有离恨，故画作远山长。[③]　　思往事，惜流芳。[④]易成伤。拟歌先敛，[⑤]欲笑还颦，[⑥]最断人肠。

【注释】

①眉意：咏美人画眉。　②呵手：因天寒呵气暖手。梅妆：梅花妆。据《太平御览·时序部》引《杂五行书》："宋武帝女寿阳公主人日卧于含章殿檐下，梅花落公主额上成五出花，拂之不去。皇后留之，看得几时，经三日，洗之乃落。宫女奇其异，竞效之，今梅花妆是也。"　③缘：因为，由于。故画作远山长：指把眉毛画成像卓文君那样的"远山眉"。据《西京杂记》："文君姣好，眉色如望远山。"　④流芳：像流水一般逝去的青春。　⑤敛：皱眉。⑥颦：也是皱眉的意思。

【品评】

这是一首代歌女抒怨情的小词。作者不是直抒怨情，而是通过细致描绘这位歌女冬日清晨起床梳妆的情状，来含蓄地表露其怨情的。上片写梳妆画眉的情景。初冬的清晨，这位歌女冒着轻寒卷起了蒙上一层白霜的窗帘，开始对镜梳妆。冰凉的手指有些不听使唤，她不停地呵手取暖。离别的怨恨萦绕在她心中，所以她画眉有意画成了象征绵长的离情别恨的远山眉。下片进一步写离愁。往日的欢聚实在难忘，时光的流逝令人惋惜。她思前想后，禁不住一阵阵伤感起来。她想开口唱歌，却先皱起了眉头；她想笑，却无论如何笑不起来，只是一次又一次地皱起了眉头。这种感情的折磨使得她肝肠寸断。全篇细节描写和心理活动展示十分逼真，一个伤情女子的形象遂跃然如在纸上。

踏莎行

候馆梅残，[①]溪桥柳细。[②]草薰风暖摇征辔。[③]离愁渐远渐无穷，迢迢不断如春水。[④]　　寸寸柔肠，[⑤]盈盈粉泪。[⑥]楼高莫近危阑倚。[⑦]平芜尽处是春山，[⑧]行人更在春山外。

【注释】

①候馆：指旅馆。常建《泊舟盱眙》诗："平沙依雁宿，候馆听鸡鸣。"　②溪桥柳细：化用杜甫《西郊》诗："市桥官柳细。"③薰：花草的香气。草薰风暖：化用江淹《别赋》："闺中风暖，陌上草薰。"征辔（pèi）：指旅途中的马。辔，马缰绳。　④"迢迢"句：化用寇准《夜度娘》词："柔情不断如春水。"迢迢，遥远的样子。⑤寸寸柔肠：谓伤心之极。韦庄《上行杯》词："一曲离肠寸寸断。"⑥盈盈：形容眼泪充溢。　⑦危阑：高楼的阑干。　⑧平芜：平远

的草地。高适《田家春望》诗:“出门何所见,春色满平芜。”

【品评】

这首送别怀人的小词写得很别致。唐宋诗词中这类题材的作品,一般只在行者和居者中选取一方来描写,无论写哪一方,只要言情真挚婉转,便可称为佳作。本篇却两方兼写,把离情别绪写得格外凄婉动人。清人金圣叹评点此词章法之奇和构思之妙道:“前半是自叙,后半是代家里叙,章法极奇。杜诗‘今夜鄜州月,闺中只独看’,此便脱化出‘楼高’句;‘遥怜小儿女,未解忆长安’,此便脱化出‘平芜’二句。从一个人心里,想出两个人相思,幻绝妙绝。‘候馆梅残,溪桥柳细,草薰风暖摇征辔’,‘残’字、‘细’字写蚤春如画。‘摇’字不知是草,不知是风,不知是征辔,却便觉有离愁在内。‘离愁渐远渐无穷,迢迢不断如春水’,此二句只是叙愁,却已叙出路程;上三句只是叙路程,却都叙出愁。其法妙不可言。‘楼高莫近危阑倚’,此七字从客中忽然说到家里。‘平芜尽处是春山,行人更在春山外’,此十四字又反从家里忽然说到客中,抽丝胜阳羡书生矣。”(《金圣叹全集》卷六)

生查子

元　夕

去年元夜时,①花市灯如昼。②月上柳梢头,人约黄昏后。

今年元夜时，月与灯依旧。不见去年人，泪湿春衫袖。

【注释】

①元夜：元宵节之夜（旧历正月十五夜）。②花市：唐宋民间每年春时举行的卖花、赏花的集市。韦庄《奉和左司郎中春物暗度感而成章》诗："锦江风散霏霏雨，花市香飘漠漠尘。"

【品评】

这首传诵极广的爱情词，曾经长时间地被误认为是宋代女词人朱淑真的作品。它其实是欧阳修所作。题为"元夕"（元宵节），却不是咏节令，而是借写节日反映爱情。词的上下两片对比描写了前后两年元宵灯节的不同情景和恋爱中人由此而产生的情感波澜。上片，写去年元夜的融融欢情：明月升空，灯火辉煌，男女幽会，两心相洽。下片，写今年元夜的孤独忧伤：明月依旧皎洁，彩灯依旧灿烂，然而月圆之时人却不得团圆，物是人非的感伤顿时充溢于胸间，禁不住泪湿春衫！通过两种不同情景的鲜明对照，将男女相思之情宣写得淋漓尽致。这首词在欧阳修的恋情词中独具一格，其独特性主要表现在两个方面：一是语言清新朴素，表情达意显豁明快，有民歌风格；二是上下两片结构均匀整齐，有意使同位字句两两重复和相对，形成回环往复的节奏美和韵律美。

生查子

含羞整翠鬟，[①]得意频相顾。雁柱十三弦，[②]一一春莺语。[3]　　娇云容易飞，[4]梦断知何处？深院锁黄昏，阵阵芭蕉语。

【注释】

①翠鬟：妇女发髻的美称。高蟾《华清宫》诗："何事金舆不再游？翠鬟丹脸岂胜愁？"　②雁柱十三弦：筝柱斜列，状如雁行，故称"雁柱"。古筝原先十二弦，后改为十三弦，故说"雁柱十三弦"。李商隐《昨日》诗："十三弦柱雁行斜。"　③春莺语：形容筝弹奏出像黄莺啼叫一般美妙的声音。韦庄《菩萨蛮》词："琵琶金翠羽，弦上黄莺语。"　④娇云：姿态美妙的云彩。杜牧《茶山下作》诗："娇云先占岫，健水鸣分溪。"

【品评】

这首词写一位歌妓的怨情。这是自"花间"派以来文人词中常见的题材，染指既多，已成俗套，不容易写好。此词之所以能写来让人称好并引起前代批评家的注意，主要在于作者并不刻意雕饰，而只用本色的语言来写平常之事，突出描写对象的主要特征，前后陪衬照应得好，表现出一种整体的美。恰如清代评点家金圣叹所分析的："迩来填词家，亦贪得好句，而苦无其法，遂终成呕哕。殊不知好句初不在'风雨'、'珠玉'等字饾饤而成，只将目前本色言语，只要结撰照耀得好，便觉此借彼衬，都成妙艳。如此词，第三、四句'一一'字，只从'十三'字注沥而出；'莺语'字，只从'雁柱'字影射而成也。苟若不得此法，即鬓枯血竭，政复何益？'雁柱十三弦，一一春莺语'，此二句之妙，人未必知，予不得不说。

盖从‘十三’字生出‘一一’字，从‘雁柱’字生出‘莺语’字也。‘娇云容易飞，梦断知何处’，如此用梦云事，便如曾未经用。‘深院锁黄昏’，黄昏如何‘锁’得？且‘锁黄昏’与人何与？只说‘锁黄昏’，更不说怨，而怨无穷矣。”（《金圣叹全集》卷六）

望江南

江南蝶，斜日一双双。身似何郎全傅粉，[1]心如韩寿爱偷香。[2]天赋与轻狂。[3]　　微雨后，薄翅腻烟光。才伴游蜂来小院，又随飞絮过东墙。长是为花忙。

【注释】

①何郎傅粉：何郎谓何晏，字平叔，三国魏人。《世说新语·容止》：“何平叔美姿仪，面至白，魏明帝疑其傅粉，正夏月与热汤饼，既啖，大汗出，以朱衣自拭，色转皎然。”这里用以比喻蝴蝶之白。　②韩寿偷香：韩寿，晋代人，为权臣贾充的女婿。《晋书·贾充传》：“韩寿美姿容，贾充辟为司空掾。充少女贾午见而悦之，使侍婢潜通音问，厚相赠结，寿逾垣与之通。午窃充御赐西域奇香赠寿。充僚属闻其香气，告于充。充秘之，遂以女妻寿。”这里用以比喻蝴蝶在花丛中吮蜜偷香。　③轻狂：放荡，常指恣情放浪的行为。作者《洞天春》词：“燕蝶轻狂，柳丝撩乱，春心多少。”

【品评】

这首咏蝶词，将动物拟人化，把蝴蝶作为轻薄男儿的象征来描写，塑造了一个恣情放浪、轻狂好色、专以拈花惹草为乐的风流公子的形象。上片先简括地描写蝴蝶的“轻狂”之状及其惯于傅粉偷香的本性。“身似”、“心如”二句，对仗工整，描写物态亦十分贴切，更重要的是巧用典故，赋予这种小飞虫以某一类人的情性——喜爱打扮，禀性风流。下片具体描写蝴蝶的风流行为——它们风流成性，不断地拈花惹草，才去西家，又到东家，“长是为花忙”。宋人写咏物诗词，大都主张要含蓄蕴藉，不即不离，如《诗人玉屑》引《吕氏童蒙训》曰：“咏物诗不待分明说尽，只仿佛形容，便见妙处。”张炎《词源》也说：“诗难于咏物，词为尤难。体认稍真，则拘而不畅；模写差远，则晦而不明。”本篇却一反宋人通行的审美标准，有意凸显作者的感情倾向，将所咏之物的“本性”表现得刻露无遗。这在宋代咏物诗词中可谓自成一格。

蝶恋花

面旋落花风荡漾，①柳重烟深，雪絮飞来往。②雨后轻寒犹未放，春愁酒病成惆怅。　　枕畔屏山围碧浪，③翠被华灯，夜夜空相向。寂寞起来褰绣幌，④月明正在梨花上。

【注释】

①“面旋”句：指风吹落花在人的面前旋转荡漾。　②雪絮：白

色的柳絮。 ③屏山：屏风。温庭筠《菩萨蛮》词："无言匀睡脸，枕上屏山掩。" ④褰(qiān)：拉开，撩起来。绣幌：彩绣的帘帷。

【品评】

这是一首闺怨词。它描写的是一位闺中少妇春末独守空闺的哀愁。词是一般常见的即景抒情格，但在结构安排上却作了一些特殊处理：它采用如唐圭璋《论词之作法》一文所列的那种"上昼下夜"的章法来结构成篇。唐先生所举的例子是韦庄的《应天长》(绿槐影里黄莺语)。韦词全文是："绿槐影里黄莺语，深院无人春昼午。画帘垂，金凤舞。寂寞绣屏香一炷。 碧天云，无定处。空有梦魂来去。夜夜绿窗风雨，断肠君信否？"可以看出，本篇作法与韦作相似，抒写内容也差不多，但韦作表情较为直露，本篇则较为含蓄。本篇上片先写昼景昼情，下片过渡到写夜景夜情。在作者笔下，昼与夜之间具有一致性——无论白天黑夜，都是情景相映，情景相融；景都是空旷幽绝之景，情都是孤独凄婉之情。这样写，方见得抒情主人公的哀愁并非偶有感触而生的那种阵发性的哀愁，而是一种全天候的、夜以继日绵绵不断的浩渺深长之愁。

蝶恋花

庭院深深深几许，杨柳堆烟，①帘幕无重数。玉勒雕鞍游冶处，②楼高不见章台路。③ 雨横风狂三月暮，④门掩黄昏，无计留春住。⑤泪眼问花花不语，乱红飞过秋千去。⑥

【注释】

①几许:多少。杨柳堆烟:形容层层雾气笼罩着杨柳。 ②玉勒雕鞍:代指华丽的车马。玉勒,镶有玉饰的马笼头。雕鞍,雕有花饰的马鞍。游冶处:指歌楼妓馆。 ③章台:本是汉代长安城西南街,因唐代许尧佐《章台柳传》以章台为背景写妓女柳氏故事,后人遂用作游冶之地的代称。 ④雨横风狂:风雨很猛烈。“横”字读去声。 ⑤“无计”句:化用薛能《惜春》诗:“无计延春日,何能留少年。” ⑥乱红:指落花。

【品评】

这首闺怨词,写的是一位独处深闺之中的上层妇女的苦闷。开头三句,只是写一座华丽而幽寂的深宅大院,而没有写人,但主人公身份的矜贵和生活的孤单已可想而知。“玉勒”二句,点明闺怨的具体内容和起因:这位女子的夫君浪荡游冶,久久不归。夫妇双方一方深院凝愁,一方则章台驰骋,两相对照,哀乐毕现。换头三句,写女子因风雨交加,更起伤春怀人之情。末二句“泪眼问花花不语,乱红飞过秋千去”,以眼前之景曲折有致地反映出女主人公内心伤感哀怨之情,使此词达到了层深而浑成的抒情境界。清人毛先舒评论说:“词家境欲层深,语欲浑成。作词者大抵意层深者语便刻画,语浑成者意便肤浅,两难兼也。或欲举其似,偶拈永叔词云‘泪眼问花花不语,乱红飞过秋千去’,此可谓层深而浑成。何也?因花而有泪,此一层意也。因泪而问花,此一层意也。花竟不语,此一层意也。不但不语,且又乱落,飞过秋千,此一层意也。人愈伤心,花愈恼人,语愈浅而意愈入,又绝无刻画费力之

迹，谓非层深而浑成耶？”（王又华《古今词论》引）

蝶恋花

越女采莲秋水畔，[①]窄袖轻罗，暗露双金钏。[②]照影摘花花似面，芳心只共丝争乱。　　鸂鶒滩头风浪晚，[③]雾重烟轻，不见来时伴。隐隐歌声归棹远，[④]离愁引著江南岸。[⑤]

【注释】

①越女：越地（今浙江东部）少女，泛指江南水乡的姑娘。②金钏（chuàn）：金手镯。　③鸂鶒（xī chì）：水鸟，形同鸳鸯而稍大，色紫，俗称紫鸳鸯。　④归棹：归船。　⑤著：附着，粘附。这里有“充斥弥漫”之意。

【品评】

这首代女子写其“芳心”的词，以一位采莲女作为描绘中心，不但写出她秀丽的外貌，更写出她绵缈的情思，所以十分耐人寻味。上片，写这位女子和同伴们一道划船到秋江上去采莲。动静结合的人物形象勾画，使得这位女子形神兼备，栩栩如生，呼之欲出。窄袖轻罗的打扮，显出她身姿婀娜而又矫健；划船和采莲时手镯的闪闪烁烁、忽隐忽现，更映衬出她的活泼和美丽。最妙的是照影摘花的特写镜头，不但凸显了她外貌的美艳，更渲染出她多情善感的性格。下片专写这位女子触景而生的相思愁情。作者对这种顾影自怜、触景生情的深幽情怀的描写是十分朦胧含蓄的。他没有明确交代这位女子“芳心”都想了些什么，只用“鸂鶒”（紫鸳鸯）、“离愁”一类字眼引发读者的联想，让人们猜想到，这位女子“芳心”之所以像断莲梗的“丝”（思）那样“乱”，乃是因为眼前的景色惹起了她的相思之愁。通篇充溢着诗情画意，风格婉约含蓄，境界清丽幽深，音律柔婉谐畅，是一首当行本色的艳情小词。

蝶恋花

翠苑红芳晴满目，[1]绮席流莺，[2]上下长相逐。紫陌闲随金轹辘，[3]马蹄踏遍春郊绿。　一觉年华春梦促，往事悠悠，百种寻思足。烟雨满楼山断续，人闲倚遍阑干曲。

【注释】

①翠苑：种满绿树的园林。　②绮席：华美的筵席。唐太宗《帝京篇》：“玉酒泛云罍，兰殽陈绮席。”　③紫陌：东西方向的路为陌，用紫色土铺路故称紫陌。这里用以泛指都市郊外的大路。金轹辘（lì lù）：用金属镶嵌的车。

【品评】

此词的主题是惜春。上片先竭力渲染春事之盛：翠苑红芳，满目晴色；富贵人家的庭院里摆满了华贵的筵席，园林里流莺纷飞，上下追欢逐乐；都市郊外的大路上香车闲转，马蹄得得，将野外的芳草踏遍。下片忽作反跌，将以上繁华热闹场景说成是一个异常短促的春梦，抒写出了浓浓的惜春之情。看着那位春梦初醒恍然若失闲倚阑干远望遐想的抒情主人公的形象，使人禁不住要进一步推测：他究竟是在单纯地惜春悼春，还是由春的始而热热闹闹、终则匆匆逝去联想到了别的什么？我以为，这首词由欢闹的春景，忽写到迷惘的春愁，既表现了欧阳修对于良辰美景的敏感多情，又隐隐约约透露出他久历仕宦沧桑之后所产生的一种难以形容的复杂心境。

蝶恋花

画阁归来春又晚，[1]燕子双飞，柳软桃花浅。[2]细雨满天风满院，愁眉敛尽无人见。　独倚阑干心绪乱，芳草芊绵，[3]尚忆江南岸。风月无情人暗换，旧游如梦空肠断。

【注释】

①画阁（gé）：华美的楼阁。阁，通“阁”。　②桃花浅：是说春晚桃花开残，树上的花朵显得稀薄了。　③芊（qiān）绵：草木茂密繁盛。张泌《春日旅泊桂州》诗：“暖风芳草竟芊绵。”

【品评】

这首闺情词的主题是伤春怨别。上片侧重描写女主人公从画阁归来所见的晚春景象。首句一声“春又晚”的叹息，惜春之情溢于言表。“柳软”、“细雨”二句，具体描写晚春时节令人伤心的风雨落花景象。“愁眉”句，将女主人公的形象画进了这幅残春风景图中，人、景交融，凸显了她的忧愁孤独之状。下片专写女主人公的伤离怨别之情。“独倚阑干”句，表现其形单影只、心烦意乱。“芳草”二句，描绘她此时目之所及、心之所想。末二句点出伤春怨别的主题，以直抒其情结束全篇。此词由景及情，情与景浑，以凄婉缠绵的笔调，曲折尽意地抒写了伤春女子的满怀离思和一腔哀愁，艺术上是十分成功的。

蝶恋花

尝爱西湖春色早，①腊雪方销，已见桃开小。顷刻光阴都过了，如今绿暗红英少。② 且趁馀花谋一笑，况有笙歌，艳态相萦绕。③老去风情应不到，④凭君剩把芳尊倒。⑤

【注释】

①西湖：此指颍州（今安徽阜阳）西湖。前屡见。 ②红英：红花。 ③艳态：指酒席上的歌妓。 ④风情：风月情怀，寻花问柳的心思。 ⑤剩把：尽把，只管把。芳尊：指酒杯。

【品评】

这首词通过描写作者前后两年游赏颍州西湖春景的不同感受，十分形象地表现了他中年以后的放旷达观情怀。让我们循着词中提示的时间线索来赏析这首词。细检作者的履历可知，欧阳修第一次欣赏颍州西湖春景是在宋仁宗皇祐元年(1049)初春时节，那一年正月，他奉命由扬州移知颍州，“二月丙子至郡”，即去游西湖，“乐西湖之胜，将卜居焉”(《庐陵欧阳文忠公年谱》)。本篇首句“尝爱西湖春色早”就是指这一次。他第二次游赏西湖春景只可能是在第二年(皇祐二年)晚春(因为这一年的七月他又改知南京应天府，离开颍州了)。词中“顷刻光阴都过了，如今绿暗红英少”云云，指的就是第二次。两次游赏，所见大不相同：第一次是初春，腊雪方消，小桃初开，春事始起，来日正长；第二次却已是晚春，眼见“光阴都过了”，只剩得“绿暗红英少”！他只好乘着湖面还有些“馀花”，抓住时机看了个够。受这两次游玩的感触启发，他悟出了光阴易逝、人生在世应及时行乐的道理，于是他发誓要“趁馀花谋一笑”，连忙招来乐工妓女，“笙歌艳态相萦绕”，听歌饮酒，来一个醉倒方休。这一年欧阳修四十四岁，古人年至四十就开始称老，所以说“老去风情”。你看，“春光”已逝，年华向老，但作者并不甘心服老，犹欲谋花前一笑、酒边一醉，其放旷达观之情，不是已经溢于言表了吗？

渔家傲(三首)

七　夕

喜鹊填河仙浪浅，[①] 云軿早在星桥畔。[②] 街鼓黄昏霞尾暗。[3]炎光敛。金钩侧倒天西面。[4]　　一别经年今始见，新欢往恨知何限。天上佳期贪眷恋。良宵短。人间不合催银箭。[5]

乞巧楼头云幔卷，[6]浮花催洗严妆面。[7]花上蛛丝寻得遍。[8]嚬笑浅。双眸望月牵红线。[9]　　奕奕天河光不断，[10]有人正在长生殿。暗付金钗清夜半。[11]千秋愿。年年此会长相见。

别恨长长欢计短，疏钟促漏真堪怨。[12]此会此情都未半。星初转。[13]鸾琴凤乐匆匆卷。[14]　　河鼓无言西北盼，[15]香蛾有恨东南远。[16]脉脉横波珠泪满。归心乱，离肠便逐星桥断。

【注释】

①"喜鹊填河"句：神话传说，七月七日夜喜鹊在天河上面搭桥，让牛郎织女过河相会。罗愿《尔雅翼》："涉秋七日，鹊首无故皆髡，相传以为是日河鼓与织女会于汉东，役乌鹊为梁以渡，故毛皆脱去。"　②云軿（píng）：指织女乘坐的有帷盖的云车。星桥：银河之桥，即神话中的鹊桥。李商隐《七夕》诗："鸾扇斜分凤幄开，星桥横过鹊飞回。"　③霞尾：馀霞，残霞。　④金钩：指月亮；七夕月如钩。骆宾王《初月》诗："既能明似镜，何用曲如钩。"⑤不合：不该。银箭：古代计时器漏壶中有刻度的箭，看箭上的度

数计时。李白《乌栖曲》:“银箭金壶漏水多,起看秋月坠江波。” ⑥乞巧:七夕妇女的一种祈福活动。宗懔《荆楚岁时记》:“七夕妇女结彩楼穿七孔针,陈瓜果于庭中以乞巧,有喜子网于瓜上,则以为符应。” ⑦严妆:指妇女妆束打扮齐整。《古诗为焦仲卿妻作》:“鸡鸣外欲曙,新妇起严妆。” ⑧“花上蛛丝”句:即注⑥所介绍的引蛛网乞巧的活动。王仁裕《开元天宝遗事》:“七月七日,宫女各捉蜘蛛于小合中,至晚开视,蛛网密者,言得巧多,稀者言得巧少。民间亦效之。” ⑨望月牵红线:即月下老人牵红线的传说。据李复言《续幽怪录》:唐韦固夜经宋城,遇一老人倚囊而坐,向月下检书。韦固问所检何书,答曰:天下之婚牍。又问囊中赤绳,云:以此系夫妻之足,虽仇家异域,此绳一系,亦必好合。⑩奕奕:光辉闪亮的样子。 ⑪“有人”二句:这是在用唐玄宗与杨贵妃七月七日夜半对天盟誓的故事。白居易《长恨歌》:“七月七日长生殿,夜半无人私语时。”又云:“惟将旧物表深情,钿合金钗寄将去。” ⑫疏钟促漏:钟声稀疏,漏壶滴水声短促,说明夜已深了。这是化用李商隐《曲池》诗“迎忧急鼓疏钟断”及《促漏》诗“促漏遥钟动静闻”。 ⑬星初转:北斗星开始转动;这意味着天将破晓。 ⑭“鸾琴”句:意为将和美悦耳的音乐匆忙地收起。鸾琴,即凤琴,乐器的美称。卷,收起。 ⑮“河鼓”句:牛郎织女又分别了,于是牵牛星在银河东,向西北遥望织女星。河鼓,指牵牛星。《太平御览·天部》引《尔雅》:“河鼓谓之牵牛。” ⑯“香蛾”句:意谓织女星回到银河西北,离开银河东南的牵牛星就远了。香蛾,指织女。蛾,蛾眉,代指美女,即织女。

【品评】

以上三首《渔家傲》，是一组专咏七月七日乞巧节的联章词。近代词学家夏敬观评论说：“七夕词三阕，意皆不复，此词选韵尤新。”（龙榆生《唐宋名家词选》）说它们互相意不相复，是指每一首各有一个描写中心（第一首，黄昏时的天空；第二首，人间的乞巧活动；第三首，后半夜的天上），各自展现一个节日场面。而三首连接起来，是一轴完整的七夕图画。

第一首，是用虚拟的、想象的场面描写，叙述神话传说中天上的牛郎织女一年一度的鹊桥相会。所叙为“仙境”里发生的故事，却用凡人（包括词人自己）眼中所见的实景作为烘托和映衬，所以情景历历如在眼前，可视性极高，给人以真实生动之感。

第二首，将摄像机的镜头从天上转回人间，摄取此夜“凡人”们的一系列节日活动的场面。上片是一幅七夕民俗风情图，展现的是妇女们的乞巧活动。下片换了一个写法——“引古”法，用唐明皇和杨贵妃的爱情故事来代指此夜乞巧活动的一个重要节目：夫妇、情侣双双向天祈祷，愿“年年此会长相见”。

第三首，又回到天上，写天将破晓，鹊桥将断，牛郎织女被迫分手的时刻到了；想象描写他们此时依依不舍、怀恨而别的种种痛苦情状。作者在整个过程描述中都赋予“仙人”以凡人的思想感情和行为方式，所以这一首如同前两首一样，人物形象栩栩如生，给人以真切而生动的美感。

这三首词，属于节令词。节令词，又称节序词，是宋词中的一个重要品类。宋人写作此类词甚多，但相当一部分作品都写得平庸凡俗，如宋末词学家张炎所批评的那样“类是率俗，不过为应时纳祜之声耳”。张炎对节序词提出的写作要求是:“不独措词精粹,又且见时序风物之盛,人家宴乐之同。”(并见《词源》卷下)欧阳修这组七夕词,则不但措词精粹,由此可见“时序风物之盛,人家宴乐之同”,而且还振起想象的双翅,运用神话故事,将七夕夜的人间与天上写得那样美、那样令人心驰神往。所以它们堪称宋人同类词中的精品、神品。

渔家傲

花底忽闻敲两桨,逡巡女伴来寻访。[1]酒盏旋将荷叶当。[2]莲舟荡,时时盏里生红浪。[3]　　花气酒香清厮酿,[4]花腮酒面红相向。[5]醉倚绿阴眠一饷。惊起望,船头阁在沙滩上。[6]

【注释】

①逡巡(qūn xún):顷刻,一会儿。宋元时俗语。　②当(dàng):替代。　③“时时”句:意谓杯中之酒被荷花映照着,像是荡漾着红浪。　④“花气”句:意谓花气酒香互相酝酿而成一种芬芳气味。厮,相。　⑤花腮:指荷花。酒面:指采莲女的醉脸。相向:相对。　⑥阁:同“搁”,搁浅。

【品评】

欧阳修用《渔家傲》词牌填写的采莲词一共有七首,大都以男女爱情相思为主题，惟独这一首是写采莲姑娘自身，写她们聚集在莲花丛中饮酒嬉戏的欢乐之状。作品的人物形象描写是十分成功的，它突出了采莲女作为水乡女性劳动者的本色。与文人词中经常描写的那种矜持、忧郁而纤弱的闺中女子形象大不一样，本篇出现的采莲女一个个都活泼天真，爽朗豪放，身手矫健，动感十足。作者谋篇布局时听觉与视觉兼用，以曲折有致的动态描写来展现采莲女的群像和她们的水上活动，使人读词之时如闻其声，如见其面。起句“花底忽闻敲两桨”，突然而来，“闻”、“敲”二字隐隐写人，“桨”字隐隐写船，这就以听觉描写引出了人的形象。第二句“逡巡女伴来寻访”，是视觉描写，女而曰“伴”，让人看见了划船而来的是女子且有一群；刚闻桨声而“逡巡”即至，又写出划船人之干脆利落和她们聚会愿望之迫切。接下来写女子们折叶当杯、荡舟饮酒的种种活动，写花之美，酒之香，人之醉。场面欢闹，气氛热烈，色彩鲜丽。然后是女子们由醉而眠，变动为静，这是本篇叙事写人的一大转折。结尾“惊起望”，再转折，由醉而醒，再变静为动，然后以“船搁沙滩”的静态描写作结。全篇表现了欧阳修杰出的叙事才能，叙事语言也清新明快、浅近通俗，颇有民歌风味。

渔家傲

近日门前溪水涨，郎船几度偷相访。船小难开红斗帐。无计向，合欢影里空惆怅。[1]　　愿妾身为红菡萏，[2]

年年生在秋江上。[3]更愿郎为花底浪，无隔障，随风逐雨长来往。

【注释】

①合欢：指合欢莲。有一种瑞莲，花与叶皆合欢而生，名曰合欢莲。柳宗元《礼部贺白龙青莲花合欢莲子黄瓜》表云："伏见今月日……又出西内定礼池中青莲花并神龙寺前合欢莲子示百僚。" ②菡萏（hàn dàn）：荷花。《尔雅·释草》："荷，芙蕖，其华菡萏。" ③"年年"句：化用高蟾《上高侍郎》诗："芙蓉生在秋江上，不向东风怨未开。"

【品评】

这首爱情词，叙事成分很重，它描写的是水乡一位采莲女与打鱼郎的恋爱故事。这个故事用女方的口吻叙述出来，显得十分美丽动人。上片写男女双方趁着溪水上涨、船行方便，在渔郎的小船上几度幽会。小船上的偷情虽然浪漫惬意，但毕竟不能满足他们百年好合、常相厮守的爱情愿望，于是在下片里，采莲女对情郎发愿说：我愿意化成一朵荷花，年年生长在秋江之上；更愿意你化为花底的水波，这样我们之间就会毫无隔障，随风逐雨，常常来往。宋人称赞欧阳修"虽游戏作小词，亦无愧唐人《花间集》"（罗大经《鹤林玉露》丙编"文章有体"条），主要是指他锦心绣口，能写出无愧唐五代人的艳情词。此词即是典型的一例。

玉楼春

题上林后亭[1]

风迟日媚烟光好，[2]绿树依依芳意早。年华容易即凋零，[3]春色只宜长恨少。　　池塘隐隐惊雷晓，柳眼未开梅萼小。[4]尊前贪爱物华新，[5]不道物新人渐老。

【注释】

①上林后亭：长安上林苑本秦旧苑，汉武帝更增广之，旧址在今陕西西安市，这里借指汴京（今河南开封）宫苑里的亭子。②迟：轻缓和舒。媚：这里指阳光洁净，美好悦目。　③容易：这里是“很快”之意。　④柳眼：指初生的柳叶。柳叶初抽，细长如美人睡眼初展，古人称之为柳眼。元稹《生春》诗之九：“何处生春早，春生柳眼中。”　⑤物华：指春天的美好景物。王维《奉和圣制从蓬莱向兴庆阁道中留春雨中春望之作应制》诗：“为乘阳气行时令，不是宸游玩物华。”

【品评】

这首词从小序看，是题咏汴京皇家园林，但从实际表现内容来看，却并不就题敷衍，对题咏对象本身描头画角，而是借题发挥，从对园林风景的感受出发，抒写自己对春光的珍惜和对于青春年华容易凋零的敏感。全篇着意突出春天初到时的新气象，风曰“迟”，日曰“媚”，烟光曰“好”，惊雷曰“隐隐”，还有“柳眼未开”，“梅萼”还“小”，如此等等，无一不是初春的景物特征。从这一系列细腻而贴切的描写中，我们分明感觉到了作者对春光的惊喜和珍爱之情。但春天是短暂的，作者的思想更是十分敏感的，他在春光初露时就联想到春光是稍纵即逝的，又进一步联想到人的青春年华也是极为短暂的，于是他先在词的上片之末发出“年华容易即凋零，春色只宜长恨少”的议论，继而又在下片之末发出“尊前贪爱物华新，不道物新人渐老”的感叹。伤春悲秋是文学描写的永恒主题，这样的议论和感叹在前人的诗词中并不稀见，但由于它是融合在对特定时空范围的描写之中的，同时又是作者特有的那种敏感心绪的自然流露，因而它依然能够动人之心，移人之情。

玉楼春

尊前拟把归期说，[①]未语春容先惨咽。人生自是有情痴，此恨不关风与月。　　离歌且莫翻新阕，[②]一曲能教肠寸结。[③]直须看尽洛城花，[④]始共春风容易别。

【注释】

①尊前：酒席前面。尊，酒器。　②新阕：新曲。　③肠寸结：形容离愁别恨很浓重。贾谊《旱云赋》：“念思白云，肠如结兮。”韦庄《应天长》词：“一寸离肠千万结。”　④洛城花：指牡丹

花。李格非《洛阳名园记》:“洛中花甚多种,而独名牡丹曰花。”王象晋《群芳谱》:“唐宋时,洛阳花冠天下,故牡丹竟名洛阳花。”

【品评】

这首词中的抒情主人公“拟说归期”,而“未语先咽”,其心情之凄惨可见。离歌甫奏一曲已使人“肠断”,则再翻新声更何以堪!作者以翻进一层的白描手法写离别时的痛苦,感情十分凄婉动人。其成功之处主要在于上、下片的后二句:前者将一己的感情引向人生共有的“有情痴”,后者由眼前的离情引向洛阳城之春花春风,抒情境界拓宽了,却又与个人离别的苦况紧紧相连,因而格外缠绵感人。所以王国维评论说:“永叔‘人间(当作“生”)自是有情痴,此恨不关风与月’,‘直须看尽洛城花,始共东(当作“春”)风容易别’,于豪放之中有沉着之致,所以尤高。”(《人间词话》)近人薛砺若也评论道:此词“可谓道尽人间一段幽恨闲愁。结语更于豪放中寓沉痛之意。”(《宋词通论》)

玉楼春

洛阳正值芳菲节,[1]秾艳清香相间发。游丝有意苦相萦,[2]垂柳无端争赠别。　　杏花红处青山缺,[3]山畔行人山下歇。今宵谁肯远相随?惟有寂寥孤馆月。

【注释】

①芳菲节：花草香美的春天时节。于濆《戍卒伤春》诗："连年戍边塞，过却芳菲节。" ②游丝：指萦绕在花草树木间的蜘蛛或青虫所吐之丝。李白《惜馀春赋》："见游丝之横路，网春辉以留人。"萦：缠绕。 ③"杏花"句：化用白居易诗"花枝缺处青楼开"，而画境更优美。

【品评】

这首词写春日离情，其主要的表现手段是情景相融，以景托情。词中写洛阳城"芳菲"时节花的秾艳，花的清香，无不使人流连心醉。而在这样的环境中，人却要离去，这怎不令人黯然神伤！作者以乐景衬哀情，倍增其哀，离情之苦不言而喻。而篇中的游丝、垂柳、明月等，或别时依依不舍，牵衣拉手，或别后远远相随，孤馆相伴，全都那样多情。可见词中之景无不为情而生，词中之情也无不因景而浓，以景之多情来映衬离情，离情愈发显得浓厚缠绵，哀婉感人。

玉楼春

残春一夜狂风雨，断送红飞花落树。人心花意待留春，春色无情容易去。　　高楼把酒愁独语，[①]借问春归何处所？暮云空阔不知音，[②]惟有绿杨芳草路。

【注释】

①把酒：持杯饮酒。孟浩然《过故人庄》诗："开轩面场圃，把酒话桑麻。" ②不知音：不知道（春归的）消息。

【品评】

本篇抒写惜春的情思。和前篇（洛阳正值芳菲节）一样，作者在本篇将春天的景物拟人化。所不同的是，前篇的景物是"有情"的，而本篇的景物则是"无情"的。词的上片写春光逝去时的一派残败景象。作者通过描写惜春之人和春之景物两方，一方依依不舍"待留春"，一方却"无情容易去"，以这种强烈的反差将惜春之情渲染得无比浓厚。下片将描写中心从客观景物转移到惜春者自己身上。把酒问春、迄无回应的虚拟性描写，更突显了春之"无情"和人之"有情"，将惜春之情写到了极致。

玉楼春

别后不知君远近，触目凄凉多少闷。渐行渐远渐无书，水阔鱼沉何处问？① 夜深风竹敲秋韵，②万叶千声皆是恨。故欹单枕梦中寻，③梦又不成灯又烬。④

【注释】

①水阔鱼沉：古代有鲤鱼传书的传说；水阔鱼沉，喻示音讯断绝。 ②风竹敲秋韵：指秋风吹动竹叶发出声音。庾信《咏画屏

风》诗:“急节迎秋韵,新声入手调。” ③攲(qī):斜靠。 ④灯又烬:灯芯烧成灰烬,即将熄灭。

【品评】

这是一首闺怨词,写的是闺中人的离情别恨。这本是一个烂熟的题材,容易写得一般化,但作者在写法上进行了创新,写出了自己的特色。这种创新主要表现在,作者有意按照《玉楼春》词牌上下两片、八句四韵,适合两句写一层意思的均匀结构,划出了四个抒情的层次,层层转折,愈转愈深地写出了离情别恨。正如唐圭璋《唐宋词简释》所评析的:“此词写别恨,两句一意,次第显然。分别是一恨。无书是一恨。夜闻风竹,又搅起一番离恨。而梦中难寻,恨更深矣。层层深入,句句沉着。”

玉楼春

子　规①

江南三月春光老,月落禽啼天未晓。露和啼血染花红,②恨过千家烟树杪。　云垂玉枕屏山小,③梦欲成时惊觉了。人心应不似伊心,④若解思归归合早。⑤

【注释】

①子规:杜鹃鸟的别名。 ②啼血:传说杜鹃夜间啼叫,常啼

出鲜血。师旷《禽经》张华注："巂（xī）周、瓯越间曰怨鸟，夜啼达旦，血渍草木。"白居易《琵琶行》："其间旦暮闻何物，杜鹃啼血猿哀鸣。" ③屏山：屏风。 ④伊：第三人称代词，他，那个人。这里指杜鹃鸟。 ⑤合：应该。

【品评】

此词题为"子规"，看似咏物词，却并不是咏杜鹃鸟，而是因为该鸟叫声如说"不如归去"，遂借此起兴，代闺中思妇抒写离情别恨。全篇分为四个抒写层次。上片首二句，写杜鹃啼叫的节令和时间；后二句，运用典故，状写杜鹃啼声之悲惨哀痛。下片头二句，写思妇正在梦境中与丈夫相会，却被杜鹃的叫声惊醒；末二句就"不如归去"的叫声做文章，代思妇呼唤其丈夫早早归来。一篇之精华在末二句，它利用鸟声与人语的巧合之处，十分恰切地表达了本篇的抒情主人公——闺中女子的心声。潘游龙评论说："末语比拟精当，且矫健。"（《古今诗馀醉》）

玉楼春

西湖南北烟波阔，[1] 风里丝簧声韵咽。[2] 舞馀裙带绿双垂，酒入香腮红一抹。　　杯深不觉琉璃滑，贪看六么花十八。[3] 明朝车马各西东，惆怅画桥风与月。

【注释】

①西湖：指颍州(今安徽阜阳)西湖。 ②丝簧：琴瑟与笙簧；泛指乐器。马融《长笛赋》："漂凌丝簧，覆冒鼓钟。"注："丝，琴瑟也。簧，笙也。" ③六么(yāo)、花十八：均为乐曲名。六么，唐时琵琶曲名。《乐谱》："琵琶曲有六么，唐僧善本弹六么曲，下拨一声，如雷发，妙绝如神。"花十八，舞曲名，为六么中的一种。王灼《碧鸡漫志》卷三："六么，一名绿腰，一名乐世，一名录要。……欧阳永叔云：'贪看六么花十八'，此曲内一叠，名花十八，前后十八拍，又四花拍，共二十二拍。……曲节抑扬可喜，舞亦随之。而舞筑球六么，至花十八益奇。"

【品评】

这首词也是在颍州西湖游乐时所作，写的是一次湖上的宴会。在写法上，作者也像前选"别后不知君远近"一阕那样，两句一个单元，将全篇分为四个抒写单元，来记叙宴会的全过程。其中：一单元写宴会开始，乐队奏响了乐曲；二、三单元写宴席上大家边饮酒边听歌观舞；四写宴罢分别。前三个单元都是纪实，把饮宴歌舞的场面写得十分真实生动；最后一个单元是以纪实中的抒情作结，融情入景，饶有馀味。这首词是宋词中描写歌舞艺术的名篇，除了"贪看六么花十八"为同时代人王灼《碧鸡漫志》所称引外，明人沈际飞又评赏"舞馀裙带绿双垂，酒入香腮红一抹"二句道："双垂，'馀'之态；一抹，'入'之神。秀令复工。"(《草堂诗馀续集》)

南歌子

凤髻金泥带,[1]龙纹玉掌梳。[2]走来窗下笑相扶。爱道:“画眉深浅入时无?[3]”　　弄笔偎人久,描花试手初。[4]等闲妨了绣功夫。[5]笑问:“双鸳鸯字怎生书?[6]”

【注释】

①凤髻:把发髻梳成凤凰的形状。金泥带:用屑金为饰的带子。　②龙纹玉掌梳:玉制掌形的梳子,上面刻有龙的花纹。③画眉深浅入时无:这是化用唐人朱庆馀《近试上张水部》诗:“妆罢低声问夫婿,画眉深浅入时无?”　④试手初:初次试试自己的手艺。　⑤等闲:随便、轻易的意思。　⑥怎生:怎样。书:写。

【品评】

这是一首闺情词。它一反“花间”以来同题材的文人作品典丽纤婉的作风,采用通俗明白流畅的语言,塑造了一个娇憨活泼可爱的新娘子形象,令人读之确有耳目一新之感。词的上片的主要描写内容取材于唐诗名篇,而能旧曲翻新,舍弃了原作整饬的句式和典雅含蓄的风格,采用民间小词习见的白描与口语,着重刻画了新娘子在新郎面前的爱娇之态。开头二句,以精工巧丽的对偶,写出新娘子发型、发饰之美。后面的两个长句,以富于戏剧性的动作和语言,代替了前面的服饰铺陈,于是新娘子的音容笑貌一时毕现，使得满图皆活，情趣盎然。这个效果的取得，全赖作者对女子连续性的动作和语态的简洁而生动的描述。词的下片，继续采用白描的手法和明白浅俗的口语，来描写这对新婚夫妇甜美和谐的闺房生活。“弄笔”二句是全词的第二组对偶句。如果说，上片的那组对偶句以富丽精工取胜，其意在于突出女子发髻装饰之美的话，那么，这一组对偶句则以自然流走见长，其意在于显示女子对丈夫的依恋与娇憨之态。前者重在表现静态的肖像美，后者则重在表现动态的行为美，目的不同，色彩与句式也相异。这两句关于小夫妻在闺房相偎相抱的情态的描写，艳极、昵极，然而丝毫没有庸俗色情的影子，只让人看到了夫妻的深情与女主人公的天真烂漫、纯洁可爱。“等闲”和“笑问”两个长句为此词的最末一个描写单元，仍以女子的动作情态为线索，来完成对她的活泼娇憨形象的刻画。女主人公“笑问”的内容颇有言外之意，它透露出新娘子要与新郎永远双飞双宿、白头偕老的热切愿望。近人薛砺若《宋词通论》称赞这首词“写得极细腻婉和，最能传出女儿家的心事。”所评十分允当。全词语言雅俗相间，述事言情极富于动态美与形象性，所展示的画面酷似小剧中的片断，有很浓的生活气息。从中可见欧阳修学习民间文学所下的功夫。

临江仙

柳外轻雷池上雨，雨声滴碎荷声。小楼西角断虹明。阑干倚处，待得月华生。　　燕子飞来窥画栋，[①]玉钩垂下帘旌。[2]凉波不动簟纹平。[3]水精双枕，旁有堕钗横。[4]

【注释】

①画栋：彩画的栋梁。王勃《滕王阁》诗："画栋朝飞南浦云，珠帘暮卷西山雨。" ②帘旌：帘额，帘端所缀的软帛。李商隐《正月崇让宅》诗："蝙拂帘旌终展转，鼠翻窗网小惊猜。" ③簟(diàn)纹：竹席上的波纹。簟，竹席。 ④水精枕：即水晶枕。水晶枕是一种稀世之宝，邵博《邵氏闻见后录》卷二十六："楚氏洛阳旧族元辅者，家藏一黑水晶枕，中有半开繁杏一枝，希代之宝也。"此处用作枕头的美称。这两句是化用李商隐《偶题》诗："水文簟上琥珀枕，旁有堕钗双翠翘。"

【品评】

据宋代笔记《钱氏私志》记载，此词的本事是这样的：欧阳修在洛阳任河南留守府推官时，与一位歌妓交好。夏天的一个黄昏，长官钱惟演在留守府后园设宴，客人们都聚齐了，只有欧阳修和这位歌妓未到。宴会开始了好一阵他们才来，入座后还不时以目传情。钱惟演责问歌妓为何迟到，歌妓回答说：我中暑了，在凉堂上睡一会儿，醒来丢失了头上的金钗，找了半天找不到。钱惟演就说："你如果能求得欧阳推官为这件事写一首词，我就赏给你一枚金钗。"欧阳修即席作出了这首词，坐客读了都鼓掌称好。于是钱惟演命令歌妓给欧阳修敬酒，同时叫打开公库拿出一枚金钗来赏给她。这个传说未必完全可靠，但这首词倒的确是好词，尤其是在描写夏天庭园的景色和闺中人睡觉的情态上，可谓境界妙绝,因此博得历代评论家的一致赞赏。如明人沈际飞评论道:“雨忽虹,虹忽月,夏景尔尔,拈笔不同。玩末句风韵,直当凌厉秦(观)、黄(庭坚),一金钗曷足以偿之?”(《草堂诗馀正集》卷二)清人许昂霄则赞它:“不假雕饰,自成绝唱。”(《词综偶评》)此词通体浑成佳妙,但最显特色的还是下片。近人俞陛云认为:“后三句善写丽情。未乖贞则,自是雅奏。”(《唐五代两宋词选释》)俞平伯则指出,下片的写法是借鉴了晚唐诗:“下片只写景,不言人物情致,和晚唐韩偓诗《已凉》一篇写法亦相似。”(《唐宋词选释》)

踏莎行

碧藓回廊,[①]绿杨深院,偷期夜入帘犹卷。照人无奈月华明,潜身却恨花深浅。　　密约如沉,[②]前欢未便,看看掷尽金壶箭。[③]阑干敲遍不应人,分明帘下闻裁剪。[④]

【注释】

①碧藓:绿苔。　②密约:男女间秘密的约会。韩偓《幽窗》诗:“密约临行怯,私书欲报难。”　③掷尽金壶箭:指铜壶中计时的箭上刻度已尽,天将破晓。　④“分明”二句:化用韩偓《倚醉》诗:“分明窗下闻裁剪,敲遍阑干唤不应。”

【品评】

这首恋情词在唐宋词史上具有创新的价值。在此之前,词多是代女子言情，凡恋情词写的都是女子的情态和活动。本篇却破天荒地写男子。恋情词中写男子，这在与欧阳修差不多同时的柳永词中已露端倪，但通篇写一个男子的恋情活动，本篇似乎是首例。它写一个男子月夜赴一个女子之约，不料偷入绿杨深院，来到女子窗前时，那女子却悔约了，对他的到来装作不知。他潜身于花丛中，苦苦等待，不断敲击阑干，想让对方开门放他进去。他分明听见那女子在窗下裁剪衣料的声音，可是她竟然一直不理睬他，害他白折腾了一个通宵，直至金壶漏尽，东方破晓。全篇通过叙事来抒情，细节生动，情景逼真，是一首当行本色的艳体小词。

圣无忧

世路风波险，① 十年一别须臾。② 人生聚散长如此，相见且欢娱。　　好酒能消光景，春风不染髭须。③ 为公一醉花前倒，红袖莫来扶。④

【注释】

①世路风波险：宦途险恶。指作者几度被贬谪。　②“十年”句：作者自仁宗庆历五年(1045)贬谪滁州，至仁宗至和元年(1054)返回汴京充任史馆修撰止，整整十年时间。须臾，片刻，一会儿，形容时间之快。　③“春风”句：意谓胡须已经变白了，纵使春风也不能使之变黑。髭(zī)，嘴上边的胡子。　④红袖：指歌妓。

【品评】

这首词作于至和元年(1054)。作者自庆历五年(1045)被贬出京知滁州,继而转知扬州、颍州、应天府,然后又回颍州丁母忧,再护母丧归家乡吉州……到此时被召回京,已过了整整十个年头。十年宦海沉沦,使他深感世路风波险恶,遂借与友人在汴京重逢聚饮的机会,酒边花前作此词,一吐胸中大半生的郁积。上片简述十年贬谪的不幸遭遇和痛苦感受,愤懑悲凉之情溢于言表。下片伤时叹老,直抒胸臆,表露了流光易逝、不如及时行乐的思想情绪。此词感情真挚,风格苍凉,且抒情议论富于形象性和哲理性,因而其中的警句"世路风波险"、"春风不染髭须"等,常为后世接受者所乐于引用。比如南宋辛弃疾的抒情名句如"江头未是风波恶,别有人间行路难","嗟往事,叹今吾,春风不染白髭须"等等,便由此脱化而出。

浪淘沙

把酒祝东风,且共从容。[①]垂杨紫陌洛城东。[②]总是当时携手处,游遍芳丛。[③]　　聚散苦匆匆,此恨无穷。今年花胜去年红。可惜明年花更好,知与谁同?

【注释】

①"把酒"二句:化用司空图《酒泉子》词:"黄昏把酒祝东风,且从容。"希望春天不要很快过去。　②洛城:洛阳城,北宋的西京。

③芳丛：花丛。谢朓《曲池之水》诗："芙蕖舞轻带，苞笋出芳丛。"

【品评】

这首送别词将胸中浓厚的别情与眼前灿烂的春光融为一体来抒写，显得格外意浓情深，韵味绵长。诚如近人俞陛云所评："因惜花而怀友，前欢寂寂，后会悠悠，至情语以一气挥写，可谓深情如水，行气如虹矣。"（《唐五代两宋词选释》）具体来看，词的首句就深情地祝福友人，祝福春天。次句所谓"且共从容"者，意思是在此分别之际，愿与友人能多聚一些时间，愿春天也放慢离去的脚步，多陪我们一会儿。以下三句，描写送别之地——洛阳城东郊美丽的春景，点明这里恰好是自己与友人多次游玩、因而特别值得留恋的地方。这样写，使离情别绪更加浓烈了。下片再以洛阳的春花为反衬和对照，把离情别绪抒写到了极致。作者是在告诉我们：眼前友人的离去，就像春天的离去一样不可挽留，因而引起他无穷的别恨。但更让他伤感的是，春天离去了明年还会回来，春花凋谢了明年还会再开，而明年春花再度开放时，他却不"知与谁同"——这就是俞陛云所说的"后会悠悠"了。

浪淘沙

五岭麦秋残，[①]荔子初丹。[②]绛纱囊里水晶丸。可惜天教生处远，不近长安。　　往事忆开元，妃子偏怜。[③]一从魂散马嵬关。[④]只有红尘无驿使，满眼骊山。[⑤]

【注释】

①五岭：大庾、始安、临贺、桂阳、揭阳为五岭。见《汉书·张耳传》注引裴渊《广州记》。麦秋：指旧历四月，为麦收季节。《礼记·月令》："孟夏之月，靡草死，麦秋至。"蔡邕《月令章句》："百谷各以其初生为春，熟为秋，故麦以孟夏为秋。" ②荔子初丹：荔枝刚刚成熟。语本韩愈《柳州罗池庙碑》："荔子丹兮蕉黄，杂肴蔬兮进侯堂。" ③"往事"二句：指开元年间被唐玄宗宠爱的杨贵妃，特别爱吃荔枝。 ④"一从"句：指唐玄宗天宝十四年，安禄山叛乱，玄宗入蜀，路过马嵬坡时，缢死杨贵妃。马嵬坡，在今陕西兴平县西北。 ⑤"只有"二句：杜牧《华清宫》诗："一骑红尘妃子笑，无人知是荔枝来。"按李肇《唐国史补》："杨贵妃生于蜀，好食荔枝，南海所生尤胜蜀者，故每岁飞驰以进。"骊山，在今陕西临潼东南，唐玄宗曾建华清宫于此，为杨贵妃沐浴处。

【品评】

这是一首咏史词，所咏的是唐玄宗时为杨贵妃运岭南荔枝到长安的著名故事。这个揭露唐代皇帝荒淫误国的政治故事，在晚唐杜牧以来的诗歌中屡见吟咏，但在以酒边花前娱宾遣兴为创作目的的唐宋词中却十分稀见。就现存的历史资料来看，北宋人在词中专题咏叹这个故事，欧阳修是第一个，而且似乎是唯一的一个。在这首词中，作者站在总结历史的高度，通过咏叹唐代开元、天宝年间这个标志性的故事，含蓄地表达了他一贯所持的王朝兴衰不系于天命而系于人事的观点。此词实际上是以词为诗，全篇写得感慨苍凉，深得咏史诗的神髓。清人冯金伯《词苑萃编》卷二十三引林宾王语评论道："诗馀荔子之咏，作者既少，遂无擅长。独欧阳公《浪淘沙》一首，稍存感慨悲凉耳。"所评极是。

浣溪沙

堤上游人逐画船，拍堤春水四垂天。[①] 绿杨楼外出秋千。[②]　　白发戴花君莫笑，六幺催拍盏频传。[③] 人生何处似尊前。

【注释】

①四垂天：形容天幕四方垂地。语本韩偓《有忆》诗："愁肠泥酒人千里，泪眼倚楼天四垂。"　②"绿杨"句：语本王维《寒食城东即事》诗："秋千竞出绿杨里。"又冯延巳《上行杯》词："柳外秋千出画墙。"　③六幺：乐曲名，见前《玉楼春》(西湖南北烟波阔)注③。

【品评】

这首词写春日水上泛舟之乐，从词中所写之景和"白发戴花"等用语来看，此词大概是晚年在颍州西湖所作。上片写湖岸四周的景色，为泛舟之乐画出了一个极为美丽的背景。"绿杨楼外出秋千"是传诵久远的写景名句。下片写泛舟之乐，而得其乐者就是作者自己，所以这里写出的是一个抓住机会及时行乐的老年欧阳修的自我形象。词中这个簪花带酒、及时行乐的抒情主人公的自我形象，塑造得极为生动而且富有个性。读着他，我们有似曾相识之感——原来他就是欧阳修诗文里经常出现的那个清通旷达的“醉翁”，只不过现在他真正年老成“翁”、满头白发了。这是全篇艺术表现最“出彩”之处。历代词话家称引这首词都只看重其中的个别佳句，这未免是捡得芝麻，失了西瓜。

浣溪沙

湖上朱桥响画轮，①溶溶春水浸春云。②碧琉璃滑净无尘。③　　当路游丝萦醉客，④隔花啼鸟唤行人。日斜归去奈何春。⑤

【注释】

①朱桥：装修有红色栏杆的桥。画轮：绘有彩画的华美车辆。②溶溶：水流宽广盛大的样子。浸春云：是说春云倒映在水中，好像浸进去的一样。　③碧琉璃滑：形容碧水平滑，犹如玻璃一般光滑平静。　④游丝：指萦绕在花草树木间的蛛丝或青虫丝。⑤奈何春：是说春天已去，叫人无可奈何。

【品评】

这首《浣溪沙》以极短的篇幅概括地写出颖州西湖春景之美与春游之乐，有尺幅千里之妙。上片先写景之美。起句，写朱桥之上车马之繁。“溶溶”二句，写湖水之美，只见它一碧万顷，平滑无尘，春云浸水，上下澄澈，诚足以令游人流连忘返。下片接写人之乐。“当路”二句，将景物拟人化，说是游丝牵醉客，啼鸟唤行人，更添许多情味。末句说日斜天晚，不得不归，流露惆怅之意，更显出美景之值得留恋。此词写景叙事善用“丽语”，尤其是“溶溶”、“隔花”二联，被历代词话家反复称引，当作欧词“能作丽语”的证明。近人俞陛云《唐五代两宋词选释》则评析此词写景叙事的整体之美道：“上阕写水畔春光明媚，风景宛然；下阕言嬉春之醉客行人，营营扰扰，而游丝啼鸟，复作意撩人，在冷眼观之，徒唤奈何，惟有日斜归去耳。”

夜行船

忆昔西都欢纵，[①] 自别后、有谁能共？伊川山水洛川花，[②]细寻思、旧游如梦。　　今日相逢情愈重。愁闻唱、画楼钟动。白发天涯逢此景，倒金尊、殢谁相送？[③]

【注释】

①西都：指洛阳；洛阳为北宋的西京。欢纵：欢乐纵饮。②伊川：水名，即伊河，源出河南卢氏县东熊耳山，流经嵩县、伊川、洛阳，至偃师，入洛河。洛川：洛水，源出陕西雒南县冢岭山。③殢(tì)：困极，指困酒。

【品评】

这首赠友词的主题是怀旧伤今。写得沉郁悲凉，充溢着人世沧桑的感慨。词用逆叙法写成。上片深情地忆旧。从词中提供的线索来看,作者"白发天涯"时与之重逢的这位老朋友,就是他当年在西京洛阳任留守推官时结识的那批青年朋友中的一个。本书"诗选"部分所录五言古诗《书怀感事寄梅圣俞》,就详细地记叙了那一段风流旖旎的文友聚会的生活。上片四句,其实就是那首长诗忆旧部分的缩写。下片伤今,思想情绪比那首诗更加悲凉乃至颓唐。这是因为作者写那首诗时,正当盛年,与洛阳文友们分别也才一年的时间,有一点感伤,也仅仅是青春年少者淡淡的感伤。而写这首词时,洛阳文友们早已凋亡殆尽,仅存的作者自己和眼前的这一位,都已是白发老人,所以这时的感伤,是一种痛彻心肺的深沉感伤,一种老年人的无望的感伤。词中忆旧的部分突出一个"欢"字,伤今的部分则突出一个"愁"字,通过这种强烈的对比和反衬,尽兴地宣泄出满怀愁情。

洞天春

莺啼绿树声早,槛外残红未扫。露点真珠遍芳草,[①]正帘帏清晓。　　秋千宅院悄悄,又是清明过了。燕蝶轻狂,柳丝撩乱,春心多少?[②]

【注释】

①真珠:即珍珠。此句语本白居易《暮江吟》诗:"可怜九月初三夜,露似真珠月似弓。"　②春心:伤春的心情。《楚辞·招魂》:

“目极千里兮伤春心。”

【品评】

此词也是伤春之作，但作者并不急于表露伤春的情绪，也不刻意营造伤春的意境，而只是用清疏素淡的笔触，把清晨起床所见庭院里的晚春景象徐徐展示出来，似在闲庭信步，赏景散心。直写到他发现往日喧闹的“秋千宅院”如今已“悄悄”无声，才轻轻叹息道：“又是清明（春事最盛的时节）过了”，开始流露自己的情绪。至此，蓄势已足，方在篇末将伤春的情怀和盘托出：“燕蝶轻狂，柳丝撩乱，春心多少！”清人周济在他的《介存斋论词杂著》中称赞欧词道：“永叔只如无意，而沉着在和平中见。”正是指这类作品而言的。

少年游

阑干十二独凭春，晴碧远连云。[①]千里万里，二月三月，行色苦愁人。[②]　　谢家池上，[③]江淹浦畔，[④]吟魄与离魂。[⑤]那堪疏雨滴黄昏，更特地、忆王孙。[⑥]

【注释】

①晴碧：指和煦的阳光下野草繁茂，一片碧绿。温庭筠《郭处士击瓯歌》：“晴碧烟滋重叠山。”　②行色：本指人出行的神色，因为春草令人联想起离别送行之事，所以称草的颜色为行色。

③谢家池上：南朝诗人谢灵运《登池上楼》诗中有“池塘生春草，园柳变鸣禽”的咏春草名句。　④江淹浦畔：南朝文学家江淹《别赋》中有“春草碧色，春水绿波，送君南浦，伤如之何”的句子。　⑤吟魄：指谢灵运吟诗的事。据《南史·谢惠连传》，有一次谢灵运作诗终日不就，后于睡眠中梦见族弟谢惠连，立即写出了“池塘生春草”的佳句。离魂：指江淹《别赋》中表达的“黯然销魂”的离别情怀。⑥更特地、忆王孙：用《楚辞·招隐士》中“王孙游兮不归，春草生兮萋萋”句意。特地，特别。王孙，公子，这里指远游的行人。

【品评】

这是一首咏物词。北宋前期，咏物词（其中包括咏草词）已经兴起，一次梅尧臣在欧阳修那里作客，坐中有人称赞林逋所作咏草词《点绛唇》（金谷年年），梅尧臣听了不服气，就即席作了一首《苏幕遮》（露堤平）。欧阳修在击节赞赏梅作之后，也即席作了一首咏草词，这就是现在我们看到的这首《少年游》。当时的人拿这三首词进行比较之后，认为欧词不但超过林、梅二作，即使与唐人温庭筠、李商隐的同类作品相比，也毫不逊色（参见吴曾《能改斋漫录》卷十七）。在我们看来，此词之所以能超越同类作品，主要原因在于，它并不像一般咏物词那样单纯地描绘物的形态，而是形神兼备，由物及人，抒写了人的感情，寄寓了作者的思想。诚如近人刘永济所分析的：“此咏春草之词也。上半阕前四句言草生之地与时，结句联系行人。后半阕三用春草故事，吟魄指谢诗，离魂指江赋，以见谢池、江浦之草虽亦感人，不如疏雨黄昏中之草，使人更特别思念王孙，隐喻时衰思贤更切也。”（《唐五代两宋词简析》）

文　选

秋声赋

欧阳子方夜读书，[1]闻有声自西南来者，悚然而听之，曰：异哉！初淅沥以萧飒，[2]忽奔腾而砰湃，[3]如波涛夜惊，风雨骤至。其触于物也，𫓩𫓩铮铮，[4]金铁皆鸣；又如赴敌之兵，衔枚疾走，[5]不闻号令，但闻人马之行声。余谓童子："此何声也？汝出视之。"童子曰："星月皎洁，明河在天，[6]四无人声，声在树间。"

余曰："噫嘻悲哉！此秋声也，胡为而来哉？[7]盖夫秋之为状也：其色惨淡，烟霏云敛；[8]其容清明，天高日晶；[9]其气栗冽，砭人肌骨；[10]其意萧条，山川寂寥。故其为声也，凄凄切切，呼号愤发。丰草绿缛而争茂，[11]佳木葱茏而可悦；[12]草拂之而色变，木遭之而叶脱；[13]其所以摧败零落者，乃其一气之馀烈。[14]

"夫秋，刑官也，于时为阴；[15]又兵象也，于行用金。[16]是谓天地之义气，常以肃杀而为心。[17]天之于物，春生秋实，故其在乐也，商声主西方之音，夷则为七月之律。[18]商，伤也，物既老而悲伤；夷，戮也，物过盛而当杀。[19]

"嗟乎！草木无情，有时飘零。人为动物，惟物之灵。[20]百忧感其心，万事劳其形，有动于中，必摇其精。[21]而况思其力之所不及，忧其智之所不能，宜其渥然丹者为槁木，㉒黟然黑者为星星。㉓奈何以非金石之质，欲与草木而争荣？念谁为之戕贼，㉔亦何恨乎秋声？”

童子莫对，㉕垂头而睡。但闻四壁虫声唧唧，如助余之叹息。

【注释】

①欧阳子：作者自称。方：正在。 ②淅沥(xī lì)：落叶声。萧飒(sà)：风声。 ③砰(pēng)湃：即澎湃，波涛声。这里用来形容秋声。 ④纵(cóng)纵铮(zhēng)铮：象声词，金属撞击声。⑤衔枚疾走：古代行军时为了防止因喧哗而暴露目标，叫士兵嘴里衔着一支筷子似的东西，叫“枚”。疾走，快走。 ⑥明河：天河，银河。 ⑦噫嘻：叹息声。悲哉：悲伤啊！用宋玉《九辩》：“悲哉，秋之为气也！”胡为而来哉：(它)是怎样产生的呢？胡，为何。⑧烟霏云敛：烟散云收。霏，飘扬，这里有飘走的意思。 ⑨晶：明亮。 ⑩栗冽(lì liè)：寒冷。砭(biān)：原指古代用石针扎皮肉治病，这里等于说“刺”。 ⑪绿缛：碧绿繁茂。 ⑫葱茏：树木繁荣茂盛。 ⑬拂之、遭之：皆指碰上、遇着。之，指秋气。 ⑭一气：指秋气。馀烈：馀威。 ⑮“刑官”二句：古代掌刑之官称秋官(见《周礼》)。古代用阴阳二气来配合四时，春、夏为阳，秋、冬为阴。于时，在四时之中。 ⑯“兵象”二句：古代以秋天练兵(见《汉书·刑法志》)，故言“兵象”。用五行配合四时，春属木，夏属火，秋属金，冬属水(见《礼记·月令》)，故言“于行用金”。于行：在五行之中。 ⑰“是谓”二句：语出《礼记·月令》：“孟秋之

月……戮有罪,严断刑,天地始肃。”《乡饮酒义》:“天地严凝之气……此天地之义气也。”肃杀,指万物凋敝。义气,指阴阳二气的正常变化。秋的到来,是天地间阴阳二气的正常变化,它好像有意使万物凋敝似的。 ⑱春生秋实:草木生长于春天而结实于秋天。“故其”二句:就音乐来说,商声代表西方的声音,而十二律中的夷则与七月相对应。按,古代用五音(宫、商、角、徵、羽)方位来配合四时:角音东方属春;徵音南方属夏;商音西方属秋;羽音北方属冬;宫音中央属季夏。古代又把五音的十二律与十二月相配,太簇配正月,夹钟配二月,姑洗配三月……夷则配七月……大吕配十二月。 ⑲商,伤也:商的意思就是悲伤。按,这里用的是所谓“声训”,即从同音字中去寻找它们的意义联系的训诂方法。夷,戮也:夷的意义就是杀戮。戮(lù),杀。“夷”在古汉语中也有“杀”的意思。夷和戮是同义词,所以可以互训。这在训诂中叫“义训”。 ⑳人为动物,惟物之灵:人是动物,而且是动物之中最有灵性的。 ㉑“百忧”四句:是说各种忧虑使人们精神感伤,各种事情使人们形体劳苦,内心有了触动,必然会损伤元气。中,指内心。精,指人的精神、元气。 ㉒“宜其”句:难怪人们的红颜很快变得像枯木一样。渥(wò)然丹者,形容红润的脸色。语本《诗经·秦风·终南》:“颜如渥丹。”槁木,枯木。 ㉓“黟然”句:黑头发也很快变成了白头发。黟(yī),黑。 ㉔戕(qiāng)贼:残害。㉕莫对:不回答。

【品评】

这是一篇悲秋赋。明代古文家归有光点明它的主题说:“形容物状，模写变态，末归于人生忧患，与时俱变，使人读之，有悲秋之意。”（《欧阳文忠公文选》评语卷十）关于它的思想内容是可以一读就明白的，值得特别注意的是作者在艺术表现上的创新。自宋玉写下“悲哉，秋之为气”的名句以来，悲秋便成为辞赋创作的一个常见的题目。这篇赋对旧赋的艺术传统多有继承，同时又富于独创性。作者吸取了旧赋的多种表现手法，例如假托对话来叙事和抒情，极力铺写景物，以及骈偶句式的运用等等；同时他又较多地采用了散文的笔势、笔调和句法，减少对偶，骈散兼行，行文错落有致，跌宕生姿，从而打破了旧赋呆板凝滞的句式和章法，形成了独特的语言风格。特别值得指出的是，此赋极善于写景，它通过多方设譬，把似乎难以捉摸的秋声描绘得十分具体和形象，并且把写景、抒情和议论有机地结合起来，在景物描写中寄寓了作者对自然和人生的深沉感慨。作者在《六一诗话》中曾记叙过梅尧臣论诗的话：“状难写之景如在目前，含不尽之意见于言外。”本文虽然是赋，却达到了诗的艺术境界。全篇辞彩绚丽，音调铿锵，想象丰富，文气生动，诗意浓郁，境界悠远，简直是一首散文诗。

峡州至喜亭记[①]

蜀于五代为僭国，[②]以险为虞，[③]以富自足，舟车之迹不通乎中国者五十有九年。[④]宋受天命，一海内，四方次第平，太祖改元之三年，始平蜀。[⑤]然后蜀之丝枲织文之富，[⑥]

衣被于天下，[7]而贡输商旅之往来者，陆辇秦凤，[8]水道岷江，不绝于万里之外。

岷江之来，合蜀众水，出三峡为荆江。倾折回直，捍怒斗激，[9]束之为湍，触之为旋，[10]顺流之舟顷刻数百里，不及顾视，一失毫厘与崖石遇，则糜溃漂没，不见踪迹。故凡蜀之可以充内府、供京师而移用乎诸州者，皆陆出，而其羡馀不急之物，[11]乃下于江，若弃之然，其为险且不测如此。夷陵为州，[12]当峡口，江出峡，始漫为平流。故舟人至此者，必沥酒再拜相贺，以为更生。

尚书虞部郎中朱公再治是州之三月，[13]作至喜亭于江津，以为舟者之停留也；且志夫天下之大险，至此而始平夷，以为行人之喜幸。夷陵固为下州，廪与俸皆薄，[14]而僻且远，虽有善政，不足为名誉以资进取。朱公能不以陋而安之，其心又喜夫人之去忧患而就乐易，《诗》所谓“恺悌君子”者矣。[15]自公之来，岁数大丰，因民之馀，然后有作，惠于往来。以馆以劳，动不违时，而人有赖，是皆宜书。故凡公之佐吏，[16]因相与谋，而属笔于修焉。[17]

【注释】

①峡州：宋州名，治所在夷陵（今湖北宜昌）。至喜亭：为仁宗景祐二年（1035）朱庆基到峡州任知州后三个月所建，位于夷陵城外长江三峡东口。　②蜀：指五代时在今四川境内建立的王氏前蜀政权和孟氏后蜀政权。僭（jiàn）国：与中央王朝对立而自己称

王称帝的地方割据政权。 ③以险为虞:以长江三峡的天然险阻作为戒备防御。虞,戒备,准备。 ④“舟车”句:前蜀于公元907年建国,925年为后唐所灭;后蜀于933年建国,965年为宋所灭。从907年到965年,共历59个年头。 ⑤太祖改元之三年,始平蜀:宋太祖赵匡胤于960年建国称帝,年号建隆;建隆四年(963)改元乾德。改元乾德之第三年(965),王全斌率领的宋军攻入成都,后蜀灭亡。 ⑥ 丝枲(xǐ)织文:泛指各种纺织品。枲,麻的总称。织文,染丝织成的丝织品。 ⑦衣被天下:加惠于天下,使天下的人都得到好处。 ⑧陆辇:经由陆路用车运输。秦凤:北宋所置路名,治所在秦州(今甘肃天水市),辖境大约相当于今宁夏苦水沟、云雾山、甘肃蒲河、陕西贾赵河以西,长城以南,秦岭、嶓冢山、岷山以北,青海日月山、达坂山以东地。 ⑨捍怒斗激:形容水势凶猛陡急。 ⑩束之为湍,触之为旋:指江水被峡谷束缚而出现湍流,触碰到礁石而形成旋涡。 ⑪羡馀之物:封建时代自唐朝以来政府征收正赋之外的馀财。详见欧阳修所撰《新唐书·食货志二》。白居易《重赋》诗:“缯帛如山积,丝絮如云屯。号为羡馀物,随月献至尊。” ⑫夷陵为州:夷陵为峡州州治。⑬朱公:指州守朱庆基。是州:这个州。指峡州。 ⑭“夷陵固为下州”二句:宋代将州分为上中下三等,峡州为下等,州县官员的廪食和俸禄很微薄。 ⑮《诗》所谓“恺悌君子”者矣:意谓朱庆基就是《诗经》所称赞的“恺悌君子”。《诗经·大雅·旱麓》:“岂弟君子,神所劳矣。”岂弟,又作“恺悌”,和悦平易的意思。 ⑯佐吏:州郡长官的辅助、参赞官员。 ⑰属笔于修:托付我欧阳修写这篇文章。

【品评】

这篇文章作于景祐四年(1037),时作者贬官居峡州夷陵。夷陵为峡州治所,位于长江三峡东口,长江经三峡之湍急,至此始变得平缓。峡州知州朱庆基于此地建亭,因“天下之大险至此而始平夷,以为行人之喜幸”,为之命名“至喜”,并请欧阳修作“记”,于是而有本文。文章本为亭作记,却先不说亭,而是从大处落墨,写蜀地从五代至宋的经济、贸易和交通状况,自然转入长江,描写了长江上游流水的湍急惊险,进而言及夷陵,言及至喜亭。如此由远及近,由大到小,曲折写来,在广阔的时空中凸显了一个小小亭子存在的意义。最后由亭而言及建亭者——州守朱庆基,称赞了他的政绩。全文气势恢宏,行文极起伏张弛之妙。明代古文家茅坤评曰:“极力摹写蜀之险之不测,以形出人情喜幸之至,此文字布置斡旋之法。”(《唐宋八大家文钞·欧阳文忠公文钞》评语卷二十一)

画舫斋记

予至滑之三月,[1]即其署东偏之室,治为燕私之居,[2]而名曰画舫斋。斋广一室,其深七室,以户相通,凡入予室者,如入乎舟中。[3]其温室之奥,则穴其上以为明;[4]其虚室之疏以达,则栏槛其两旁以为坐立之倚。[5]凡偃休于吾斋者,[6]又如偃休乎舟中。山石巉崒,[7]佳花美木之植列于两檐之外,又似泛乎中流,而左山右林之相映皆可爱者。故因以舟名焉。

《周易》之象，至于履险蹈难，必曰涉川。[8]盖舟之为物，所以济险难而非安居之用也。今予治斋于署，以为燕安，而反以舟名之，岂不戾哉！[9]况予又尝以罪谪，走江湖间，自汴绝淮，浮于大江，至于巴峡，转而以入于汉沔，计其水行几万馀里。[10]其羁穷不幸，而卒遭风波之恐，往往叫号神明以脱须臾之命者，数矣。[11]当其恐时，顾视前后凡舟之人，非为商贾，则必仕宦。因窃自叹，以为非冒利与不得已者，[12]孰肯至是哉。赖天之惠，全活其生。今得除去宿负，列官于朝，以来是州，饱廪食而安署居。[13]追思曩时山川所历，舟楫之危，蛟鼍之出没，波涛之汹欻，宜其寝惊而梦愕。[14]而乃忘其险阻，犹以舟名其斋，岂真乐于舟居者邪！

然予闻古之人有逃世远去江湖之上，终身而不肯返者，其必有所乐也。[15]苟非冒利于险，有罪而不得已，使顺风恬波，傲然枕席之上，一日而千里，则舟之行岂不乐哉！故予诚有所未暇，而舫者宴嬉之舟也，姑以名予斋，奚曰不宜？[16]

予友蔡君谟善大书，颇怪伟，将乞其大字以题于楹。[17]惧其疑予之所以名斋者，故具以云。又因以置于壁。[18]

壬午十二月十二日书。[19]

【注释】

①滑：滑州，治所在今河南滑县。欧阳修于庆历二年（1042）

十月到滑州任通判。 ②署：官署，衙门。燕私之居：个人歇息的场所。 ③“斋广一室”五句：意思是这个画舫斋约有一间屋那么宽，往里去共有七间屋，中间以门相通，凡是进了我这个居室，就像到了船上一样。 ④温室之奥：指画舫斋最里面的屋子。穴其上以为明：在屋顶上打个洞引来照明的亮光。 ⑤虚室之疏以达：指靠外边的屋子没有墙壁，显得疏朗而通达。栏槛其两旁：在两旁围上栏杆。倚：依靠。 ⑥偃休：安卧休息。 ⑦崷崒（qiú zú）：高峻的样子。 ⑧“《周易》之象”三句：意思是在《周易》的象词中，谈到“履险蹈难”的时候，多用“利涉大川”的比喻。 ⑨以舟名之：指以“画舫”作为斋名。画舫，一种装饰华丽的游船。戾：乖戾，背谬。 ⑩“况予”七句：欧阳修于景祐三年被贬为峡州夷陵令，由水路经汴河、淮河、长江到达贬所；第二年十二月改官光化军（今湖北襄阳市）乾德令，仍由水路经长江溯汉水赴任。其间走水路达一万馀里。汉沔，汉水和沔水，沔水是汉水的上游。⑪羁穷不幸：指仕途挫折，颠沛于旅途。卒：突然。恐：指危险。叫号神明：呼唤上天保佑。数矣：已经有好多次了。 ⑫窃：私下，暗暗地。冒利：贪求财利。指商人。不得已：身不由己。指出门作官。 ⑬“今得”四句：欧阳修任滑州通判时，官阶为太子中允，比起景祐三年被贬时所任的大理评事一官已提高了五阶，已经“复叙官荣”，所以说“除去宿负，列官于朝”。宿负，指被贬谪的罪过。是州，这个州，指滑州。廪食，指俸禄。署居，滑州官署的居所，指画舫斋。 ⑭曩（nǎng）时：往日，过去的日子。汹欻（xū）：汹涌突变。 ⑮“然予”三句：古书多有隐世逃名者的记载，如《史记·货殖列传》记载，范蠡助越王勾践雪会稽之耻后，“乃乘扁舟浮于江湖，变名易姓，适齐为鸱夷子皮，之陶为朱公。”作者所指的“古之人”，就是像范蠡这样的逃世者。 ⑯有所未暇：意思是自己想做一番事业，眼下还顾不上脱身世外，漫游江湖。奚曰不宜：怎么能说不对呢？ ⑰蔡君谟：蔡襄（1012—1067），字君谟，兴化军仙游（今属福建）人。天圣进士，官至三司使。为宋代著名书法家。楹：堂屋前部的柱子。 ⑱置于壁：指刻石砌入墙壁间。 ⑲壬午：庆历二年的干支。

【品评】

要正确评赏这篇文章，须先了解其写作背景。庆历二年三月，契丹欲侵宋，要宋割让瓦桥关以南十县地。宰相吕夷简因不喜欢富弼，就向皇帝推荐富弼出使契丹去办交涉。欧阳修认为富弼乃朝廷重臣，不宜出使，引唐代颜真卿使李希烈遇害事加以谏阻。五月，欧阳修又应诏上书极言应改革弊政。这两次进谏都未受重视和采纳，于是他请求调任外职，被任命为滑州通判。在这样一种背景下以船命名自己的新居，并作文加以阐释，其意自是借题发挥，抒发一种居安思危的思想，借对船的功用的理解，说明自己退居外职是出于不得已，欲漫游江湖“诚有所未暇”，这实际上是含蓄地表示自己还希望将来能有所作为。文章构思新颖，行文婉转生动，寓意深长。苏洵称赞欧文“纡徐委备”，刘熙载则推许欧文“优游有馀”（均见《艺概·文概》），本篇即是一例。

王彦章画像记

太师王公，讳彦章，字子明，郓州寿张人也。事梁为宣义军节度使，[①]以身死国，葬于郑州之管城。晋天福二年，[②]始赠太师。

公在梁，以智勇闻。梁晋之争数百战，其为勇将多矣，而晋人独畏彦章。[③]自乾化后，[④]常与晋战，屡困庄宗于河上。[⑤]及梁末年，小人赵岩等用事，梁之大臣老将，多以谗不见信，皆怒而有怠心，而梁亦尽失河北，事势已去，诸将多怀顾望，独公奋然自必，不少屈懈。志虽不就，卒死以忠。公既死而梁亦亡矣，悲夫！

五代终始才五十年，而更十有三君，五易国而八姓。[⑥]士之不幸而出乎其时，能不污其身、得全其节者鲜矣。公本武人，不知书，其语质。平生尝谓人曰："豹死留皮，人死留名。"盖其义勇忠信出于天性而然。予于五代书，窃有善善恶恶之志，[⑦]至于公传，未尝不感愤叹息。惜乎旧史残略，不能备公之事。

康定元年，予以节度判官来此，[⑧]求于滑人，得公之孙睿所录《家传》，颇多于旧史。其记德胜之战尤详。[⑨]又言敬翔怒末帝不肯用公，[⑩]欲自经于帝前。公因用笏画山川，[⑪]为御史弹而见废。又言公五子，其二同公死节，此皆旧史无之。又云，公在滑，以谗自归于京师，而史云召之。是时梁兵尽属段凝，京师羸兵不满数千，公得保銮五百人之郓州，[⑫]以力寡败于中都，而史云将五千以往者，亦皆非也。公之攻德胜也，初受命于帝前，期以三日破敌。梁之将相，闻者皆窃笑。及破南城，果三日。是时庄宗在魏，闻公复用，料公必速攻，自魏驰马来救，已不及矣。庄宗之善料，公之善出奇，何其神哉！

今国家罢兵四十年，一旦元昊反，败军杀将，连四五年，[13]而攻守之计，至今未决。予尝独持用奇取胜之议，而叹边将屡失其机。时人闻予说者，或笑以为狂，或忽若不闻；虽予亦惑，不能自信。及读公《家传》，至于德胜之捷，乃知古之名将必出奇，然后能胜。然非审于为计者不能出奇。奇在速，速在果，此天下伟男子之所为，非拘牵常算之士可到也。[14]每读其传，未尝不想见其人。

后二年，予复来通判州事。岁之正月，过俗所谓铁枪寺者，又得公画像而拜焉。岁久磨灭，隐隐可见，亟命工完理之，[15]而不敢有加焉，惧失其真也。公善用枪，当时号王铁枪。公死已百年，至今俗犹以名其寺，童儿牧竖，[16]皆知王铁枪之为良将也。一枪之勇，同时岂无，而公独不朽者，岂其忠义之节使然欤？画已百馀年矣，完之，复可百年。然公之不泯者，不系乎画之存不存也。而予犹区区如此者，盖其希慕之至焉耳。读其书，尚想乎其人，况得拜其像，识其面目，不忍见其坏也。画既完，因书予所得者于后，而归其人，使藏之。

【注释】

①梁：指五代后梁（907—923）。　②晋：五代后晋（936—946）。天福：后晋高祖石敬瑭年号。天福二年为公元937年。

③晋：这里指唐末藩镇李克用父子。李氏封于晋(今山西一带)，故称晋；灭梁后称唐，是为后唐(923—936)。后唐又为后晋所灭。 ④乾化：后梁末帝朱友贞年号。 ⑤庄宗：指后唐庄宗李存勖(xù)。参见后面的《五代史·伶官传序》注②。 ⑥“五代终始”三句：五代为后梁、后唐、后晋、后汉、后周。后梁二主十七年，后唐三姓四主十四年，后晋二主十年，后汉二主四年，后周二姓三主十年，共五代八姓十三君五十五年。 ⑦善善恶恶：褒善贬恶。 ⑧康定元年：公元1040年。这一年欧阳修第一次来滑州任节度判官。 ⑨德胜之战：指后梁末帝龙德三年(923)夏天，王彦章率领的梁军与后唐庄宗李存勖的军队在德胜城的那场大战。德胜城，又名德胜寨、夹寨。公元919年李存勖使其将李存审于德胜渡夹黄河而筑南北二城，总称德胜城。北城故址在今河南濮阳。 ⑩敬翔：字子振，同州冯翊(今陕西大荔县)人，为后梁宰相。 ⑪笏(hù)：古代大臣上朝时所执的手板，用以记事。 ⑫保銮：皇帝的卫士。皇帝的车驾叫銮驾，故称其卫士为保銮。郓州：州名，治所在今山东东平西北。 ⑬“一旦元昊反”三句：指康定元年(1040)西夏主赵元昊起兵犯边，直到庆历四年(1044)宋、夏双方才议和，前后历时五年。 ⑭拘牵常算之士：思维受束缚、只会按常规来考虑问题的人。 ⑮亟：急切地。完理：这里指按原样修复。 ⑯牧竖：牧童。

【品评】

本文作于宋仁宗庆历三年，当时欧阳修再次到滑州任通判，过铁枪寺，第二次瞻仰五代名将王彦章的画像，动了表彰这位高风亮节的历史人物的念头，于是命工匠修复画像，而作此文。作者的门生苏轼在《六一居士集叙》中称赞欧阳修“记事似司马迁”，欧阳修是兼具史学和文学才能的伟大作家，所谓记事，既包括《新唐书》、《新五代史》等历史著作，又包括他所撰写的为数不少的单篇记事散文。本文就是欧阳修记事散文中以描述历史人物的典型事迹见长的名篇之一。文章标题是“画像记”，但主要并不写画像本身，而是写王彦章其人其事。由于王彦章其人在薛居正《旧五代史》中已有传，所以此文不再重复叙述其全部人生经历，而是仅就自己感受最深的地方着笔，侧重描写其人的精忠大节和多谋善战。文章订正了旧史之误，补充了从其《家传》得来的许多事迹，并联系时事，赞扬了王彦章用兵出奇之神妙，为宋王朝当下的军事斗争提供借鉴，最后才归结到画像，说明了作文的缘由，字里行间饱含着对这位历史上的英雄人物的敬仰爱慕之情。全文融叙事、议论、抒情为一体，风格平易委婉，文字简练生动，论者谓其“错综开阖，自然入妙，与柳柳州《段太尉逸事状》神理相合”(《御选古文渊鉴》卷四十五批语)。论者又谓本篇的一大特色是“以叙事行议论，其感慨处多情”(茅坤《唐宋八大家文钞·欧阳文忠公文钞》评语卷二十一)。

丰乐亭记

修既治滁之明年夏，始饮滁水而甘。问诸滁人，得于州南百步之近。其上丰山耸然而特立，下则幽谷窈然而深藏，中有清泉，滃然而仰出。[1]俯仰左右，顾而乐之。于是疏泉凿石，辟地以为亭，而与滁人往游其间。

滁于五代干戈之际，用武之地也。昔太祖皇帝尝以周师破李景兵十五万于清流山下，生擒其将皇甫晖、姚凤于滁东门之外，遂以平滁。[2]修尝考其山川，按其图记，升高以望清流之关，[3]欲求晖、凤就擒之所，而故老皆无在者。盖天下之平久矣。自唐失其政，海内分裂，豪杰并起而争，所在为敌国者，何可胜数！[4]及宋受天命，圣人出而四海一。[5]向之凭恃险阻，划削消磨，[6]百年之间，漠然徒见山高而水清。欲问其事，而遗老尽矣。

今滁介于江、淮之间，舟车商贾、四方宾客之所不至。民生不见外事，而安于畎亩衣食，[7]以乐生送死。而孰知上之功德，休养生息，涵煦百年之深也！[8]

修之来此，乐其地僻而事简，又爱其俗之安闲。既得斯泉于山谷之间，乃日与滁人仰而望山，俯而听泉。掇幽芳而荫乔木，风霜冰雪，刻露清秀，四时之景无不可爱。又幸其民乐其岁物之丰成，而喜与予游也。因为本其山川，道其风俗之美，使民之所以安此丰年之乐者，幸生无事之时也。夫宣上恩德，以与民共乐，刺史之事也。[9]遂书以名其亭焉。

庆历丙戌六月日，右正言知制诰知滁州军州事欧阳修记。[10]

【注释】

①滃(wěng):水满出的样子。 ②"滁于五代干戈之际"五句:太祖皇帝,指宋朝开国皇帝赵匡胤。周师,指后周的军队。当时赵匡胤在后周掌领禁军。李景,即李璟,南唐中主。清流山,在当时滁州清流县境。据《资治通鉴》等书记载,后周世宗柴荣命赵匡胤袭击清流关,南唐守将皇甫晖、姚凤败逃滁州。赵匡胤指挥周师,跃马涉水,直抵滁州城下,生擒皇甫晖、姚凤,平定滁州。③清流之关:清流关,在滁州城西北清流山上,是江淮地区的重要关隘,宋太祖赵匡胤打破南唐兵的地方,宋时在此设清流县。④"所在"句:意谓到处都割据称王,难以数计。 ⑤圣人出而四海一:指宋太祖赵匡胤平定天下、基本统一中国。 ⑥"向之"二句:意谓以前凭仗险阻割据称霸的那些人,有的被诛杀,有的已老死。刬削,指被消灭。消磨,指消磨光阴,日渐老死。 ⑦畎(quǎn)亩:田地。 ⑧上:指皇帝。涵煦(xù):滋润养育。 ⑨刺史:汉、唐时州的主管官称刺史,宋时改称知州,作者在这里沿用旧称以自指。 ⑩庆历丙戌:即庆历六年(1046)。右正言、知制诰:皆为欧阳修在朝中所任官职名。知滁州军州事:即滁州知州。

【品评】

本文作于庆历六年,时作者任滁州知州。文章从篇名上看是"亭"之记,但描写和记叙的重点不在"亭",而在"丰乐"二字上。这不仅因为世道"丰乐"是为此亭命名的原因,更因为歌颂宋建国以来的太平气象才是作者作此文的本意所在。因此文章开头只是由泉而山、而亭简略地记叙几句,然后就陡然荡开,以逆笔插入对五代干戈的回忆，并由滁州写到海内，抒发自己的感慨。这些文字看似与“丰乐”无关，实际上是紧扣题目，写出丰乐之由，意在歌颂宋朝。从“修之来此”到篇末，由历史而现实，写滁州的风俗民情以及自己与滁人游山玩水之乐，渲染出此地的太平丰乐景象，借以道出命名此亭的缘由——亦即作“记”的本意。前人评论说：此文“归美国家太平，以为丰乐之由，立言有体，而俯仰处，更多闲情逸韵”（《御选古文渊鉴》卷四五批语）。又说：“归到大宋功德，休养生息所致，立言何等阔大。”（吴楚材、吴调侯《古文观止》评语）本文是欧阳修散文中的名篇之一，但与他的其他名篇相比，我们很难从中找出哪怕是一两句精警出色的名句。它的出色并不在一句两句，一段两段，而是一种整体性的出色。作者将写景、抒情、议论有机地融汇在一起，文笔又十分简练、蕴藉、流畅和生动，这就使得全篇浑然一体，表现出一种委婉含蓄、雍容祥和的风格。这是它艺术上最成功之处。

醉翁亭记

环滁皆山也。① 其西南诸峰，林壑尤美。② 望之蔚然而深秀者，琅邪也。③ 山行六七里，渐闻水声潺潺，而泻出于两峰之间者，酿泉也。④ 峰回路转，有亭翼然临于泉上者，⑤ 醉翁亭也。作亭者谁？山之僧智仙也。名之者谁？太守自谓也。太守与客来饮于此，饮少辄醉，⑥ 而年又最高，故自号曰醉翁也。醉翁之意不在酒，在乎山水之间也。山水之乐，得于心而寓之酒也。

若夫日出而林霏开，[7]云归而岩穴暝，晦明变化者，山间之朝暮也。野芳发而幽香，佳木秀而繁阴，风霜高洁，水落而石出者，山间之四时也。朝而往，暮而归，四时之景不同，而乐亦无穷也。

至于负者歌于途，[8]行者休于树，前者呼，后者应，伛偻提携，[9]往来而不绝者，滁人游也。临溪而渔，溪深而鱼肥；酿泉为酒，泉香而酒洌；[10]山肴野蔌，[11]杂然而前陈者，太守宴也。宴酣之乐，非丝非竹，[12]射者中，[13]弈者胜，[14]觥筹交错，[15]起坐而喧哗者，众宾欢也。苍颜白发，颓然乎其间者，太守醉也。

已而夕阳在山，人影散乱，太守归而宾客从也。树木阴翳，鸣声上下，游人去而禽鸟乐也。然而禽鸟知山林之乐，而不知人之乐；人知从太守游而乐，不知太守之乐其乐也。[16]醉能同其乐，醒能述以文者，太守也。太守谓谁？庐陵欧阳修也。

【注释】

①环滁皆山也：环绕着滁州四面的都是山。按，这是夸张描写，实际上滁州只在州城的西南部有丛山。　②壑：山沟。　③蔚然：草木茂盛的样子。　④酿泉：水名，为琅邪溪的源头之一，以适宜酿酒而得名。　⑤翼然：鸟儿展翅飞翔的样子。形容醉翁亭高举的飞檐。　⑥饮少辄醉：酒量虽小，饮必尽醉。　⑦林霏：树林

中的云气。 ⑧负者：挑担或背物的人。一般指商贩。 ⑨伛偻(yǔ lǚ)：弯腰驼背的老人。提携：指牵着小孩。 ⑩泉香而酒洌：指用酿泉水制作的酒十分香美。洌，清凉。 ⑪山肴野蔌(sù)：野味野菜。蔌，菜蔬。 ⑫丝、竹：泛指管弦乐器。 ⑬射者中：指在滁州射圃中开展射箭比赛。作者在致韩琦的信中说，滁州丰乐亭畔有射圃，“时集州兵、弓手阅其习射”。醉翁亭畔也当有射圃。 ⑭弈：围棋。 ⑮觥(gōng)：酒杯。筹：行酒令的筹码。 ⑯乐其乐：乐他人之乐，意思说人们快乐他就快乐。

【品评】

这篇在文学史上极负盛名的山水游记作于庆历六年(1046)，当时作者贬官居于滁州。文章写景纪游，是为了抒发情感，所以笔锋所至，并不拘泥于中心景物——醉翁亭的位置及其周围环境、营建经过等等，而是围绕“醉翁”(作者自己)二字，在对优美的自然风光的描绘中，绘声绘色地烘托出“醉翁”的心态与风神，真实而生动地表现了作者在遭贬谪的逆境中放达乐观的胸怀和对大自然的热爱。在描写自然景物时，作者并不是毫无选择地客观罗列，而是抓住其主要特征，融入自己的亲身感受，以写意的笔法，凸显景物的精神气韵，借以传达出作者内心的愉悦之情和高远之思。因而这篇文章“句句是记山水，却句句是记亭，句句是记太守”(吴楚材、吴调侯《古文观止》评语)。文章笔酣墨饱，充溢着浓郁的诗情画意。苏洵曾经赞扬欧阳修作文“容与闲易，无艰难劳苦之态”(《上欧阳内翰书》)。欧文的这一特征在本文中显得尤为突出。全篇骈散结合，行文自然流动，不但有参差错落之美，而且文如其人，从中也显露出作者本人那种潇洒闲雅的风度。作者还模仿诗歌中的“福唐独木桥体”，于每一句结尾都用“也”字收束，全文迭用二十一个“也”字，产生了一种回环往复的形式之美和一唱三叹的音韵效果，这在散文史上也是一种创新。

真州东园记

真为州，当东南之水会，①故为江、淮、两浙、荆湖发运使之治所。②龙图阁直学士施君正臣、侍御史许君子春之为使也，③得监察御史里行马君仲涂为其判官。④三人者乐其相得之欢，而因其暇日，得州之监军废营，⑤以作东园而往游焉。

岁秋八月，子春以其职事走京师，⑥图其所谓东园来以示予曰：“园之广百亩，而流水横其前，清池浸其右，高台起其北。台，吾望以拂云之亭；⑦池，吾俯以澄虚之阁；⑧水，吾泛以画舫之舟。⑨敞其中以为清宴之堂，⑩辟其后以为射宾之圃。⑪芙蓉芰荷之的历，⑫幽兰白芷之芬芳，与大佳花美木，列植而交阴，此前日之苍烟白露而荆棘也。高甍巨桷，⑬水光日影动摇而下上，其宽闲深靓，⑭可以答远响而生清风，此前日之颓垣断堑而荒墟也。⑮嘉时令节，州人士女啸歌而管弦，此前日之晦冥风雨、鼪鼯鸟兽之嗥音也。⑯吾于是信有力焉。⑰凡图之所载，盖其一二之略也。若乃升于高以望江山之远近，嬉于水而逐鱼鸟之浮沉，其物象意趣登临之乐，览者各自得焉。凡工之所不能画者，吾亦不能言也。其为我书其大概焉！”又曰：“真，天下之冲也。[18]四方之宾客往来者，吾与之共乐于此，岂独私吾三人者哉！[19]然而池台日益以新，草树日益以茂，四方之士无日而不来，而吾三人者有时而皆去 也。岂不眷眷于是哉！[20]不为之记，则后孰知其自吾三人者始也。”

予以谓三君子之材贤，足以相济，而又协于其职，知所后先。[21]使上下给足，[22]而东南六路之人无辛苦愁怨之声，[23]然后休其馀闲，又与四方之贤士大夫共乐于此。是皆可嘉也，乃为之书。

庐陵欧阳修记。

【注释】

①“真为州”句：真州作为一个州，正位于东南地区的河流交汇处。真州，今江苏仪征，在长江北岸运河、池河之间。　②江、淮、两浙、荆湖发运使之治所：宋代把全国分为若干“路”，起初是作为征收赋税、转运漕粮兼管监察官吏的区域，后来渐渐具有行政区的性质。江、淮、两浙、荆湖，指江南东路、江南西路、淮南路、两浙路、荆湖南路、荆湖北路。发运使，又称转运使，为路的行政长官。治所，指官衙所在。　③龙图阁直学士：官职名，为中央政府的文诰官员。侍御史：官职名。宋制，御史台（中央监察机构）置侍御史，辅助御史中丞处理御史台事务。按，宋代京官出任地

方官时，仍要挂上京官衔头。为使：指任发运使。 ④监察御史里行：监察御史是专管监察纠劾的官员，“御史里行”则是指还不具有御史资格而实际担负了这项工作的官员，相当于见习御史。判官：发运使的副手。 ⑤监军废营：过去划为特区时留下的残破军营。宋代的“监”和“军”都是州一级的行政机构，略似今之特区，“军”为军事特区，“监”为矿业特区。大约真州曾被划为“军”或“监”。 ⑥以职事走京师：因为本职工作来到京城。 ⑦台，吾望以拂云之亭：高台上，我修建了拂云亭，用来远望。 ⑧池，吾俯以澄虚之阁：池塘边，我修建了澄虚阁，用来俯视。 ⑨水，吾泛以画舫之舟：小河里，我们驾着彩绘的小船游览。 ⑩清宴之堂：清静雅致的宴会大厅。 ⑪射宾之圃：宾客游戏的园地。关于“射”的游戏，参见前选《醉翁亭记》注⑬。 ⑫芰(jì)荷：四角菱。的历：鲜明的样子。 ⑬高甍(méng)巨桷(jué)：高楼大厦。甍，屋脊。桷，方形的椽子。 ⑭宽闲深靓(jìng)：既宽敞又幽深又安静。靓，通“静”，安静。 ⑮颓垣断堑：倒塌的墙，垮下的沟。⑯鼪(shēng)：即鼬鼠，俗称黄鼠狼。鼯(wú)：鼠类，略似蝙蝠，能低飞。嗥(háo)音：野兽的吼叫声。 ⑰“吾于”句：我对东园确实是尽了力的。 ⑱冲：要冲，交通枢纽。 ⑲“岂吾”句：哪里是单单为我们二人所私有呢？ ⑳眷眷于是：对此地留恋不舍。㉑以谓：以为。足以相济：可以互相辅助。济，补益。知所后先：指懂得事情的轻重缓急。 ㉒上下给足：指公私富足。 ㉓东南六路：即上文“江、淮、两浙、荆湖”六路。

【品评】

这是一篇风格独特、写法新颖的庭园记。作者未曾到真州东园实地游览，而全凭所见到的一幅图画和庭园主人的一番口头介绍写成此文，却能把叙述对象写得如此真实可感、气象万千、美丽诱人。全文最吸引眼球的地方是对东园美丽风光的描绘，明代散文家茅坤称赞本文“有画意”(《唐宋八大家文钞·欧阳文忠公文钞》评语卷二十)，就是指这种画笔般的描绘而言的。这种描绘有三点值得注意：一、全部描写，皆借他人之口、以第三者的语气说出，在表现手法上可以说是一种创新。二、着意于东园修建前后的巨大变化，在描写现在的台池亭阁、流水画舫、佳花美木、清宴弦歌的同时，对比描写了昔日此地的破败荒凉。这种对比描写不但加倍衬托出现在的美，而且含蓄地赞扬了庭园的修建者为这种美付出的艰辛。三、句法也有创新，像“台，吾望以拂云之亭”等数句，就是创新之句。此外，全文用了二十馀个“之”字，和《醉翁亭记》连用二十馀个“也”字一样，都使文章增加了回环往复的形式美和一唱三叹的音韵效果。在欧阳修所有的散文中，他的儿子欧阳棐对本篇和《醉翁亭记》评价最高，其为乃父所撰《事迹》中说：“公之文备尽众体，变化开阖，因物命意，各极其工，或过退之。如《醉翁亭记》、《真州东园记》，创意立法，前世未有其体。”

有美堂记

嘉祐二年，龙图阁直学士、尚书吏部郎中梅公出守于杭,[1]于其行也,天子宠之以诗,[2]于是始作有美之堂。盖取赐诗之首章而名之,[3]以为杭人之荣。然公之甚爱斯堂也,虽去而不忘。今年,自金陵遣人走京师,命予志之,[4]其请至六七而不倦。予乃为之言曰:

夫举天下之至美与其乐,由不得而兼焉者多矣。故穷山水登临之美者,必之乎宽闲之野、寂寞之乡而后得焉;览人物之盛丽,夸都邑之雄富者,必据乎四达之冲、舟车之会而后足焉。[5]盖彼放心于物外,而此娱意于繁华,[6]二者各有适焉。然其为乐,不得而兼也。

今夫所谓罗浮、天台、衡岳、庐阜、洞庭之广,三峡之险,[7]号为东南奇伟秀绝者,乃皆在乎下州小邑、僻陋之邦。此幽潜之士、穷愁放逐之臣之所乐也。[8]若乃四方之所聚,百货之所交,物盛人众,为一都会,而又能兼有山水之美以资富贵之娱者,惟金陵、钱塘,然二邦皆僭窃于乱世。[9]及圣宋受命,海内为一,金陵以后服见诛,[10]今其江山虽在,而颓垣废址,荒烟野草,过而览者,莫不为之踌躇而凄怆。独钱塘自五代时知尊中国,效臣顺;及其亡也,顿首请命,不烦干戈。[11]今其民幸富完安乐。又其俗习工巧,邑屋华丽,盖十馀万家。环以湖山,左右映带。而闽商海贾,风帆浪舶,出入于江涛浩渺、烟云杳蔼之间,可谓盛矣![12]

而临是邦者,必皆朝廷公卿大臣若天子之侍从,[13]又有四方游士为之宾客,故喜占形胜,治亭榭,相与极游览之娱。然其于所取,有得于此者必有遗于彼。独所谓有美堂者，山水登临之美，人物邑居之繁，一寓目而尽得之。盖钱塘兼有天下之美，而斯堂者又尽得钱塘之美焉。宜乎公之甚爱而难忘也。

梅公清慎，[14]好学君子也。视其所好，可以知其人焉。

四年八月丁亥，[15]庐陵欧阳修记。

【注释】

①梅公：指梅挚，字公仪，成都新繁人。进士，起家大理评事、知蓝田、上元县，累官龙图阁学士。嘉祐二年(1057)自请出知杭州，仁宗赐诗以宠其行。 ②天子宠之以诗：梅挚临行时，仁宗有《赐梅挚知杭州》诗。 ③盖取赐诗之首章而名之：仁宗赐诗的首联是“地有吴山美，东南第一州”，梅挚于是摘取“地有吴山美”中的“有美”二字作为堂名。 ④“今年”二句：嘉祐四年梅挚已改任知江宁府，在金陵(今江苏南京市)，他派人到汴京找欧阳修，请欧写一篇文章介绍宣传有美堂。 ⑤四达之冲、舟车之会：水陆交通的枢纽。 ⑥“盖彼”句：应上文“穷山水登临之美”三句。放心，指怡情悦性。物外，指大自然。“而此”句：应上文“览人物之盛丽”四句。 ⑦罗浮：罗浮山，在今广东增城东。天台：天台山，在今浙江省东部，主峰华顶峰在天台市东北。衡岳：衡山，又称南岳，在今湖南衡阳。庐阜：即庐山，在今江西九江市。洞庭：洞庭湖，是我国最大的内陆湖泊之一，在今湖南省境内。三峡：长江三峡，以险峻著称。 ⑧幽潜之士：隐士。幽潜，隐藏。穷愁放逐之臣：被贬谪放逐的官吏。 ⑨金陵、钱塘二邦皆僭窃于乱世：金陵为五代十国南唐李氏建都之地，钱塘(杭州)为五代十国吴越建都

之地。僭窃，指擅自僭号称王。 ⑩金陵以后服见诛：在五代时南方的几个“僭窃”之国中，南唐是未曾主动归服而被宋朝派兵消灭的。见诛，被诛杀，被消灭。按，宋太祖开宝八年(975)，宋将曹彬攻入金陵，南唐后主李煜投降，南唐宣告灭亡。 ⑪“独钱塘”五句：吴越国在五代时就尊奉中原王朝，称臣进贡，入宋后更是恭顺，宋太宗太平兴国三年(978)吴越王钱俶(chù)主动臣服于宋，没有经过战争。 ⑫“而闽商海贾”四句：当时闽地(今福建)人民多从事海上贸易，杭州则是海上贸易的重要港口，所以常有大批福建商船出没于钱塘江入海口的浩渺波涛之中，真是盛况空前。 ⑬临是邦者：指被朝廷派到杭州任地方官的人。若：及、和。 ⑭梅公清慎：梅挚为人喜清静，居官谨慎。据《宋史·梅挚传》：“挚性淳静，不为矫厉之行，政迹如其为人。” ⑮四年：仁宗嘉祐四年，即公元1059年。

【品评】

这是一篇介绍江南风景名胜杭州城的著名文章。杭州是我国兼有山水和城市之美的著名风景区，在唐代已经十分繁荣。由于未曾受到唐末五代战乱的破坏，到宋代，杭州更获得了“东南第一州”的称号。本文就友人在杭州所建有美堂的“有美”二字来做文章，先描写杭州“为一都会而又能兼有山水之美”的特色，中间插入对王朝兴亡的叙述和感叹，说明了此城之所以渡过了残唐五代的战乱而能保有其美的原因，最后归结为“盖钱塘兼有天下之美，而斯堂者又尽得钱塘之美”。如此层转层深，反复推究，将“有美”二字的内涵展露无馀。和前选《真州东园记》一样，本篇所展现的有美堂及其周围的杭州美景并不是实地观察所得，而是在京城凭别人的介绍加上自己的想象写出来的。清人何焯谓其“通篇以虚景成文”（《义门读书记》欧阳文忠公文上卷），正是指这种想象虚构的手法。文章构思新颖，抑扬起伏，气韵流动，“文字敷腴温润，令人喜悦”（明人茅坤《欧阳文引》，见《唐宋八大家文钞》）。

相州昼锦堂记

仕宦而至将相，富贵而归故乡，此人情之所荣，而今昔之所同也。盖士方穷时，困厄闾里，[①]庸人孺子皆得易而侮之，[②]若季子不礼于其嫂，[③]买臣见弃于其妻。[④]一旦高车驷马，旗旄导前而骑卒拥后，夹道之人，相与骈肩累迹，瞻望咨嗟，而所谓庸夫愚妇者，奔走骇汗，羞愧俯伏，以自悔罪于车尘马足之间。[⑤]此一介之士得志当时，而意气之盛，昔人比之衣锦之荣者也。[⑥]

惟大丞相魏国公则不然。[⑦]公，相人也。世有令德，为时名卿。[⑧]自公少时，已擢高科，登显仕，海内之士闻下风而望馀光者，盖亦有年矣。[⑨]所谓将相而富贵，皆公所宜素有，[⑩]非如穷厄之人侥幸得志于一时，出于庸夫愚妇之不意，以惊骇而夸耀之也。然则高牙大纛不足为公荣，桓圭衮冕不足为公贵；[⑪]惟德被生民而功施社稷，勒之金石，播之声诗，[⑫]以耀后世而垂无穷，此公之志，而士亦以此望于公也。岂止夸一时而荣一乡哉！

公在至和中，尝以武康之节来治于相，[13]乃作昼锦之堂于后圃。既，又刻诗于石以遗相人。其言以快恩仇、矜名誉为可薄，盖不以昔人所夸者为荣，而以为戒。[14]于此见公之视富贵为如何，而其志岂易量哉！故能出入将相，勤劳王家，而夷险一节。[15]至于临大事，决大议，垂绅正笏，不动声气而措天下于泰山之安，可谓社稷之臣矣！[16]其丰功盛烈，所以铭彝鼎而被弦歌者，乃邦家之光，非闾里之荣也。[17]

余虽不获登公之堂，幸尝窃诵公之诗，乐公之志有成，而喜为天下道也，[18]于是乎书。[19]

尚书吏部侍郎、参知政事欧阳修记。

【注释】

①闾(lǘ)里：民间，乡里。　②孺子：儿童。易：轻视，小看。③季子：苏秦的字。不礼于其嫂：受到嫂子的慢待。《战国策》记苏秦游说秦惠王，失意而归，“归至家，妻不下纴，嫂不为炊，父母不与言。”　④买臣见弃于其妻：汉代朱买臣贫困时被其妻抛弃。《汉书·朱买臣传》：“(买臣)家贫，好读书，不治产业……妻羞之，求去。买臣笑曰：‘我年五十当富贵，今已四十馀矣，女(汝)苦日久，待我富贵报女(汝)功。’妻恚怒曰：‘如公等终饿死沟中耳，何能富贵？’买臣不能留，即听去。”　⑤“一旦高车驷马”九句：《战国策》和《汉书》都记载有苏秦、朱买臣富贵后，高车驷马、骑从簇拥地回到家乡，苏秦之嫂、朱买臣故妻夹在人群中俯伏迎接的情况。⑥“此一介之士”三句：《战国策》记载，苏秦当了赵国丞相后，路过

洛阳，“父母闻之，清宫除道，张乐设饮，郊迎三十里。妻侧目而视，侧耳而听；嫂蛇行匍伏，四拜自跪而谢。苏秦曰：‘嫂，何前倨而后卑也？’嫂曰：‘以季子位尊而多金。’苏秦曰：‘嗟乎，贫穷则父母不子，富贵则亲戚畏惧，人生世上，势位富贵盍可以忽乎哉！’”这就是所谓“意气之盛”。一介，一个。衣锦之荣：语本《汉书·项籍传》：“富贵不归故乡，如衣锦夜行。” ⑦大丞相魏国公：指韩琦。韩琦于仁宗嘉祐三年（1058）拜相，英宗即位后进右仆射，封魏国公。 ⑧相人：相州安阳（今属河南）人。世有令德，为时名卿：指韩琦的先辈即已富贵彰显。按，韩琦父韩国华，真宗朝任谏议大夫。 ⑨“自公”五句：韩琦不到二十岁时，就考中进士，全国知名。闻下风，闻风钦佩之意。语本《左传·僖公十五年》：“群臣敢在下风。”望馀光，相与求益之意。语本《史记·甘茂列传》：“子可分我馀光。” ⑩素有：固有，原来就应该具有。 ⑪高牙大纛（dào）：即牙旗，古代高级官员衙署前竖立的表明身份的大旗。桓圭衮冕：封建王朝级别最高的官员的服饰。桓圭，大圭，为拥有最高一级爵位——公爵者所执；衮冕，衮衣和冠冕，为帝王和大夫的礼服和礼帽。（参见《周礼·春官·大宗伯》及《周礼·春官·司服》）韩琦为宰相、魏国公，故云。 ⑫勒之金石：把他的功绩镌刻在金属器物或石碑上。播之声诗：将他的事迹写进诗歌加以传诵。即下文的“被弦歌”。 ⑬“公在至和中”二句：仁宗至和二年（1055）二月，韩琦因病自请由并州武康军节度使改知相州。 ⑭“又刻诗于石”四句：韩琦在相州筑“昼锦堂”后，又写了一首《昼锦堂》诗刻于石，这首五言古诗表达了自己对富贵荣华的看法，有自警和警世之意。 ⑮夷险一节：无论平安时或危急时，都不改常度。夷，平安。险，危险。 ⑯“至于临大事”五句：韩琦曾提出和主持立英宗、神宗，调停英宗和太后之间的对立，并经略过西夏事务，这些都是封建朝廷的“大事”、“大议”。垂绅正笏：是描写朝廷大臣的风度。绅，朝服上的大带。笏，朝臣上朝时所执的手板。措：处置。社稷之臣：“国家栋梁”的意思。刘向《说苑》：“社稷之臣，能立社稷，辨上下之宜，使得其理；制百官之序，使得其宜；作为辞令，可分布于四方。” ⑰邦家：国家。 ⑱为天下道：向普天下的人做宣传。 ⑲于是乎书：于是写了这篇“记”。

【品评】

韩琦，字稚圭，北宋相州（今河南安阳）人，历官仁宗、英宗、神宗三朝，位至宰相，累封仪、卫、魏三国公，是庆历新政主持者之一，多次裁决宋王朝内外重大政事，是宋王朝的“社稷之臣”。这篇文章的作意即在于借为韩琦的“昼锦堂”作记，表彰这位有“贤相”之誉的一代名臣的丰功伟绩。韩琦是相州人，至和二年又以宰相、国公之尊回家乡担任知州，从世俗的眼光来看，应该说是“衣锦还乡”了。但欧阳修并不如此看，文章起手即将“衣锦还乡”一笔撇开，指出这是一介之士侥幸得志之态，韩琦并不如此，而是以“德被生民而功施社稷”为志，追求的是“耀后世而垂无穷”，决非夸耀于一时一乡。基于此，本文热情地赞扬了韩琦其人的非凡抱负、风节和功业。本文立言得体，见识超卓，议论警拔，确是一篇堂堂正正的大文章。《古文观止》评论道：“人曰：‘天下文章，莫大于是。’以永叔之藻采，著魏公之光烈，正所谓天下莫大之文章。”甚是。

樊侯庙灾记

郑之盗，有入樊侯庙刳神像之腹者。[①]既而大风雨雹，近郑之田，麦苗皆死。人咸骇曰："侯怒而为之也！"

余谓樊侯本以屠狗立军功，佐沛公至成皇帝，位为列侯，邑食舞阳，剖符传封，与汉长久，[②]《礼》所谓"有功德于民则祀之"者欤？[③]舞阳距郑既不远，又汉、楚常苦战荥阳、京、索间，[④]亦侯平生提戈斩级所立功处，[⑤]故庙而食之，宜矣。方侯之参乘沛公，[⑥]事危鸿门，瞋目一顾，使羽失气，[⑦]其勇力足有过人者，故后世言雄武称樊将军。宜其聪明正直，有遗灵矣。

然当盗之剚刃腹中，[⑧]独不能保其心腹肾肠，而反贻怒于无罪之民，以骋其恣睢，[⑨]何哉？岂生能万人敌，而死不能庇一躬邪？[⑩]岂其灵不神于御盗，而反神于平民以骇其耳目邪？[⑪]风霆雷雹，天之所以震耀威罚有司者，[⑫]而侯又得以滥用之邪？

盖闻阴阳之气，怒则薄而为风霆；[⑬]其不和之甚者，凝结而为雹。方今岁且久旱，伏阴不兴，壮阳刚燥，疑有不和而凝结者，岂其适会民之自灾也邪？[⑭]不然，则暗呜叱咤，使风驰霆击，则侯之威灵暴矣哉！[⑮]

【注释】

①郑：宋郑州，即今河南郑州。樊侯庙：樊哙为汉朝开国功臣，封舞阳(今河南舞阳县)侯，后人在那里立庙纪念他。刳(kū)：剖开后挖空。 ②屠狗：指樊哙跟从刘邦起义前曾以屠狗为业。沛公：刘邦起兵沛县(今江苏沛县)时的称号。邑：封地。邑侯靠封地的租税过日子，所以说樊哙是“邑食舞阳”。剖：分剖。符：指封侯时的符信(以金、玉、铜或竹、木作成，上刻文字；剖为两半，朝廷与受封者各持其一，作为信验)。传封：谓将爵位传之子孙。与汉长久：谓其子孙在汉朝永远享受封侯的权利。 ③有功德于民则祀之：此句出于《礼记·祭法》，意思是说，有功德于老百姓的人，老百姓就会建庙来祭祀他。 ④汉：指汉王刘邦一方。楚：指西楚霸王项羽一方。荥阳、京、索间：指今河南荥阳及其附近。⑤斩级：即斩首。 ⑥方：当。参乘：古时乘车，尊者居左，御者居中，又有一人居右，以防备倾侧。所以这个保卫者称车右，一般称参乘(或作骖乘)。这里指樊哙和刘邦同车前往鸿门(在今陕西临潼东)见项羽。 ⑦瞋目一顾：语本《史记·项羽本纪》：“(樊哙)瞋目视项王。”瞋(chēn)，睁大眼睛瞪人。 ⑧剚(zì)：插，刺入。⑨贻怒：迁怒、泄愤。恣睢(suī)：张目怒视。这里指暴怒。 ⑩万人敌：力敌万人。庇：保护。躬：身体。 ⑪神：作动词用，“显神”的意思。御：防御。 ⑫震耀威罚：赫然震怒以显示威灵和惩罚。有司：官吏。古代设官分职，事各有专司，故称有司。 ⑬阴阳之气：这里指天地间伏藏的冷气和骤发的热气。怒：这里指突然爆发。薄：互相逼迫。 ⑭伏阴：潜伏着的阴气。兴：发出，散发。壮阳：壮盛的阳气。刚燥：刚强焦燥。适会：恰恰遇着，刚好碰上。

⑮喑(yīn)呜叱咤(zhà):发怒喝叫。语本《史记·淮阴侯列传》:“项王喑噁叱咤,千人皆废。”噁,通“呜”。暴:横暴无理。

【品评】

这是一篇破除鬼神迷信的作品。作者对“樊侯庙灾”的迷信传言反复进行诘问,驳斥了鬼神显灵的错误说法,表现了朴素唯物思想。文章虽然短小,但富于层次,转折有力,驳斥的步骤和方法十分巧妙:先是盛赞樊哙生前的赫赫功业,得出“宜其聪明正直,有遗灵矣”的推断,看似同意“显灵”之说,但紧接着笔锋一转,提出四个问题,连连致诘,步步进逼,以见出“显灵”说的荒谬。文章最后虽然没有给出正面结论,但樊侯显灵降灾说的不可信已不言自明。此文既严肃又有幽默感,读起来感觉十分有趣味。苏辙称赞欧阳修作文“雍容俯仰,不大声色,而义理自胜”(《栾城后集》卷二十三《欧阳文忠公神道碑》),本篇正体现了欧文的这一特色。

非非堂记

权衡之平物,①动则轻重差,其于静也,锱铢不失。②水之鉴物,③动则不能有睹,其于静也,毫发可辨。在乎人,耳司听,目司视,动则乱于聪明,④其于静也,闻见必审。⑤处身者不为外物眩晃而动,⑥则其心静,心静则智识明,是是非非,⑦无所施而不中。夫是是近乎谄,⑧非非近乎讪,⑨不幸而过,宁讪无谄。⑩是者,君子之常,是之何加。⑪一以观之，[12]未若非非之为正也。

予居洛之明年，[13]既新厅事，有文纪于壁末。[14]营其西偏作堂，[15]户北向，植丛竹，辟户于其南，[16]纳日月之光。设一几一榻，架书数百卷，朝夕居其中。以其静也，闭目澄心，览今照古，思虑无所不至焉。故其堂以非非为名云。

【注释】

①权衡：称量物体轻重的用具。 ②锱铢(zī zhū)：都是古代极小的重量单位。一两的二十四分之一为一铢，六铢为一锱。③鉴：映照，反映。 ④聪明：聪是听觉，明是视觉。 ⑤其于静也，闻见必审：处于“静”态时，耳聪目明，所见所闻就必定准确无误。审，确切。 ⑥处身者：立身处世的人。外物：身外之物，指名利、地位、物质财富等等。眩晃：眼花缭乱。这里指被外物引诱而神志昏乱。 ⑦是是非非：是其是而非其非，指肯定正确，否定错误。 ⑧谄(chǎn)：巴结奉承。 ⑨讪(shàn)：诽谤，说坏话。⑩不幸而过：指因判断不准确而把话说过头了。宁讪无谄：宁愿说不好而不要去讨好。 ⑪“是者”三句：意谓言行正确乃是作为君子的正常现象，肯定它并不能增加君子的光荣。 ⑫一以观之：综合起来看，总起来看。 ⑬予居洛之明年：欧阳修于天圣九年(1031)到洛阳任职，第二年为明道元年(1032)。 ⑭既新厅事：指河南府重修官署。有文纪于壁末：作者明道元年撰有《河南府重修使院记》。 ⑮营其西偏作堂：指在官署西边营建非非堂。⑯辟户：开辟窗户。

【品评】

这是一篇含义深刻、具有哲学意味的议论文。文章短小精悍，只有两个段落，其精义全在首段。作者一上来就连用天平、水和人的耳目三个比喻，指出它们只有在“静”的状态下才能正确反映客观事物，以此证明一个人立身处世，只有不为物欲所蔽，才能明辨是非，肯定正确的，否定错误的。进而指出：君子言行正确，本是其分内之事，如果一味加以肯定和称赞，并不能增加君子的光荣，说好话的人倒有谄媚的嫌疑；所以否定错误即使有时因判断不准确而落“讪谤”之嫌，但总起来看仍以能“非非”（否定错误）为正当。作者提出“宁讪无谄”，无疑是针对当时官场和社会盛行的谄谀逢迎之风的。这篇文章作于欧阳修的青年时期，但“是是非非”、“宁讪无谄”的原则为其一生所坚持，他在许多重大的社会政治问题上都不随波逐流，敢于提出自己的见解，力矫时弊，虽屡遭贬谪而不后悔。这是十分难能可贵的。文章言简意赅，议论警策，意味深长，所阐明的道理和为人处世原则直至今天还有借鉴意义。

《五代史·一行传》序

呜呼！五代之乱极矣，传所谓“天地闭，贤人隐”之时欤！[①]当此之时，臣弑其君，子弑其父，[②]而搢绅之士安其禄而立其朝，[③]充然无复廉耻之色者皆是也。[④]吾以谓自古忠臣义士多出于乱世，而怪当时可道者何少也，岂果无其人哉？虽曰干戈兴，学校废，而礼义衰，风俗隳坏，至于如此，然自古天下未尝无人也，吾意必有洁身自负之士，嫉世远去而不可见者。自古贤材，有韫于中而不见于外，⑤或穷居陋巷，⑥委身草莽，⑦虽颜子之行，不遇仲尼而名不彰，⑧况世变多故，而君子道消之时乎？吾又以谓必有负材能，修节义，而沉沦于下，泯没而无闻者。求之传记，而乱世崩离，文字残缺，不可复得，然仅得者，四五人而已。

处乎山林，而群麋鹿，⑨虽不足以为中道，然与其食人之禄，俛首而包羞，⑩孰若无愧于心，放身而自得？吾得二人焉，曰郑遨、张荐明。⑪势利不屈其心，去就不违其义，吾得一人焉，曰石昂。⑫苟利于君，以忠获罪，而何必自明，有至死而不言者，此古之义士也，吾得一人焉，曰程福赟。⑬五代之乱，君不君，臣不臣，父不父，子不子，⑭至于兄弟、夫妇人伦之际，无不大坏，而天理几乎其灭矣。于此之时，能以孝悌自修于一乡，而风行于天下者，犹或有之，然其事迹不著，而无可纪次，独其名氏或因见于书者，吾亦不敢没。而其略可录者，吾得一人焉，曰李自伦。⑮作《一行传》。

【注释】

①天地闭，贤人隐：语出《周易·坤·文言》："天地闭，贤人隐。"意思是当天地为重阴所闭塞的时候，即使是贤人也都会隐居起来。 ②臣弑其君，子弑其父：五代时，臣子杀掉君主而自立为帝的有：后梁太祖朱全忠，后唐废帝李从珂，后晋高祖石敬瑭，后

周太祖郭威；儿子杀掉父亲自立为帝的有：后梁郢王朱友珪。③搢绅之士：官僚士大夫。安其禄而立其朝：指心甘情愿地在那些靠篡弑而立的伪朝廷上做官和领俸禄。④充然：志得意满的样子。⑤韫(yùn)：蕴藏，包藏。陆机《文赋》："石韫玉而山辉，水怀珠而川媚。"⑥穷居陋巷：指像颜回那样的隐身于民间的贤才。《论语·雍也》："子曰：贤哉回也！在陋巷不改其乐。"⑦委身草莽：也是指在野的贤人。《孟子·万章下》："在野曰草莽之臣。"⑧"虽颜子"二句：意谓即使像颜回那样的贤才，如果没有孔子表扬他，他的姓名也不会得到彰显。仲尼，孔子的字。⑨群麋鹿：与麋鹿为伍，指回归自然，隐居山林。语本刘孝标《广绝交论》："独立高山之顶，欢与麋鹿为群。"⑩俛首：俯首。俛，同俯。包羞：承受羞辱。⑪郑遨：字云叟，滑州(今河南滑县)人，入少室山为道士。张荐明：燕人，少以儒学游河朔，后去为道士。二人都是甘愿隐居而不受尘世之污者，其事迹见欧阳修所撰《新五代史·一行传》。⑫石昂：青州临淄人(今山东淄博市东北)，事迹见《新五代史·一行传》。⑬程福赟(yūn)：里籍字号不详，事迹详见《新五代史·一行传》。⑭"君不君"四句：此春秋时齐景公语，见《论语·颜渊》。⑮李自伦：深州(今河北深州)人，事迹见《新五代史·一行传》。

【品评】

本文是欧阳修为自己所撰著的《新五代史·一行传》所写的序言。一行，指一种德行，一种特出的行为。此语本出于《淮南子·人间训》："今捲捲然守一节，推一行。"但《淮南子》创用此语是带有贬义的，欧阳修沿用之，则纯取其褒义。范晔《后汉书》有《独行传》，载所谓“节行之士”的事迹。欧阳修撰《新五代史》，乃仿《后汉书》之例而作此传，改“独”为“一”，是为了突出被立传之人对道德节操的始终如一的坚守。这篇序文，主旨就在于说明自己为在五代那个战乱频仍、传统道德沦丧的历史时期仍然坚守儒家节操的几位特立独行之士作传的因由。这本是一个议论的话题，但作者在议论时饱含主观感情，这就使文章带上了较浓的文学色彩。文章分为两个段落：第一段，总叙作《一行传》的宗旨，而一字百转，感慨淋漓，悲凉呜咽；第二段，简略地介绍和议论自己为之立传的几个人，也是饱含情韵，诚如清代桐城派古文家刘大櫆所评：“慨叹淋漓，风神潇飒。”（《诸家评点古文辞类纂》评语卷八）对此文的文学抒情技巧和特点，清人孙琮有如下的评点：“此篇妙在前幅数段忽疑忽信，乍有乍无，写出几番寻思，一片迷离，恰如万顷风烟，缥缈难测。后幅妙在详写五人，或合或分，或抑或扬，写出数人地位各有低昂，恰如江上晴峰，历历可数。笔墨之妙，信称有神。”（《山晓阁选宋大家欧阳庐陵全集》评语卷二）

《五代史·伶官传》序

呜呼！盛衰之理，虽曰天命，岂非人事哉！[①] 原庄宗之所以得天下，[②] 与其所以失之者，可以知之矣。

世言晋王之将终也，以三矢赐庄宗而告之曰[③]：“梁，吾仇也；燕王吾所立，契丹与吾约为兄弟，而皆背晋以归梁。[④]

此三者，吾遗恨也。与尔三矢，尔其无忘乃父之志。[5]”庄宗受而藏之于庙。[6]其后用兵，则遣从事以一少牢告庙，[7]请其矢，盛以锦囊，负而前驱，及凯旋而纳之。[8]方其系燕父子以组，[9]函梁君臣之首，[10]入于太庙，[11]还矢先王而告以成功，其意气之盛，可谓壮哉！及仇雠已灭，[12]天下已定，一夫夜呼，乱者四应，苍皇东出，未及见贼，而士卒离散，君臣相顾，不知所归，至于誓天断发，泣下沾襟，何其衰也！[13]岂得之难而失之易欤？[14]抑本其成败之迹而皆自于人欤？[15]

《书》曰：“满招损，谦得益。[16]”忧劳可以兴国，逸豫可以亡身，[17]自然之理也。故方其盛也，举天下之豪杰莫能与之争；[18]及其衰也，数十伶人困之而身死国灭，为天下笑。[19]夫祸患常积于忽微，[20]而智勇多困于所溺，[21]岂独伶人也哉？作《伶官传》。

【注释】

①盛衰之理：(一个王朝)兴盛和衰亡的规律。天命：上天的意志。人事：人的主观努力。 ②原：推求，研究。庄宗：五代后唐第一代皇帝李存勖(xù)，本西域突厥族，世为沙陀部酋长。父李克用因助唐镇压黄巢军有功，封为晋王。克用死，存勖继位。灭梁称帝，建都洛阳，威震四邻。后志满意骄，沉溺声色，致使功臣军士怨恨思乱，兵变迭起。伶官郭从谦举兵进攻宫城，存勖中流矢死，在位仅三年。 ③世言：世人传说。晋王：指李存勖的父亲李克用。三矢：三支箭。 ④梁，吾仇也：“梁”指五代时由朱温

所建立的后梁王朝；朱温是黄巢起义军的叛徒，投降唐朝后成为实力强大的地方军阀，后篡唐称帝。早在唐僖宗时，朱温和李克用就因为争权夺利而结下怨仇，以后双方一直互相攻战不停。燕王吾所立：唐末幽州（今北京一带）节度使刘仁恭本是靠李克用的支持而上台的，后来又不听李的调遣而投靠朱温。其子刘守光自称燕王。这里李克用把刘守光也称为燕王，是笼统的说法。契丹与吾约为兄弟：唐朝末年，契丹首领耶律阿保机率兵侵入李克用的地盘，李与之讲和，约为兄弟。后来契丹又背弃盟约，助梁攻晋。 ⑤无：不要，别。乃父：你的父亲。志：指报仇的愿望。⑥庙：指祭祀李克用的庙庭，即下文的“太庙”。 ⑦从事：侍从官。少牢：古代祭祀用一只羊一头猪作祭品的，称为一“少牢”。告庙：指到李克用庙中举行祭祀仪式，表示继承他的遗志，讨伐敌人。 ⑧及凯旋而纳之：到了作战胜利而归时，再把箭放回李克用的庙庭中去。 ⑨系燕父子以组：把刘仁恭、刘守光父子用绳索捆绑起来。公元 913 年，李存勖派兵攻破幽州，生擒刘仁恭、刘守光父子，将他们押送到太原，用绳子拴着献于李克用之庙，然后斩首。系，拴，捆。组，丝绳。 ⑩函梁君臣之首：用木匣装着后梁国君朱友贞等人的头。公元 923 年，李存勖攻破后梁都城开封，梁末帝朱友贞与侍臣皇甫麟等皆自杀而死，被晋士兵获其首，以木匣盛之以出。函，本指木匣，这里作动词用，表示“用木匣装上”的意思。 ⑪太庙：皇帝的祖庙，这里即指供奉李克用的庙。⑫仇雠：仇敌。雠（chóu），也是仇的意思。 ⑬“一夫”十句：是概述这样一段历史：公元 926 年，后唐驻扎在贝州（今河北清河）的士兵以皇甫晖为首发动暴乱，接连攻下几处州郡。士兵暴乱发生后，李克用的养子大将军李嗣源乘机起事，争夺帝位。唐庄宗由洛阳率兵去开封平乱，到了万胜（今河南中牟县境），便听说李嗣源已进入开封，只好回师洛阳，途中士兵逃去了一半。到洛阳近郊时，他哭着对将领们说："你们跟随我多年，患难同当，富贵同享，现在到了这步田地，都没有办法来挽救危局了吗？"将领们面面相觑，哭成一团，纷纷割下头发，对天发誓，要以死报国。苍皇，慌张。 ⑭"岂得"句：难道是由于得天下难失天下容易吗？之，代词，指天下。 ⑮"抑本其"句：意谓或者推究其成功失败的原因，不都是由人事决定的吗？抑，表选择的连词，有"或者"、"还是"的含义。本，推究。迹，踪迹，指原因。自，由，由于。⑯《书》：指《尚书》。这里所引的两句见其中《大禹谟》篇，意思是骄傲自满要招来损害，谦虚谨慎才能得到益处。 ⑰逸豫：安乐。⑱举：全部，整个。 ⑲"及其"三句：是概述这样一段史实：李存勖喜好音乐歌舞，对伶官特别宠信，甚至让他们参与朝政、掌握兵权。公元926年，任禁卫军头领的伶官郭从谦趁李嗣源兵反之机，率兵攻入皇宫，射死李存勖。李嗣源随即登上帝位，是为后唐明宗。虽国号未改，但李嗣源是养子，非李家人，所以说"国灭"。⑳忽微：极细小的事。 ㉑"智勇"句：意谓智勇双全的人往往被自己所溺爱的事物弄得不能自拔。溺，贪爱入迷，不能自拔。

【品评】

《五代史》记后梁、后唐、后晋、后汉、后周五代五十三年之事，是欧阳修独力完成的一部史书。一般称《新五代史》，以区别于宋初由薛居正等人编的《旧五代史》。伶官，是宫廷中的乐工和扮演杂剧的艺人。后唐庄宗李存勖爱好音律，宠用伶官，以致败政乱国，故欧阳修特立《伶官传》，为后来的统治者提供历史的借鉴。本篇即《伶官传》前的序。文章一开始就以感叹的语调提出国家盛衰不在天命而在人事的基本观点，接着分析了李存勖极盛极衰的典型事例，对比了“方其盛也，举天下之豪杰，莫能与之争”和“及其衰也，数十伶人困之，而身死国灭，为天下笑”的前后截然不同的情况，最后总结出了“忧劳可以兴国，逸豫可以亡身”的历史教训，这的确是可以发人深省的。这里应该指出，李存勖的迅速灭亡，其实并不仅仅由于自满、享乐和宠用伶官，他在军事上是一勇之夫，政治上则是唐末腐朽势力的代表，如灭梁后重用世族、横征暴敛、杀戮功臣、刚愎自用等等，都是导致他失败的重要原因。不过作者的目的显然是借古讽今，所以不惜放大这一点来加以强调，以针砭当时最高统治阶层的奢靡享乐之风。这篇文章是欧阳修散文中传诵极广的名篇，它把叙事和议论融为一体，结构谨严，条理明晰，语言婉曲流畅，节奏抑扬顿挫，有一唱三叹之妙，体现了欧文的艺术特色。

苏氏文集序

予友苏子美之亡后四年，始得其平生文章遗稿于太子太傅杜公之家，[①]而集录之以为十卷。

子美，杜氏婿也，遂以其集归之，而告于公曰：“斯文，金玉也，弃掷埋没粪土，不能消蚀。其见遗于一时，[②]必有收而宝之于后世者。虽其埋没而未出，其精气光怪已能常自发见，而物亦不能掩也。[3]故方其摈斥摧挫、流离穷厄之时，[4]文章已自行于天下，虽其怨家仇人，及尝能出力而挤之死者，至其文章，则不能少毁而掩蔽之也。凡人之情，忽近而贵远，子美屈于今世犹若此，其伸于后世宜何如也。公其可无恨。”

予尝考前世文章政理之盛衰，而怪唐太宗致治几乎三王之盛，而文章不能革五代之馀习。[5]后百有馀年，韩、李之徒出，然后元和之文始复于古。[6]唐衰兵乱，又百馀年而圣宋兴，天下一定，晏然无事。又几百年，而古文始盛于今。[7]自古治时少而乱时多，幸时治矣，文章或不能纯粹，或迟久而不相及。[8]何其难之若是欤！岂非难得其人欤？苟一有其人，又幸而及出于治世，世其可不为之贵重而爱惜之欤？嗟吾子美，以一酒食之过，至废为民而流落以死，[9]此其可以叹息流涕，而为当世仁人君子之职位宜与国家乐育贤材者惜也！

子美之齿少于予，[10]而予学古文反在其后。天圣之间，予举进士于有司，见时学者务以言语声偶擿裂，[11]号为时文，以相夸尚。而子美独与其兄才翁及穆参军伯长，[12]作为古歌诗杂文，时人颇共非笑之，而子美不顾也。其后天子患时文之弊，下诏书讽勉学者以近古。[13]由是其风渐息，而学者稍趋于古焉。独子美为于举世不为之时，其始终自守，不牵世俗趋舍，可谓特立之士也。

子美官至大理评事、集贤校理而废，后为湖州长史以卒，[14]享年四十有一。其状貌奇伟，望之昂然而即之温温，[15]久而愈可爱慕。其材虽高，而人亦不甚嫉忌，其击而去之者，意不在子美也。[16]赖天子聪明仁圣，凡当时指名而排斥，二三大臣而下，欲以子美为根而累之者，皆蒙保全，今并列于荣宠。[17]虽与子美同时饮酒得罪之人，多一时之豪俊，亦被收采，进显于朝廷。[18]而子美独不幸死矣，岂非其命也！悲夫！

庐陵欧阳修序。

【注释】

①苏子美：北宋文学家苏舜钦，字子美。已见前注。亡后四年：苏舜钦死于仁宗庆历八年(1048)，其后四年为仁宗皇祐四年(1052)，也即此序作年。太子太傅杜公：即苏舜钦的岳父杜衍。他是越州山阴(今浙江绍兴)人，好荐引贤士，官至宰相，致仕后进爵太子太傅。　②遂以其集归之：把编好的《苏舜钦集》送给杜衍。斯文，金玉也：这些文章像金玉一样珍贵。见遗：被抛弃。③发见：发现。见，同“现”。物：指外人。　④摈(bìn)斥摧挫：排挤摧折。流离：指被流放。穷厄：穷困。　⑤三王：三代圣王，指夏禹王、商汤王、周文王武王。五代之馀习：从南北朝的梁、陈、齐、周到隋朝这五个朝代的诗文馀风。按，唐初诗文，承梁陈馀风，以浮靡相矜，唐太宗本人的文章也大受其影响。　⑥韩、李之徒：指唐代著名古文家韩愈、李翱。他们的主要活动时间是唐宪宗元和年间。　⑦“唐衰”二句：从唐懿宗咸通元年(860)到宋太

祖建隆元年(960)赵宋建国止，共一百零一年。晏然：安然。又几百年：又过了将近一百年。几，将近，近于。 ⑧迟久而不相及：指一个朝代政治好了，经过长久时间文风还赶不上，还落在后面。 ⑨“嗟吾子美”三句：苏舜钦任集贤校理时，因照旧例用进奏院(掌管进奏事务的机关)卖故纸的公钱来买酒食召妓乐会宾客，被御史中丞王拱辰及其属下弹劾，受到了撤职除名为民的处分。苏舜钦被除名后，寓居苏州二年，后被任命为湖州(今属浙江)长史，未及赴任而死。 ⑩子美之齿少于予：苏舜钦比欧阳修小一岁。按，欧生于真宗景德四年(1007)，苏生于真宗大中祥符元年(1008)。 ⑪有司：指主持进士考试的礼部。以言语声偶擿(tì)裂：指摘取古籍中的文句，再用作骈文调平仄、讲对偶的方法写成文章。当时进士应考需要做这样的诗文，被称为“时文”。声偶，指作骈文的那一套平仄、对偶规则。擿裂，剔取割裂。 ⑫其兄才翁：苏舜钦之兄苏舜元，字才翁，官至尚书度支员外郎，三司度支判官。穆参军伯长：穆修，字伯长，参军是其所任官职，宋代古文运动的先驱者。 ⑬“其后天子”二句：宋仁宗于天圣七年、明道二年、庆历四年下诏书力戒礼部贡举之文弊，要求举子学习古文。 ⑭大理评事、集贤校理：都是官名。废：指罢官除名为民。 ⑮即之：接近他。温温：温柔和蔼的样子。 ⑯“其击而去之”二句：当时保守派官僚王拱辰等人罗织罪名弹劾苏舜钦的目的，是想通过打击苏舜钦来连累范仲淹、杜衍、富弼等革新派，把他们一齐弄垮。 ⑰“二三大臣而下”四句：指当时遭到打击的杜衍、范仲淹、富弼及谏官欧阳修、余靖、蔡襄等人，在皇祐年间又重新被起用，如杜衍进位太子太傅，范仲淹为户部侍郎，富弼为吏部侍郎，欧阳修为知应天府兼南京留守，等等，所以说他们“并列于荣宠”。　⑱“虽与子美”四句：指当年因为与苏舜钦聚会饮酒而获罪的王洙、王益柔、刁约、宋敏求等人，都已先后复职，位列朝班。

【品评】

苏舜钦是北宋前期优秀的诗人和散文家，是诗文革新运动的领袖人物之一。本文高度评价了苏舜钦的文学成就和他在诗文革新运动中的先导作用，并对其遭受政治迫害、贬谪流落至死深表不平和痛惜。值得注意的是，本篇论苏氏的文学成就，不是就文论文，而是紧密联系其人，将其文之成就与其人之高尚品格和悲惨遭遇挂上钩，来相间发论，还从文学发展的历史高度出发，对其文进行褒崇，盛推其首倡古文、反对“时文”之功。凡此种种，使本文显得气度恢弘，笔势雄健。这篇文章通过论其文来悼其人，以议论为主，而又在议论时饱含感情，熔议论与抒情于一炉，字里行间充溢着对亡友的无限钦仰和怀念，因而读来格外感人。明代散文家茅坤评论说：“予读此文，往往欲流涕。专以悲悯子美为世所摈死上立论。”（《唐宋八大家文钞·欧阳文忠公文钞》评语卷十七）清人孙琮认为本文的核心就是“痛惜”二字，并具体分析其抒情脉络和步骤道：“子美为欧公好友，欧公为子美知己，今人亡物在，能不痛惜？故通篇纯作呜咽怜惜语，正是因题设色，另作一种笔墨。第一段说子美之文不能行于今日，必见之于后世，十分珍重，正是十分痛惜。第二段说自古文人难得，责备当世不加爱惜，亦作十分矜贵，正是十分呜咽。第三段以特立独行许子美，第四段以不能遇时惜子美，亦作十分期许，正是十分慨惜。读一过，想见古人爱才心事，千百世下犹令人思慕无已也。”(《山晓阁选宋大家欧阳庐陵全集》评语卷三)

江邻几文集序

余窃不自揆，少习为铭章，[1]因得论次当世贤士大夫功行，自明道、景祐以来，[2]名卿巨公，往往见于余文矣。至于朋友故旧，平居握手言笑，意气伟然，可谓一时之盛，而方从其游，遽哭其死，遂铭其藏者，[3]是可叹也！

盖自尹师鲁之亡，逮今二十五年之间，[4]相继而殁，[5]为之铭者，至二十人，又有余不及铭，与虽铭而非交且旧者，皆不与焉。呜呼！何其多也！不独善人君子难得易失，而交游零落如此，反顾身世死生盛衰之际，又可悲夫！而其间又有不幸罹忧患，[6]触网罗，[7]至困阨流离以死，与夫仕宦连蹇，[8]志不获伸而殁，独其文章尚见于世者，则又可哀也欤！然则虽其残篇断藁，[9]犹为可惜，况其可以垂世而行远也！故余于圣俞、子美之殁，[10]既已铭其圹，[11]又类集其文而序之，[12]其言尤感切而殷勤者，以此也。

陈留江君邻几常与圣俞、子美游，而又与圣俞同时以卒。[13]余既志而铭之，后十有五年，来守淮西，[14]又于其家得其文集而序之。邻几，毅然仁厚君子也。虽知名于时，仕宦久而不进，晚而朝廷方将用之，未及而卒。其学问通博，文辞雅正深粹，而议论多所发明，诗尤清淡闲肆可喜。然其文已自行于世矣，固不待余言以为轻重。而余特区区于是者，盖发于有感而云然。⑮

熙宁四年三月日，六一居士序。⑯

【注释】

①窃：谦词，“私下”、“私自”之义。不自揆：不自估量，也是谦词。铭章：铸刻在金属器物或碑石上用以称述功德或警戒人的文章。　②明道、景祐：均为宋仁宗的年号。明道为公元1032—1033年，景祐为公元1034—1038年。　③铭其藏者：指写作墓志铭。墓志铭是一种记载死者生平事迹、刻在石碑上，埋藏在坟墓中的铭文。　④逮今：至今，到今天。尹师鲁：尹洙，字师鲁。二十五年：尹洙（师鲁）去世于庆历七年（1047），到作者写这篇序的熙宁四年（1071），已经过去了整整二十五个年头。　⑤殁（mò）：死亡。　⑥罹（lí）：遭受灾难或不幸。　⑦触网罗：指遭受政治打击或迫害。　⑧连蹇（jiǎn）：艰难，困厄。扬雄《解嘲》：“孟轲虽连蹇，犹为万乘师。”　⑨藁：同“稿”。　⑩圣俞：梅尧臣，字圣俞。子美：苏舜钦，字子美。　⑪铭其圹：指作墓志铭。圹，墓穴，泛指坟墓。　⑫类集其文：将收集到的文章分类编辑成为文集。⑬陈留：旧县名，治所在今河南开封市东南陈留城。卒：去世。⑭来守淮西：指熙宁三年（1070）九月作者到蔡州（属淮西地区，治所在今河南汝阳）任知州。　⑮区区：真情挚意的样子。　⑯六一居士：欧阳修晚年的自号，详见后《六一居士传》。

【品评】

本文是欧阳修晚年所写的怀念故友的系列文章之一。文章分为三段。第一段,先从为友人作墓志引起话题。第二段,由墓志连及为亡友文集作序,而以梅尧臣、苏舜钦二人作为江邻几的影子,俯仰今昔,感慨苍凉,使人不觉情为之移。第三段,说明为江邻几作序之意,强调自己是“有感而云”。所谓“有感”,主要就是第二段中强调的对“交游零落”、“身世死生盛衰”的感慨。明代古文家归有光引徐文昭语评论本文道:“序江邻几之文,而只于故旧凋落处感慨悲伤,知古人与人处,不轻易下笔如此。”(《欧阳文忠公文选》评语卷六)以抒发感慨悲伤之情为主,这正是本文不同于作者其他碑志文与序文的一大特色。作者为什么要这样写?清人孙琮将本文与欧阳修另一篇序文《苏氏文集序》比较分析道:“欧公作《子美文集序》,纯是十分痛惜;今作《邻几文集序》,又纯是十分感慨。作痛惜语,只就子美一人身上层层说出许多悲悯;作感慨语,只得从众人身上大概淡淡说出许多零落。此篇纯是从众人身上发挥,想公与二人交有浅深,情有厚薄,故不得不写作两样。文字从性情中流出,何曾假饰得一笔!”(《山晓阁选宋大家欧阳庐陵全集》评语卷三)

释秘演诗集序

予少以进士游京师,因得尽交当世之贤豪。然犹以谓国家臣一四海,休兵革,养息天下以无事者四十年,①而智谋雄伟非常之士，无所用其能者，往往伏而不出，山林屠贩，必有老死而世莫见者，欲从而求之不可得。其后得吾亡友石曼卿。[2]曼卿为人，廓然有大志，[3]时人不能用其材，曼卿亦不屈以求合，无所放其意，则往往从布衣野老，酣嬉淋漓，颠倒而不厌。[4]予疑所谓伏而不见者，庶几狎而得之，[5]故尝喜从曼卿游，欲因以阴求天下奇士。[6]

浮屠秘演者，[7]与曼卿交最久，亦能遗外世俗，[8]以气节相高，二人欢然无所间。[9]曼卿隐于酒，秘演隐于浮屠，[10]皆奇男子也。然喜为歌诗以自娱，当其极饮大醉，歌吟笑呼，以适天下之乐，何其壮也！一时贤士皆愿从其游，予亦时至其室。十年之间，秘演北渡河，东之济、郓，无所合，困而归。曼卿已死，秘演亦老病。嗟夫，二人者予乃见其盛衰，则予亦将老矣夫！

曼卿诗辞清绝，尤称秘演之作，以为雅健，有诗人之意。秘演状貌雄杰，其胸中浩然，既习于佛，无所用，独其诗可行于世，而懒不自惜。已老，胠其橐，[11]尚得三四百篇，皆可喜者。曼卿死，秘演漠然无所向，闻东南多山水，其巅崖崛峍，[12]江涛汹涌，甚可壮也，遂欲往游焉。足以知其老而志在也。于其将行，为叙其诗，因道其盛时以悲其衰。

庆历二年十二月二十八日，庐陵欧阳修序。

【注释】

①臣一四海：让海内都称臣，指统一天下。“休兵革”二句：从

太平兴国四年(979)宋军攻灭国内最后一个割据政权北汉算起，到天圣四年(1026)欧阳修自随州荐名入开封参加礼部进士试止，历时四十七年，这里说四十年，是举其约数。 ②石曼卿：名延年，欧阳修的好友，其生平事迹详见后《祭石曼卿文》及其注。 ③廓然有大志：有极其远大的志向。廓，大，广阔。 ④颠倒：指醉倒在地。厌：厌倦。 ⑤庶几：或许，可能。狎(xiá)：亲近，亲昵。 ⑥阴求：暗中访求。 ⑦浮屠：指和尚。 ⑧遗外世俗：超脱于世俗之外。 ⑨无所间：没有隔阂。间，读去声。 ⑩隐于浮屠：隐身于佛门之中。浮屠，这里指佛教。 ⑪胠其橐：打开他的口袋。胠(qū)，从旁边打开。橐(tuó)，口袋。 ⑫崛峍(jué lù)：山高而险的样子。

【品评】

这篇序文借为一位方外友人的诗集作序，抒发作者自己对于世事盛衰和人才不遇的感慨。文章先写作者自己希望尽交当代贤豪，引出石曼卿，再由石曼卿引出秘演其人，通过描绘石曼卿的狂豪个性来衬托秘演的浩然心胸和雅健诗作，作者自己的情怀则已寓于其中。《古文观止》评论本文的章法技巧道："写秘演绝不似释氏行藏，序秘演诗，亦绝不作诗序套格。只就生平始终盛衰叙次，而以曼卿夹入写照，并插入自己。结处说曼卿死，秘演无所向。秘演行，欧公悲其衰，写出三人真知己。"全篇饱含抒情气氛，格调沉雄悲慨，意境旷逸，耐人寻味。诚如明代古文家茅坤所评："多慷慨呜咽之旨，览之如闻击筑者。盖秘演与曼卿游，而欧阳公于曼卿识秘演，又狎之，以此篇中命意最旷而逸，得司马子长之神

髓矣。”（《唐宋八大家文钞·欧阳文忠公文钞》评语卷十七）

送徐无党南归序

草木鸟兽之为物，众人之为人，其为生虽异，而为死则同，一归于腐坏、澌尽、泯灭而已。[①] 而众人之中，有圣贤者，固亦生且死于其间，而独异于草木鸟兽众人者，虽死而不朽，愈远而弥存也。[②] 其所以为圣贤者，修之于身，施之于事，见之于言，是三者所以能不朽而存也。

修于身者，无所不获；施于事者，有得有不得焉；其见于言者，则又有能有不能也。[③] 施于事也，不见于言可也。自《诗》、《书》、《史记》所传，其人岂必皆能言之士哉？修于身矣，而不施于事，不见于言，亦可也。孔子弟子有能政事者矣，有能言语者矣。[④] 若颜回者，在陋巷，曲肱饥卧而已，其群居则默然终日如愚人。[⑤] 然自当时群弟子皆推尊之，以为不敢望而及，[⑥] 而后世更百千岁亦未有能及之者。其不朽而存者，固不待施于事，况于言乎？

予读班固《艺文志》、唐四库书目，[⑦] 见其所列，自三代、秦、汉以来，著书之士，多者至百馀篇，少者犹三四十篇；其人不可胜数，而散亡磨灭，百不一二存焉。予窃悲其人，文章丽矣，言语工矣，无异草木荣华之飘风，鸟兽好音之过耳也。[⑧] 方其用心与力之劳，亦何异众人之汲汲营营？[⑨] 而忽焉以死者，虽有迟有速，而卒与三者同归于泯灭。[10]夫言之不可恃也盖如此。[11]今之学者，莫不慕古圣贤之不朽，而勤一世以尽心于文字间者，皆可悲也。

东阳徐生，少从予学为文章，稍稍见称于人。既去，而与群士试于礼部，得高第，[12]由是知名。其文辞日进，如水涌而山出。予欲摧其盛气而勉其思也，故于其归，告以是言。[13]然予固亦喜为文辞者，亦因以自警焉。

【注释】

①一：皆，全都。澌尽、泯灭：都是消灭净尽的意思。 ②其间：万物中间。弥存：久远地存留。 ③“修于身者”六句：意谓修身（即立德）是个人的事，只要身体力行，必有所获；施事（即立功）是社会的事，不能完全决定于个人，所以会有所得有所不得；立言则因人的能力不同，有能，有不能。 ④“孔子弟子”二句：孔子把他的学生分为“能政事者”、“能言语者”二类。按，孔子把他的学生分为德行、政事、言语、文学四类。《史记·仲尼弟子列传》：“孔子曰：受业身通者七十有七人，皆异能之士也。德行：颜渊、闵子骞、冉伯牛、仲弓；政事：冉有、季路；言语：宰我；文学：子由、子夏。” ⑤“若颜回者”四句：是说颜回居于穷巷中，曲肱（胳膊）作枕，饿着肚子睡在那里，生活很穷困，在孔子的弟子中，他终日默默无语，就像个愚人。 ⑥“然自当时”二句：据《论语·公冶长》，孔子问子贡道：你与颜回谁更强？子贡回答说：“赐也何敢望回？”意思是我距颜回太远了，真是望尘莫及。 ⑦班固《艺文志》：指班固作的《汉书·艺文志》。唐四库书目：唐玄宗在长安、洛阳各

建书库，以甲、乙、丙、丁为次，分为经、史、子、集四库。 ⑧“无异”二句：意谓那些文章如同草木开花，花虽美丽，很快就随风飘散；又像鸟兽鸣叫，声音虽然好听，却过耳即逝。 ⑨汲汲营营：不停息地经营、谋画。 ⑩三者：指草木、鸟兽、众人。 ⑪不可恃：不可依赖，不可凭借。 ⑫得高第：名列前茅。宋制，各地的进士由礼部主持考试，文字好的名列高等。 ⑬勉其思：勉励他思考立德、立功、立言这“三不朽”之间的依存关系而决定努力方向。告以是言：把上面这些话告诉他。

【品评】

这篇文章作于仁宗至和元年(1054)。徐无党，婺州东阳郡永康(今浙江永康)人，少年时曾从欧阳修学古文，并为欧阳修所撰《新五代史》作过注。他于皇祐年间中进士，当其新科及第荣归故里之际，欧阳修作此文相赠，意在对这位少年得志的才子“摧其盛气而勉其思”。实际上，这篇文章既是为了警人，也“因以自警”，还借机表达了自己“文以明道”的文学思想。所谓“三不朽”的说法，是春秋晚期儒家就提出来的(见《左传·襄公二十四年》)。在这里，作者一方面把文章的写作提到“立言”的高度，同时又以孔子最优秀的学生颜渊为例，提出“修于身也，而不施于事，不见于言，亦可也。”这就是说，在“道”与“文”的关系上，应以“道”为本，“文”为末。因此，作者认为，作文者如果仅仅“尽心于文字间”，即使“文章丽矣，言语工矣”，也“无异草木荣华之飘风，鸟兽好音之过耳”。这些话对北宋前期浮靡的“时文”有着明显的针对性，也是对作者《答吴充秀才书》中“道胜者文不难而自至”的主张的补充。这篇文章的观点，不但有纠正时弊的作用，而且也深深地影响了后世的古文家。明代古文家茅坤就评论此文说："欧阳公极好为文，晚年见得如此。吾辈生平好著文章以自娱，当为深省。"（《唐宋八大家文钞·欧阳文忠公文钞》评语卷十八）

集古录目序

物常聚于所好，而常得于有力之强。[①]有力而不好，好之而无力，虽近且易，有不能致之。象犀虎豹，蛮夷山海杀人之兽，然其齿角皮革，可聚而有也。[②]玉出昆仑流沙万里之外，经十馀译乃至乎中国。[③]珠出南海，常生深渊，采者腰絙而入水，[④]形色非人，往往不出，则下饱蛟鱼。[⑤]金矿于山，凿深而穴远，篝火糇粮而后进，[⑥]其崖崩窟塞，则遂葬于其中者，率常数十百人。其远且难而又多死祸，常如此。然而金玉珠玑，世常兼聚而有也。凡物好之而有力，则无不至也。

汤盘，孔鼎，岐阳之鼓，岱山、邹峄、会稽之刻石，与夫汉魏已来圣君贤士桓碑、彝器、铭诗、序记，下至古文籀篆分隶诸家之字书，皆三代以来至宝，[⑦]怪奇伟丽、工妙可喜之物。其去人不远，其取之无祸。然而风霜兵火，湮沦磨灭，散弃于山崖墟莽之间未尝收拾者，由世之好者少也。幸而有好之者，又其力或不足，故仅得其一二，而不能使其聚也。

夫力莫如好，好莫如一。[8]予性颛而嗜古，凡世人之所贪者皆无欲于其间，故得一其所好于斯。[9]好之已笃，[10]则力虽未足，犹能致之。故上自周穆王以来，下更秦、汉、隋、唐、五代，外至四海九州、名山大泽、穷崖绝谷、荒林破冢，神仙鬼物，诡怪所传，莫不皆有，以为《集古录》。以谓传写失真，故因其石本轴而藏之，[11]有卷帙次第而无时世之先后。盖其取多而未已，故随其所得而录之。[12]又以谓聚多而终必散，乃撮其大要，别为录目，因并载夫可与史传正其阙谬者，以传后学，庶益于多闻。[13]

或讥予曰：物多则其势难聚，聚久而无不散，何必区区于是哉？[14]予对曰：足吾所好，玩而老焉可也。象犀金玉之聚，其能果不散乎？予固未能以此而易彼也。

庐陵欧阳修序。

【注释】

① 好：爱好。力：指势力，财力。 ②"象犀虎豹"四句：意谓象犀虎豹这些猛兽都生活在偏远荒僻的地方，但是因为象牙、犀角和虎豹的毛皮为世贵重，人们就可以大量地聚集和占有。③ 昆仑：即昆山。《尚书·胤征》："火炎昆冈，玉石俱焚。"注："昆山出玉。"流沙：沙漠。十馀译：十多处语言不同的地区。中国：指中原地区。 ④ 珠出南海：《初学记》引《南越志》："海中有大珠，明月珠，水晶珠。"腰缅：腰间系着大绳子。缅（gēng），大绳，粗绳

子。 ⑤ 形色非人：指采珠者入水时的形貌和容色简直不像人。下饱蛟鱼：被海底的蛟龙和大鱼吃掉。 ⑥ 篝火糇粮而后进：开金矿的人执着火把，带着干粮进入深山。糇（hóu）粮，干粮。⑦ 汤盘：相传为商汤王沐浴之盘，上刻铭文。孔鼎：相传为孔子先世正考父之鼎，上亦有铭文。唐李商隐《韩碑》诗："汤盘孔鼎有述作，今无其器存其词。"岐阳之鼓：唐初在陕西凤翔发现的石鼓，共十个，上刻有长篇文字（籀文），近人考定为秦刻石，是我国现存最早的石刻文字。岱山、邹峄、会稽之刻石：秦始皇巡游泰山、邹峄山和会稽时，都曾刻石碑记功。岱山，即泰山。桓碑：大石碑。彝器：古代祭祀用的青铜器。古文：指秦以前的文字。籀（zhòu）：籀书，即大篆。篆：篆书，即小篆。分：八分书，隶书的变体，接近楷书。三代：指夏、商、周。 ⑧力莫如好，好莫如一：有力量不如有爱好，有爱好不如爱好的专一。 ⑨性颛而嗜古：性情专一，酷爱古物。颛（zhuān），同"专"。世人之所贪者：即上文所说的一般人所喜好的象牙、犀角、虎豹皮及金玉等财宝。斯：此，指金石拓本等文物。 ⑩笃：忠实，全心全意。 ⑪石本：即拓本，其做法是用薄纸蒙在碑刻等器物上，经过拍打，使之凹凸分明，然后上墨，在纸上显出文字或图像。 ⑫"盖其"二句：意谓因是不断收集，数量很多，只好随时得到就记录下来，没有按时代先后编次。⑬庶：也许可以。多闻：多所见闻，指博学。 ⑭区区：诚挚执着的样子。这里是专心致志的意思。

【品评】

《集古录》是欧阳修所作的一部集录古代金石文字的直接拓

本的专书，据他在《与蔡君谟求书集古录序书》中说："盖自庆历乙酉，逮嘉祐壬寅，十有八年，而得千卷。"作者又考虑到聚多必散，"乃撮其大要，别为录目"。本文即是目录之序，其主旨是说明自己财力本来有限，何以竟能做成这样一部大书。文章一开头就以象犀虎豹的齿角皮革和金玉珠玑为喻，说明天下贵重之物只要人们喜好，又有财力，都可以获得；然后指出金石碑刻之所以湮灭散弃，乃是由于好之者少，或虽有爱好者而财力不足。由此进入正题，说明自己对金石遗文"好之已笃，则力虽未足，犹能致之"，故可广泛搜集而成此巨著。文章思路开阔，笔势浩荡，以"好"与"力"为一篇之关纽，由此纵横开阖，夹叙夹议，层层推进，让人逐步明白了作者集录金石遗文的一片苦心，最后点明这部书的历史作用和文化传承意义："以传后学，庶益于多闻"。本文充分反映出欧阳修作文时思辩之迅捷和笔力之强健，茅坤对此赞叹道："欧公之好言如此，以有力而强，故能如此耳。"（《唐宋八大家文钞·欧阳文忠公文钞》评语卷十九）

送杨置序

予尝有幽忧之疾，[①]退而闲居，不能治也。既而学琴于友人孙道滋，受宫声数引，久而乐之，不知疾之在其体也。[②]

夫琴之为技，小矣。及其至也，大者为宫，细者为羽，[③]操弦骤作，忽然变之。急者凄然以促，缓者舒然以和。[④]如崩崖裂石，高山出泉，而风雨夜至也；如怨夫寡妇之叹息，雌雄雍雍之相鸣也。[5]其忧深思远，则舜与文王、孔子之遗音也；悲愁感愤，则伯奇孤子、屈原忠臣之所叹也。[6]喜怒哀乐，动人心深，而纯古淡泊，与夫尧舜三代之言语，孔子之文章，《易》之忧患，《诗》之怨刺无以异。[7]其能听之以耳，应之以手，取其和者，道其堙郁，[8]写其忧思，则感人之际亦有至者焉。

予友杨君，好学有文，累以进士举不得志。[9]反从荫调，为尉于剑浦区区，[10]在东南数千里外，是其心固有不平者。且少又多疾，而南方少医药，风俗饮食异宜；以多疾之体，有不平之心，居异宜之俗，其能郁郁以久乎！[11]然欲平其心，以养其疾，于琴亦将有得焉。故予作"琴说"以赠其行，且邀道滋酌酒进琴以为别。[12]

【注释】

①幽忧之疾：深重忧劳的疾病。语本《庄子·让王》："虽然，我适有幽忧之病，方且治之。"成玄英疏："幽，深也。忧，劳也。"②宫声数引：几首琴曲。宫声，指音乐曲调。引，琴曲名。《初学记》卷十六："古琴曲有《九引》。"不知疾之在其体：指琴声能使人移情，竟然忘了身上的病痛。　③宫、羽：皆为五音之一。宫声浩大，羽声细微。　④"急者"二句：意谓琴音急促时，使人感到凄然而悲怆；琴音缓和时，使人感到心情舒畅而平和。　⑤"如崩崖裂石"四句：都是描写琴声。崩崖裂石，喻琴声之迸发；高山出泉，喻琴声之清幽；风雨夜至，喻琴声之急骤；怨夫寡妇叹息，指琴声之

哀怨;雌雄雍雍之相鸣,指琴声之和谐。 ⑥“其忧思深远”四句:描写琴声所传达的古代圣人的感情。按,据典籍记载,舜曾弹五弦之琴,作《南风》之诗;琴曲有《文王操》,相传为周文王所作;孔子曾因忧思太甚,“弹琴而不成声”;尹吉甫之子伯奇无罪而为后母所逐,自伤而作琴曲《履霜操》;屈原忠而见逐,也曾作歌自叹。 ⑦“与夫尧舜”四句:以古人视为经典的《尚书》、《春秋》、《周易》、《诗经》比喻琴声的“纯古淡泊”。按,《尚书》收有尧、舜、禹三代的文章;传说《春秋》为孔子所编纂;《易·系辞》认为作《易》者“其有忧患”;《诗经》则多怨刺之篇。 ⑧道:疏导。堙(yīn)郁:堵塞,不舒畅。 ⑨累以进士举不得志:多次应进士试都不中。 ⑩荫调:宋代规定,一定品级以上的官员,其子弟因父兄的官位可以不经过进士考试而直接做官,称荫调。剑浦:宋南剑州剑浦县(今福建南平市)。为尉:指当县尉。区区:指县尉地位卑微。 ⑪不平之心:怀才不遇的牢骚。其能郁郁以久乎:意谓在上述情况下,杨置心情抑郁,生命恐怕难以持久。 ⑫进琴:赠琴。

【品评】

本文作于庆历七年(1047),时作者在东京(今河南开封)。友人杨置累应进士试不中,不得已从“荫调”而得官,将到福建剑浦作县尉,心中郁郁不平,临别时欧阳修作此序相赠,意在开解其抑郁之怀。这篇文章在赠序文中可谓别具一格,它先不提赠别的对象,而是从自己往昔学琴的原因和经过写起,然后论琴之微妙及学琴的好处,这些看似全与杨置其人无关。最后一段才进入正题,以自己的有得于琴来开解杨置抑郁不平的胸怀。至此全文忽然醒豁——前面似乎无关之闲文，乃与赠别之主题大有关系。全篇借琴说事，所以作者自谓“琴说”。《古文观止》评论说：“送友序，竟作一篇琴说，若与送友绝不相关者。及读至末段，始知前幅极力写琴处，正欲为杨子解其郁郁耳。文能移情，此为得之。”唐代韩愈有《送孟东野序》，主旨是为屈为溧阳县尉的友人孟郊开释抑郁不平之怀，本篇明显受韩文影响，主旨也是为怀才不遇者鸣不平，但写法比韩文巧妙，抒情达意更委婉含蓄。故而明代古文家茅坤认为：“此文当肩视昌黎（韩愈）而直上之。”（《唐宋八大家文钞·欧阳文忠公文钞》评语卷十八）

送王圣纪赴扶风主簿序

前年五月，大霖雨杀麦，河溢东畿浸下田。①已而不雨，至于八月，菽粟死高田。三司有言②：“前时溢博州，民冒河为言，得免租者盖万计。③今岁秋当租，惧民幸水旱因缘得妄免，以亏兵食，慎敕有司谨之。④”朝廷因举田令，⑤约束州县吏。吏无远近，皆望风恶民言水旱，一以农田敕限，甚者笞而绝之。⑥

畿之民诉其县；不听，则诉于开封；又不听，则相与聚立宣德门外诉于宰相。⑦于是遣吏四出视诸县。视者还，而或言灾或言否，然言否者十七八。最后视者还，言民实灾，而吏徒畏约束以苟自免尔。天子闻之恻然，尽蠲畿民之租。[8]

余尝窃叹曰:民生幸而为畿民,有缓急,近而易知也。[9]雨降于天,河溢于地,与赤日之出,是三者,物之易见也。前二三岁旱蝗相连,[10]朝廷岁岁随其灾之厚薄,蠲其赋之多少。至兵食不足,则岁籴或入粟以爵而充之。[11]是在上者之爱人,而仁人之心易恻也。[12]以易知之近,言易见之事,告易恻之仁,然吏一壅之,[13]几不得达。况四海之大,几万里而远,事之难知不若霖潦赤日之易见者何数。使上有恻之之心不得达于下,下有思告之苦不得通于上者,吏居其间而壅之尔。可胜叹哉!

扶风为县,限关之西,[14]距京师在千里外。民之不幸而事有隐微者何限,其能生死曲直之者,令与主簿、尉三人,[15]而民之志得不壅而闻于州,州不壅而闻于上。县不壅而民志通者,令与主簿、尉达之而已。

王君圣纪主簿于其县。圣纪好学有文,佐是县也,始试其为政焉,[16]故以夫素所叹者告之。

景祐三年二月二十四日,庐陵欧阳修序。

【注释】

①前年:指宋仁宗景祐元年(1034)。河溢东畿:指黄河决口,河水淹没了京城开封东面山东、河北、河南一带的大片土地。畿,古代京城周围千里之内的土地。下田:低田。 ②三司:指盐铁、度支、户部,是宋代最高的财政机关。 ③博州:宋州名,州治在

今山东聊城。冒河为言：假借黄河灾害提出减免赋税的要求。得免租者盖万计：得免租税者有数万户之多。 ④慎敕有司谨之：命令主管部门对减免租税的问题采取谨慎态度。 ⑤因举田令：因而发布严格征收田赋的命令。 ⑥望风恶民言水旱：指官吏们迎合朝廷的旨意，讨厌农民报告水旱灾情。一以农田敕限：指官吏不管实际情况，仍命令农民按规定的时间和数量交纳田赋。甚者笞而绝之：甚至用鞭打的办法禁绝农民报告灾情。 ⑦开封：指开封府。宣德门：开封城内宫城的正门。 ⑧恻然：指对灾民产生了同情心。蠲(juān)：免除。 ⑨缓急：偏义复词，困难。近而易知：(京畿之民)因为离京城近，他们的困难容易为朝廷所了解。 ⑩前二三岁旱蝗相连：本文作于景祐三年(1036)，而据史籍记载，自景祐元年以来，开封及其周围地区就旱灾、蝗灾不断。据《续资治通鉴长编》，景祐元年三月，"开封府判官谢绛言：蝗亘田野，坌入郛郭，跳掷官寺，井匽皆满，而使者数出，府县监捕驱逐，蹂践田舍，民不聊生"。 ⑪岁籴：指官府向丰收的地区收购粮食。入粟以爵：富人向官府交纳粮食买取官爵。 ⑫仁人之心易恻也：是说仁德的皇帝容易对人民产生同情心。恻，恻隐，同情。 ⑬壅(yōng)：堵塞，阻隔。 ⑭限关之西：远隔在潼关的西面。 ⑮"其能"二句：意思是说在一个县里面，能够决定老百姓的生死和判断是非曲直的，就是县令、主簿和县尉这三个人。按，据《宋史·职官志》记载，宋朝于太祖开宝三年(970)下诏规定：千户以上的县设县令一人，主簿一人，县尉一人；四百户以上的县设县令、县尉各一人，由县令兼摄主簿事；四百户以下的县则不设县令，只设主簿、尉，以主簿兼知县事。 ⑯佐是县：到这个县当县令的副手(指任主簿)。始试其为政:指第一次出任官职。按,王圣纪是新科进士,宋代新进士除少数高等第的留任京职外,大多分发到地方官府担任吏职。

【品评】

新科进士王圣纪要到距京城千里之外的陕西扶风县去任主簿之职,欧阳修作此文赠行。这篇文章和一般赠序的写法大不相同,他先不提及王圣纪其人,也没有正面指示他初任官职应该如何为政,而是以占全文四分之三的篇幅去叙述一件看似与赠别对象全无关系的事情:近几年京畿地区灾荒严重,大小官吏却都望风希旨,报喜不报忧,不如实向朝廷禀告灾情。作者感叹说:京畿之事,近而易知,尚且如此,四海之大,万里之远,民间疾苦被隐瞒的不知还有多少!以上大篇的文字初看与王圣纪了无关涉,但篇末轻轻的一句"以夫素所叹者告之"却点明了作文的主旨:以作者所揭露的这一官场之弊告诫对方,到任后应该体察民间疾苦,讲真话,不讲假话。文章构思新颖,行文巧妙,对当时腐败的朝政和严重的社会弊端的揭露也相当深刻,同时还流露了作者对人民的同情和对窃禄保位的官吏的痛恨。

送梅圣俞归河阳序

至宝潜乎山川之幽,而能先群物以贵于世者,负其有异而已。①故珠潜于泥,玉潜于璞,不与夫蜃蛤珉石混而弃者，[2]其先膺美泽之气，[3]辉然特见于外也。士固有潜乎卑位，而与夫庸庸之流俯仰上下，[4]然卒不混者，其文章才美之光气，亦有辉然而特见者矣。然求珠者必之乎海，求玉者必之乎蓝田，[5]求贤士者必之乎通邑大都。据其会，就其名，而择其精焉尔。[6]

洛阳，天子之西都，距京师不数驿，[7]缙绅仕宦杂然而处，[8]其亦珠玉之渊欤。予方据是而择之，独得于梅君圣俞，其所谓辉然特见而精者邪。圣俞志高而行洁，气秀而色和，崭然独出于众人中。[9]初为河南主簿，以亲嫌移佐河阳，[10]常喜与洛之士游，故因吏事而至于此。余尝与之徜徉于嵩洛之下，[11]每得绝崖倒壑、深林古宇，则必相与吟哦其间，始而欢然以相得，终则畅然，觉乎熏蒸浸渍之为益也。[12]故久而不厌。继而以吏事讫，言归。[13]余且惜其去，又悲乎潜乎下邑，混于庸庸。然所谓能先群物而贵于世者，特其异而已，光气之辉然者，岂能掩之哉！

【注释】

①山川之幽：山水的幽深之处。负：依仗，凭仗。 ②蜃蛤：蛤蜊。蜃，大蛤蜊。珉(mín)石：像玉的石头。 ③膺：受。 ④庸庸之流：众多的平庸之人。 ⑤蓝田：山名，在今陕西蓝田县东，骊山之南麓。山出美玉，故又名玉山。 ⑥择其精焉尔：选择其中最优秀的。焉，指示代词兼句末语气词，相当于“于此(通邑大都)”。 ⑦“洛阳”三句：意谓洛阳是宋朝的西京，距离京师开封

只有几站路程。驿，驿站；古制，官道每三十里置一驿站。 ⑧缙绅仕宦：泛指官僚文人士大夫。杂然而处：聚居在一起。 ⑨崭(zhǎn)然：山势高峻的样子，引申指人物出众。韩愈《柳子厚墓志铭》："虽少年已自成人，能取进士第，崭然见头角。" ⑩以亲嫌移佐河阳：因避亲戚之嫌，从河南主簿移任河阳县主簿。佐，州县长官的副手，指主簿。 ⑪徜徉：自由自在地来回走。 ⑫熏蒸浸渍：喻指朋友间在学业、文艺乃至行事为人上互相熏染、互相影响。 ⑬吏事讫：公事完毕。言归：回去。语本《诗经·周南·葛覃》："言告师氏，言告言归。"言，语助词，无义。

【品评】

这篇文章作于仁宗明道元年(1032)春，时作者在洛阳任西京留守府推官。梅圣俞是欧阳修在洛阳结识的知心朋友。当时梅任河阳县主簿，因事至洛阳，与欧阳修一见如故，惺惺相惜，过从甚密。二人多次参加钱惟演西京留守府诸文士的文酒之会，并携手遍游洛阳——嵩山名胜。当梅圣俞返回河阳时，欧阳修作此序赠别。文章首先运用多种比喻，高度赞扬了梅圣俞超出流辈的才华，然后深情地叙述了自己与梅结识的过程和交游的情况，最后对其人沉沦下僚不被重用深表惋惜。作者将议论、叙事和抒情融为一体，尤善用比喻，使得全篇风格豪宕，气势雄伟，词采华茂，颇富文学色彩。明代古文家茅坤评曰："有逸趣。"(《唐宋八大家文钞·欧阳文忠公文钞》评语卷十八)

朋党论

臣闻朋党之说，自古有之。惟幸人君辨其君子、小人而已。①

大凡君子与君子，以同道为朋；②小人与小人，以同利为朋。此自然之理也。然臣谓小人无朋，惟君子则有之，其何故哉？小人所好者禄利也，所贪者财货也。当其同利之时，暂相党引以为朋者，③伪也。及其见利而争先，或利尽而交疏，则反相贼害，④虽其兄弟亲戚不能相保。故臣谓小人无朋，其暂为朋者，伪也。君子则不然：所守者道义，所行者忠信，所惜者名节。以之修身，则同道而相益；以之事国，则同心而共济，始终如一。此君子之朋也。故为人君者，但当退小人之伪朋，用君子之真朋，则天下治矣。

尧之时，小人共工、瓘兜等四人为一朋，⑤君子八元、八凯十六人为一朋。⑥舜佐尧，退四凶小人之朋，而进元、凯君子之朋，尧之天下大治。及舜自为天子，而皋、夔、稷、契等二十二人并立于朝，更相称美，更相推让，凡二十二人为一朋，而舜皆用之，天下亦大治。⑦《书》曰："纣有臣亿万，惟亿万心；周有臣三千，惟一心。⑧"纣之时，亿万人各异心，可谓不为朋矣，然纣以亡国。周武王之臣三千人为一大朋，而周用以兴。后汉献帝时，尽取天下名士囚禁之，目为党人。[9]及黄巾贼起，汉室大乱，后方悔悟，尽解党人而释之，然已无救矣。[10]唐之晚年，渐起朋党之论。[11]及昭宗时，尽杀朝之名士，或投之黄河，曰："此辈清流，可投浊流。"而唐遂亡矣。[12]

夫前世之主，能使人人异心不为朋，莫如纣；能禁绝善人为朋，莫如汉献帝；能诛戮清流之朋，莫如唐昭宗之世：然皆乱亡其国。更相称美推让而不自疑，莫如舜之二十二臣，舜亦不疑而皆用之；然而后世不诮舜为二十二人朋党所欺，而称舜为聪明之圣者，以能辨君子与小人也。周武之世，举其国之臣三千人共为一朋，自古为朋之多且大莫如周，然周用此以兴者，善人虽多而不厌也。

夫兴亡治乱之迹，为人君者可以鉴矣。[13]

【注释】

①幸：表祈使语气的副词，含有希望、请求的意思。　②大凡：大约，大体上。以同道为朋：因为志同道合而结合在一起。③暂相党引以为朋：暂时引为同党、结成帮派。　④贼害：残害。⑤小人共工、讙(huān)兜等四人：据《尚书·尧典》等书记载，尧时有不服其统治的共工、讙兜、三苗、鲧(gǔn)四人，时人称之为"四凶"。　⑥君子八元、八凯：为传说中上古帝王高辛氏、高阳氏时的两批正直能干的臣子。据《左传·文公十八年》："昔高阳氏有才子八人，苍舒、隤(tuí)敳(ái)、梼(táo)戭(yǎn)、尨(páng)降、庭坚、仲容、叔达……天下之民谓之八恺。高辛氏有才子八人，伯

奋、仲堪、叔献、季仲、伯虎、仲熊、叔豹、季狸……天下之民谓之八元。"恺与凯通，和乐的意思。元，最好的人或事。 ⑦"及舜自为天子"七句：据《尚书·舜典》记载，舜继尧之位以后，任用皋陶、夔、稷、契、禹、垂以及十二牧、四岳，共二十二位贤人(即所谓"资汝二十有二人")，政绩斐然，天下大治。 ⑧"《书》曰"数句：《书》即《尚书》。原文见《尚书·泰誓上》："受有臣亿万，惟亿万心。予有臣三千，惟一心。"受，即商王纣。予，第一人称代词，指周武王自己。这几句是周武王伐商时所说的话。 ⑨"后汉献帝时"数句：据《后汉书·党锢列传》记载，汉桓帝时，河南尹李膺等二百馀人被目为党人，受到逮捕迫害。汉灵帝时，李膺等百馀人皆死于狱中，全国各州郡遭株连者达六七百人之多。这就是历史上著名的"党锢之祸"。本文说"汉献帝时"，是作者误记。 ⑩"及黄巾贼起"数句：《后汉书·党锢列传》记载：灵帝中平元年(184)，张角领导黄巾军起义，天下大乱，中常侍李强向灵帝进言道："党锢久积，人情多怨，若久不赦宥，轻与张角合谋，为变滋大，悔之无救。""帝惧其言，乃大赦党人，诛徙之家皆归故郡。其后黄巾遂盛，朝野崩离，纲纪文章荡然矣。" ⑪"唐之晚年"二句：从唐穆宗时起，唐朝廷内部出现了以牛僧孺、李宗闵为首的牛党与以李德裕为首的李党的朋党之争，两派"比相嫌恶，因是列为朋党，皆挟邪取权，两相倾轧。自是纷纭排陷，垂四十年"(《旧唐书·李宗闵传》)。 ⑫"及昭宗时"数句：据《新五代史·唐六臣传》记载，唐天祐三年(906)，梁王朱全忠将凡是缙绅之士拥唐而不拥梁者都诬为"朋党"，"坐贬死者数百人，而朝廷为之空"。又据《资治通鉴》卷二六五记载，朱全忠的谋士李振因当年多次参加进士考试都落第，非常痛恨缙绅之士，所以当朱全忠将“与唐而不与梁”的宰相裴枢等三十馀人“一夕尽杀”之后，他便乘机进言说：“此辈常自谓清流，宜投之黄河，使为浊流。”结果朱全忠笑而从之，投尸于黄河。第二年，唐哀帝禅位于朱全忠，唐亡。清流，指有名望的清高的士大夫。 ⑬迹：事迹、史迹。鉴：鉴戒，借鉴。

【品评】

这篇著名的政论文作于庆历三年（1043）。当时范仲淹、杜衍、富弼等当政，推行改革，引起保守势力的强烈反对，他们造谣惑众，诬指范、杜等人为“朋党”，并把欧阳修等支持改革的官员也牵连在内，希图一网打尽。刚由滑州召还京城、被任命为太常丞知谏院的欧阳修即向皇帝进呈这篇《朋党论》，针锋相对地驳斥“朋党”之说。按理，保守派攻击改革派是“朋党”，作者应该力辩自己一方“非朋党”，但此文却“议论出人意表”（吕祖谦《古文关键》卷上评语），开篇就提出“朋党之说，自古有之，惟幸人君辨其君子、小人而已”的基本观点，然后针对保守派的诬陷，论证了君子才有真朋、小人只有伪朋，国君应该退小人之伪朋、用君子之真朋的道理。接着由远而近地列举尧、舜、商、周、汉、唐的大量史实作为论据，进一步划清了真朋与伪朋、君子与小人的界限，说明了应如何对待二者与国家治乱兴亡的关系。文章观点鲜明，论据充足，论辩婉转深折，剀切周详，结构严密，层次清楚。《古文观止》评曰：“援古事以证辨，反复曲畅，婉切近人。”《御选古文渊鉴》卷四十五也评论说：“叙述最详，论断最紧，故能淹通事理，剖决嫌疑，集中杰作也。”

纵囚论

信义行于君子，而刑戮施于小人。[①]刑入于死者，乃罪大恶极，此又小人之尤甚者矣。[②]宁以义死，不苟幸生，而视死如归，此又君子之尤难者矣。[③]方唐太宗之六年，录大辟囚三百馀人，纵使还家，约其自归以就死。[④]是以君子之难能，期小人之尤者以必能也。[⑤]其囚及期而卒自归无后者，[⑥]是君子之所难，而小人之所易也。此岂近于人情哉！

或曰：罪大恶极诚小人也，及施恩德以临之，可使变而为君子，盖恩德入人之深而移人之速，有如是者矣。[⑦]曰：太宗之为此，所以求此名也。然安知夫纵之去也，不意其必来以冀免，所以纵之乎？又安知夫被纵去也，不意其自归而必获免，所以复来乎？[⑧]夫意其必来而纵之，是上贼下之情也；[⑨]意其必免而复来，是下贼上之心也。吾见上下交相贼以成此名也，乌有所谓施恩德与夫知信义者哉！[⑩]不然，太宗施恩德于天下，于兹六年矣，不能使小人不为极恶大罪，而一日之恩能使视死如归而存信义，此又不通之论也。[⑪]

然则何为而可？曰：纵而来归，杀之无赦；而又纵之，而又来，则可知为恩德之致尔。然此必无之事也。若夫纵而来归而赦之，可偶一为之尔，若屡为之，则杀人者皆不死，是可为天下之常法乎？不可为常者，其圣人之法乎？是以尧、舜、三王之治，必本于人情，不立异以为高，不逆情以干誉。⑫

【注释】

①信义：信用和正义。信，讲信用，指能履行约定的事情。义，正义，公正的道理。刑戮：刑罚。 ②刑入于死者：犯了死罪的囚犯。小人之尤甚者：小人当中罪恶最大的。尤，突出，格外。③“宁以义死”四句：意谓要做到当仁不让，视死如归，就在君子中也是最困难的。 ④方：当。唐太宗之六年：即唐贞观六年(632)。“录大辟囚”三句：关于这件事，《新唐书·刑法志》是这样记载的：贞观六年，唐太宗“亲录囚徒，闵死罪者三百九十人，纵之还家，期以明年秋即刑。及期囚皆诣朝堂，无后者。太宗嘉其诚信，悉原之。”录，核查登记。大辟囚，死刑犯。 ⑤期：期待，希望。 ⑥及期：到期。卒：终于。后：指超过期限。 ⑦或曰：有人说。此为假设之辞。诚：确实。临：降临。这是上对下之词。移人：指改变人的品质。 ⑧“然安知”六句：安知：疑问词，和下句的“不”两个否定词构成肯定句式。意：估计。冀：希望。免：免罪。“纵之去也”，指纵囚之人，即唐太宗；“被纵而去也”，指囚犯。⑨贼：欺骗，利用。 ⑩乌有：哪里有。 ⑪“不然”六句：意谓唐太宗即位六年的政教措施，不能使人不犯重罪，而贞观六年的纵囚之举，却使人视死如归，这是根本讲不通的。兹，此，今。 ⑫三王：指夏、商、周三代开国之君禹、汤、周文王和周武王。干誉：邀取名誉。

【品评】

唐太宗纵囚之事，《旧唐书·太宗纪》和欧阳修主撰的《新唐书·刑法志》都有记载。但欧阳修对此事的真实性颇有怀疑，遂作此文加以否定。文章先从君子、小人之常情发论，指出唐太宗纵囚、囚犯按期而归之事不近人情，一语加以论定。然后以“或曰”提起，驳斥施恩德使小人变为君子之说，尖锐地指出唐太宗此举只为求名干誉，最后断言纵囚之事不可为天下常法，为政者应该效法上古三王，凡诸举措要“本于人情”。此文鲜明地表现了作者一贯的不盲从旧说的大胆怀疑精神。《古文观止》评论说：“太宗纵囚，囚自来归，俱为反常之事。先以不近人情断定，末以不可为常法结之，自是千古正论。通篇雄辩深刻，一步紧一步，令无可躲闪处。此等笔力，如刀斫斧截，快利无双。”

与高司谏书

修顿首再拜白，司谏足下[①]：某年十七时，家随州，[②]见天圣二年进士及第榜，[③]始识足下姓名。是时予年少，未与人接，又居远方，但闻今宋舍人兄弟与叶道卿、郑天休数人者，以文学大有名，号称得人。[④]而足下厕其间，独无卓卓可道说者，[⑤]予故疑足下不知何如人也。

其后更十一年，予再至京师，足下已为御史里行，[⑥]然犹未暇一识足下之面，但时时于予友尹师鲁问足下之贤否。[⑦]而师鲁说足下正直有学问，君子人也。予犹疑之。夫正直者不可屈曲，有学问者必可辨是非。以不可屈之节，有能辨是非之明，又为言事之官，而俯仰默默，[8]无异众人，是果贤者耶？此不得使予之不疑也。

自足下为谏官来，始得相识。侃然正色，[9]论前世事，历历可听，褒贬是非，无一谬说。噫！持此辩以示人，孰不爱之？虽予亦疑足下真君子也。是予闻足下之名及相识，凡十有四年也，而三疑之。今者推其实迹而较之，[10]然后决知足下非君子也。

前日范希文贬官后，与足下相见于安道家，[11]足下诋诮希文为人。予始闻之，疑是戏言。及见师鲁，亦说足下深非希文所为，然后其疑遂决。希文平生刚正，好学通古今，其立朝有本末，[12]天下所共知。今又以言事触宰相得罪，足下既不能为辨其非辜，[13]又畏有识者之责己，遂随而诋之，以为当黜，[14]是可怪也。

夫人之性，刚果懦软禀之于天，不可勉强，虽圣人亦不以不能责人之必能。[15]今足下家有老母，身惜官位，惧饥寒而顾利禄，不敢一忤宰相以近刑祸，此乃庸人之常情，不过作一不才谏官尔；虽朝廷君子，亦将闵足下之不能，而不责以必能也。今乃不然，反昂然自得，了无愧畏，便毁其贤，以为当黜，庶乎饰己不言之过。[16]夫力所不敢为，乃愚者之不逮；[17]以智文其过，此君子之贼也。[18]

且希文果不贤邪？自三四年来，从大理寺丞至前行员外郎，[19]作待制日，日备顾问，今班行中无与比者。[20]是天子骤用不贤之人？夫使天子待不贤以为贤，是聪明有所未尽，足下身为司谏，乃耳目之官，[21]当其骤用时，何不一为天子辨其不贤，反默默无一语，待其自败，然后随而非之？若果贤邪，则今日天子与宰相以忤意逐贤人，足下不得不言。是则足下以希文为贤，亦不免责；以为不贤，亦不免责。大抵罪在默默尔。

昔汉杀萧望之与王章，[22]计其当时之议，必不肯明言杀贤者也；必以石显、王凤为忠臣，望之与章为不贤而被罪也。[23]今足下视石显、王凤果忠邪？望之与章果不贤邪？当时亦有谏臣，必不肯自言畏祸而不谏，亦必曰当诛而不足谏也。今足下视之，果当诛邪？是直可欺当时之人，而不可欺后世也。今足下又欲欺今人，而不惧后世之不可欺邪？况今之人不可欺也。

伏以今皇帝即位以来，进用谏臣，容纳言论。如曹修古、刘越，虽殁犹被褒称。[24]今希文与孔道辅皆自谏诤擢用。[25]足下幸生此时，遇纳谏之圣主如此，犹不敢一言，何也？前日又闻御史台榜朝堂，戒百官不得越职言事，是可言者惟谏臣尔。若足下又遂不言，是天下无得言者也。足下在其位而不言，便当去之，无妨他人之堪其任者也。昨日安道贬官，师鲁待罪，足下犹能以面目见士大夫，出入朝中称谏官，是足下不复知人间有羞耻事尔！所可惜者，圣朝有事，谏官不言，而使他人言之，书在史册，他日为朝廷羞者，足下也！

《春秋》之法，责贤者备。[26]今某区区犹望足下之能一言者，不忍便绝足下而不以贤者责也。若犹以谓希文不贤而当逐，则予今所言如此，乃是朋邪之人尔。愿足下直携此书于朝，使正予罪而诛之，[27]使天下皆释然知希文之当逐，亦谏臣之一效也。[28]前日足下在安道家召予往论希文之事，时坐有他客，不能尽所怀，[29]故辄布区区，伏惟幸察，不宣。[30]修再拜。

【注释】

①顿首：磕头。白：禀告。司谏：指高若讷，当时他担任左司谏之职。足下：古代对别人的尊称。 ②某：自己的代称。家随州：家住随州（今属湖北）。按，欧阳修四岁丧父，时叔父欧阳晔任随州推官，因往依之。 ③天圣二年：公元1024年。高若讷这一年进士及第。天圣，宋仁宗的年号。 ④宋舍人兄弟：指宋庠、宋祁兄弟。二人均曾官翰林学士、知制诰，相当于中书舍人之职，故称。叶道卿：叶清臣字道清，当时任太常丞。郑天休：郑戬字天休。以上四人都于天圣二年中进士，都以文学知名。得人：指天圣二年考试取中的人才很多。 ⑤厕其间：参与其中，列名于其中。卓卓：出色，不平常。可道说者：可以（被人们）称道的。⑥御史里行：见习御史。 ⑦尹师鲁：尹洙字师鲁，明道初年官河南府户曹参军，和欧阳修同在洛阳，诗文唱酬，成为好友。欧阳修作此文时，尹洙在京任馆阁校勘。 ⑧为言事之官：指高若讷身为谏官。俯仰默默：随人上下，默不作声的意思。 ⑨侃然正色：一副刚直正派的样子。侃然，刚直的样子。正色，公正的面孔。

⑩推其实迹而较之：研究你的实际行事并拿来衡量一下。推，推求，研究。实迹，实际做的事。较，对照，衡量。 ⑪范希文：范仲淹字希文，当时任开封府知府，因与宰相吕夷简政见不合，发生争执而被贬官。安道：余靖字安道，欧阳修的好友，当时任集贤校理（管校勘皇家图书的官）。范仲淹被贬时，他也和尹洙、欧阳修一起上书抗辩。 ⑫有本末：指做官办事很有原则。 ⑬非辜：无辜，无罪。 ⑭黜（chù）：降职。 ⑮“虽圣人”句：即使圣人也不会拿不能做到的事要求别人一定做到。虽，即使。责，要求。⑯庶乎饰己不言之过：企图掩饰自己不讲公道话的过失。庶，庶几，这里有希望、企图之意。 ⑰“夫力所”二句：意谓凭能力做不到的事情，那是因为愚人实在没法做到。逮，达到，做到。⑱“以智”二句：意谓用小聪明掩饰自己的过失，就简直是伪君子了。文，掩饰。君子之贼，君子中的败类，等于说伪君子。 ⑲大理寺丞：大理寺（管诉讼刑法的中央机构）的首长。前行员外郎：封建政府吏、兵、工三部的员外郎，类似现代的司长。 ⑳作待制日，日备顾问：景祐二年（1035），范仲淹被授予“天章阁待制”的职衔，经常在皇帝身边备咨询。按，待制是一个皇帝顾问性质的职位。班行：同列，指同朝为官的官员们。 ㉑耳目之官：即指谏官，因为谏官负责纠察官吏，经常了解各方面的情况直接报告皇帝，并提出建议，是皇帝的耳目。 ㉒萧望之：西汉大臣，宣帝时任太子太傅，反对宦官弘恭、石显为中书令，元帝即位，被弘恭、石显诬告下狱，自杀而死。王章：汉元帝时任左曹中郎将，因反对石显被罢官；成帝时任京兆令，时外戚大将军王凤专权，王章上章言王凤不可任用，被诬陷下狱，死于狱中。 ㉓被罪：遭到罪责。

㉔曹修古、刘越：都是宋仁宗朝以直言敢谏闻名的谏官，殁(mò)：死。 ㉕孔道辅：也是当时有名的谏官。自谏诤擢用：由于直言敢谏而得到提升重用。擢，提拔。 ㉖《春秋》之法，责贤者备：孔子作《春秋》的义例，对贤能的人要求特别严格。 ㉗正予罪而诛之：问我的罪并杀掉我。 ㉘亦谏臣之一效也：这也算你做谏臣的一件功劳。这是讽刺高若讷的话。 ㉙尽所怀：全部说出我的内心话。 ㉚辄：特。布：陈述。区区：谦词，细微、微小的意思。伏惟幸察：请您审查是幸。不宣：古人书信结束时的套语，"言不尽意"的意思。

【品评】

宋仁宗景祐三年(1036)，时任吏部员外郎权知开封府的范仲淹因批评朝政，触怒宰相吕夷简，被贬知饶州。朝臣纷纷论救，独左司谏高若讷不但缄默不言，还私下诋毁范仲淹。年轻气盛的欧阳修激于义愤，写了这封信给高若讷，对其阿附权臣、窃禄保位的小人行径进行了尖锐的斥责和辛辣的讽刺。文章开头以委婉的笔调，对高若讷是否属于贤人君子提出"三疑"，语中已含讽刺。随即就范仲淹被贬一事展开辩难，从谏官的职责和应该具有的品质出发，抓住对方身为谏官却"默无一语"这一点不放，反复剖析其卑劣心态，揭穿其虚伪面目。此文气势逼人，议论锋锐，鞭辟入里，由远及近，层层进逼，四面攻击，直令对手毫无逃闪之路。难怪高若讷读信之后恼怒不堪，将此信上交于朝廷，导致欧阳修被贬为夷陵令了。于此也可见作者正义感之强和本篇文气之烈、艺术手段之高。此文由于理直气盛，文学性又很强，所以在文学史上影响极为广远，后人感叹说："至今读之，犹使人增气。"(《唐宋八大家文钞》卷五引张孝先语)文中的一些名句如"不知人间有羞耻事"等，甚至成为成语，直到今天还为作文者所经常运用。

上范司谏书

月日，具官谨斋沐拜书司谏学士执事。①前月中得进奏吏报，云自陈州召至阙拜司谏，②即欲为一书以贺，多事，匆卒未能也。③

司谏，七品官尔，于执事得之，不为喜，而独区区欲一贺者，诚以谏官者，天下之得失、一时之公议系焉。④今世之官，自九卿、百执事外，至一郡县吏，非无贵官大职可以行其道也。⑤然县越其封，郡逾其境，虽贤守长不得行，以其有守也。⑥吏部之官不得理兵部，鸿胪之卿不得理光禄，以其有司也。⑦若天下之失得，生民之利害，社稷之大计，惟所见闻而不系职司者，独宰相可行之，谏官可言之尔。⑧故士学古怀道者仕于时，⑨不得为宰相，必为谏官。谏官虽卑，与宰相等。天子曰不可，宰相曰可；天子曰然，宰相曰不然：坐乎庙堂之上与天子相可否者，⑩宰相也。天子曰是，谏官曰非；天子曰必行，谏官曰必不可行：立殿陛之前与天子争是非者，谏官也。宰相尊，行其道；谏官卑，行其言，言行，道亦行也。九卿、百司、郡县之吏守一职者，任一职之责，宰相、谏官系天下之事，亦任天下之责。然宰相、九卿而下失职者，受责于有司；谏官之失职也，取讥于君子。[11]有司之法，行乎一时；君子之讥，著之简册而昭明，垂之百世而不泯，[12]甚可惧也。夫七品之官，任天下之责，惧百世之讥，岂不重邪？非材且贤者不能为也。

近执事始被召于陈州，洛之士大夫相与语曰：[13]“我识范君，知其材也。其来，不为御史必为谏官。”及命下，果然，则又相与语曰：“我识范君，知其贤也。他日闻有立天子陛下，直辞正色，面争庭论者，必范君也。”拜命以来，翘首企足，伫乎有闻而卒未也。[14]窃惑之，岂洛之士大夫能料于前而不能料于后也？将执事有待而为也？[15]

昔韩退之作《争臣论》，以讥阳城不能极谏，卒以谏显。[16]人皆谓城之不谏盖有待而然，退之不识其意而妄讥，修独以谓不然。当退之作论时，城为谏议大夫已五年，后又二年始庭论陆贽，及沮裴延龄作相欲裂其麻，[17]才两事尔。当德宗时，可谓多事矣：授受失宜，叛将强臣罗列天下，又多猜忌，进任小人。[18]于此之时，岂无一事可言，而须七年邪？当时之事，岂无急于沮延龄、论陆贽两事也？谓宜朝拜官而夕奏疏也。幸而城为谏官七年，适遇延龄、陆贽事，一谏而罢，以塞其责；向使止五年六年而遂迁司业，[19]是终无一言而去也，何所取哉！

今之居官者率三岁而一迁，[20]或一二岁，甚者半岁而迁也，此又非可以待乎七年也。今天子躬亲庶政，化理清明，虽为无事，然自千里诏执事而拜是官者，岂不欲闻正议而乐谠言乎？[21]然今未闻有所言说，使天下知朝廷有正士而彰吾君有纳谏之明也。

夫布衣韦带之士，[22]穷居草茅，坐诵书史，常恨不见用。及用也，又曰彼非我职，不敢言；或曰我位犹卑，不得言矣；又曰我有待。是终无一人言也，可不惜哉！伏惟执事思天子所以见用之意，惧君子百世之讥，一陈昌言，以塞重望，[23]且解洛之士大夫之惑，则幸甚幸甚。

【注释】

①具官：古代书信底稿上对个人官职的省写，这里指欧阳修自己。斋沐：斋戒沐浴。表示尊敬。执事：称呼对方的恭敬之辞，意谓信件不敢直接写给收信者本人，只是给他身边的办事人员。以上都是古人书信中照例的客套话。 ②进奏吏：指西京留守向朝廷送公文的官吏。陈州：宋州名，州治今河南淮阳县。阙：指朝廷。 ③匆卒：匆匆忙忙。 ④司谏，七品官尔：据《宋史·职官志》，左右司谏的散官为朝奉郎，正六品官。区区：恳切的意思。一时之公议系焉：指谏官应该能正确地向皇帝传达社会舆论。⑤九卿：汉代以太常、光禄勋、卫尉、太仆、廷尉、大鸿胪、宗正、大司农、少府为九卿，实即中央各行政机构的总称，魏晋以后，设尚书分主各部行政，九卿专掌一部分事务，名称不一，这里用以概指朝廷的高级官职。百执事：即“百司”，指朝廷上的百官。郡县吏：指州县官。 ⑥封、境：都是“疆界”的意思。有守：有管辖区域的限制。比如，一个州守只能管他那一州，一个县令只能管他那一

县。 ⑦鸿胪：据《宋史·职官志》，宋代鸿胪寺“掌四夷朝贡宴劳给赐送迎之事，及国之凶仪，中都祠庙，道释籍帐除附之禁令”。光禄：据《宋史·职官志》，宋代光禄寺“掌祭祀朝会宴飨酒醴膳羞之事”。有司：有专门的职权范围。 ⑧社稷：土神和谷神，借指国家。不系职司：不属于任何一个具体职能部门所管。 ⑨学古怀道者：指学习古代淳朴之风、胸怀济世之志的士人。 ⑩庙堂：指朝廷议政的殿堂。相可否：讨论事情可不可以干。 ⑪有司：这里指负有专门职责的官吏。君子：这里指道德品格高尚、能左右舆论的人。 ⑫简册：史书、典籍。泯：消灭。 ⑬洛之士大夫：洛阳的士大夫。时作者在洛阳任西京留守推官，所以说听到洛阳士大夫的议论。 ⑭伫乎有闻而卒未也：立等着想听到范仲淹向朝廷建言的消息而终于没有听到。伫，长时间地站着。卒，终于。 ⑮将：抑或，或者。有待而为：等待机会来了再有所作为。 ⑯“昔韩退之”三句：唐代韩愈著有《争臣论》，讽刺阳城为谏官五年，不向皇帝进谏。阳城，唐德宗时任谏议大夫，长期缄默不肯言事。后德宗信任裴延龄，贬黜大臣陆贽等，朝廷上没有一个人敢说话，阳城挺身而出，上书论裴延龄奸邪，陆贽等人无罪；德宗欲任裴延龄为宰相，阳城就公开说：“如果朝廷用裴为相，我要将白麻诏书撕毁（唐宋时任命宰相的诏书用白麻纸书写），并在朝堂上痛哭表示反对。”因此阳城被贬为道州刺史，后世誉之为正直敢言之士。 ⑰庭论：在朝廷上争论。沮：阻止。 ⑱“当德宗时”六句：据《旧唐书》、《新唐书》、《资治通鉴》等史籍记载，唐德宗生性猜忌，重用奸人卢杞、赵赞等；他在位时京城长安被叛军攻陷，逃往奉天（今陕西乾县）；他对地方割据势力姑息迁就，处置失宜，致使藩镇纷纷割据。　⑲司业：国子监司业的省称。这是国子监（太学）里的一个清闲官职。按，阳城因谏阻唐德宗任命裴延龄为相，改官国子司业，后贬道州而死。　⑳率三岁而一迁：宋代官员一般以三年为一任。率，大概。　㉑躬亲庶政：亲自处理各种政务。庶政，各种政务。按，宋仁宗即位时因年幼，由章献太后垂帘听政，太后死后才亲政。谠（dǎng）言：正直的言论。　㉒布衣韦带：粗布衣、熟皮带，是平民的服饰。　㉓以塞重望：用以满足人们深重的期望。

【品评】

明道二年（1033）三月，章献皇太后病逝，宋仁宗亲政，开始酝酿政治改革。在这一背景下，范仲淹于同年四月由陈州通判被召到开封，任右司谏之职。欧阳修早有改变国家积贫积弱状态之志，寄重望于可向皇帝直接进言的谏官，于是在范仲淹进京不久，就写了这封鼓励和切责的书信。书信的宗旨在于激励自己政治上的同道者直言敢谏，尽快地有所作为，但行文委婉而严正：首论谏官身负之重任，希望范仲淹忠于职守；次叙洛阳士大夫之期盼，鼓励范莫负众望；再举唐代阳城之事，告诫范千万不要迁延时日。文章情谊深笃，文思安雅，措词平正而有圭角，从容之中不乏震荡之力，确为“大家中有数文字”（《御选古文渊鉴》批语）。宋末文章家谢枋得评论说：“欧阳公文章为一代宗师，然藏锋敛锷，韬光沉馨，不如韩文公之奇奇怪怪，可喜可愕。学韩不成，亦不庸腐；学欧不成，必无精彩。独《上范司谏书》……气力健，光焰长，可以发才气，可以生议论。”（《文章轨范》卷四）

原 弊

孟子曰：养生送死，王道之本。[1]管子曰：仓廪实而知礼节。[2]故农者，天下之本也，而王政所由起也，古之为国者未尝敢忽。[3]而今之为吏者不然，簿书听断而已矣，[4]闻有道农之事，则相与笑之曰：鄙。[5]夫知赋敛财用之为急，不知务农为先者，是未原为政之本末也。[6]知务农而不知节用以爱农，是未尽务农之方也。

古之为政者，上下相移用以济，下之用力者甚勤，上之用物者有节。民无遗力，国不过费，上爱其下，下给其上，使不相困。[7]三代之法皆如此，而最备于周。周之法曰：井牧其田，十而一之。[8]一夫之力督之必尽其所任，[9]一日之用节之必量其所入，一岁之耕供公与民食皆出其间，而常有馀。故三年而馀一年之备。[10]今乃不然，耕者不复督其力，用者不复计其出入，一岁之耕供公仅足，而民食不过数月。甚者，场功甫毕，簸糠麸而食秕稗，或采橡食畜菜根以延冬春。[11]夫糠麸橡食，孟子所谓狗彘之食也，而卒岁之民不免食之。[12]不幸一水旱，则相枕为饿殍，[13]此甚可叹也夫！

三代之为国，公卿士庶之禄廪，兵甲车牛之材用，山川宗庙鬼神之供给，未尝缺也。[14]是皆出于农，而民之所耕不过今九州之地也。[15]岁之凶荒，[16]亦时时而有，与今无以异。

今固尽有向时之地，而制度无过于三代者。昔者用常有馀，而今常不足，何也？其为术相反而然也。昔者知务农又知节用，今以不勤之农，赡无节之用故也。[17]非徒不勤农，又为众弊以耗之；非徒不量民力以为节，又直不量天力之所任也。

何谓众弊？有诱民之弊，有兼并之弊，有力役之弊。请详言之。今坐华屋享美食而无事者，曰浮图之民；[18]仰衣食而养妻子者，曰兵戎之民。此在三代时，南亩之民也。[19]今之议者以浮图并周孔之事曰三教，不可以去；兵戎曰国备，不可以去。浮图不可并周孔，[20]不言而易知，请试言兵戎之事。国家自景德罢兵，[21]三十三岁矣。兵尝经用者，老死今尽，而后来者未尝闻金鼓、[22]识战阵也。生于无事而饱于衣食也，其势不得不骄惰。今卫兵入宿，不自持被而使人持之，禁兵给粮，不自荷而雇人荷之，[23]其骄如此，况肯冒辛苦以战斗乎！前日西边之吏，如高化军、齐宗举两用兵而辄败，此其效也夫。[24]就使兵耐辛苦而能斗战，惟耗农民，为之可也。奈何有为兵之虚名，而其实骄惰无用之人也。

古之凡民长大壮健者皆在南亩，农隙则教之以战。[25]今乃大异，一遇凶岁，则州郡吏以尺度量民之长大而试其壮健者，招之去为禁兵；[26]其次不及尺度而稍怯弱者，籍之以为厢兵。[27]吏招人多者有赏，而民方穷时争投之。故一经凶荒，则所留在南亩者惟老弱也。而吏方曰：不收为兵，则恐为盗。噫！苟知一时之不为盗，而不知其终身骄惰而窃食也。古之长大壮健者任耕，而老弱者游惰；今之长大壮健者游惰，而老弱者留耕也。何相反之甚邪？然民尽力乎南亩者，或不免乎狗彘之食，而一去为僧、兵，则终身安佚而享丰腴，则南亩之民不得不日减也。故曰有诱民之弊者，谓此也。其耗之一端也。

古者计口而受田，家给而人足。井田既坏，[28]而兼并乃兴。今大率一户之田及百顷者，养客数十家。[29]其间用主牛而出己力者，用己牛而事主田以分利者，不过十馀户；其馀皆出产租而侨居者曰浮客，而有畲田。[30]夫此数十家者，素非富而畜积之家也，其春秋神社婚姻死葬之具，又不幸遇凶荒与公家之事，当其乏时，尝举债于主人，而后偿之，息不两倍则三倍。[31]及其成也，出种与税而后分之，偿三倍之息，尽其所得，或不能足。[32]其场功朝毕而暮乏食，则又举之。[33]故冬春举食则指麦于夏而偿，麦偿尽矣，夏秋则指禾于冬而偿也。似此数十家者，常食三倍之物，而一户常尽取百顷之利也。[34]夫主百顷而出税赋者一户，尽力而输一户者数十家也。[35]就使国家有宽征薄赋之恩，是徒益一家之幸，而数十家者困苦常自如也。故曰有兼并之弊者，谓此也。此亦耗之一端也。

民有幸而不役于人，能有田而自耕者，下自二顷至一顷，皆以等书于籍。[36]而公役之多者为大役，少者为小役，至不胜，则贱卖其田或逃而去。[37]故曰有力役之弊者，谓此也。此亦耗之一端也。

夫此三弊，是其大端。又有奇邪之民，[38]去为浮巧之工；与夫兼并商贾主人，为僭移之费；[39]又有贪吏之诛求，赋敛之无名，其弊不可以尽举也。既不劝之使勤，又为众弊以耗之。大抵天下中民之士富且贵者，化粗粝为精善，[40]是一人常食五人之食也。为兵者养父母妻子，而计其馈运之费，是一兵常食五农之食也。为僧者养子弟而自丰食，是一僧常食五农之食也。贫民举倍息而食者，是一人常食二人三人之食也。天下几何其不乏也！

何谓不量民力以为节？方今量国用而取之民，未尝量民力而制国用也。古者冢宰制国用，[41]量入以为出，一岁之物三分之，一以给公上，一以给民食，一以备凶荒。今不先制乎国用，而一切临民而取之。[42]故有支移之赋，有和籴之粟，有入中之粟，有和买之绢，有杂料之物，茶盐山泽之利，有榷有征。[43]制而不足，则有司屡变其法，以争毫末之利。[44]用心益老而益不足者，何也？制不先定而取之无量也。

何谓不量天力之所任？此不知水旱之谓也。夫阴阳在天地间，腾降而相推，不能无愆伏；[45]如人身之有血气，不能无疾病也。故善医者不能使人无疾病，疗之而已。善为政者不能使岁无凶荒，备之而已。尧、汤大圣，不能使无水旱，而能备之者也。[46]古者丰年补救之术，三年耕必留一年之蓄，是凡三岁期一岁以必灾也。此古之善知天者也。今有司之调度，用足一岁而已，是期天岁岁不水旱也。故曰不量天力之所任。是以前二三岁连遭旱蝗，而公私乏食，是期天之无水旱，卒而遇之，[47]无备故也。

夫井田什一之法，不可复用于今。为计者莫若就民而为之制，[48]要在下者尽力而无耗弊，上者量民而用有节，则民与国庶几乎俱富矣。今士大夫方共修太平之基，颇推务本以兴农，故辄原其弊而列之，以俟兴利除害者采于有司也。[49]

【注释】

①孟子：名轲，战国时思想家，儒家学派的代表人物，他的言论由其弟子辑成《孟子》一书。“养生送死，王道之本”，语出《孟子·梁惠王》：“养生丧死无憾，王道之始也。” ②管子：名仲，春秋时齐国相，著名政治家。记载他的言论的《管子》一书系后人辑成，其中多有后人附益之辞。“仓廪实而知礼节”，出于《管子》：“仓廪实而知礼节，衣食足而知荣辱。”仓廪实：仓库中堆满粮食，指国家有充足的物质财富。 ③王政：儒家理想的“王道”政治。古之为国者：古代的执政者。忽：轻视，疏忽。 ④簿书：登记钱财谷物的册子。听断：古代地方官兼理司法刑狱，这里指审判案件。 ⑤鄙：粗俗。 ⑥原：推究，考查。 ⑦使不相困：使得上(国家)与下(人民)双方互不困扰。按，这就是作者在《本论》一文中提出的“使下之共(供)上勤而不困，上之治下简而不劳。” ⑧三代：指夏、商、周，这是儒家所推崇的“治世”。井牧其田：语出《周礼·地官·小司徒》：“乃经土地而井牧其田。”意思是根据土地的情况，分配给百姓，或用井田法耕种，或用为放牧。十而一之：指夏、商、周三代实行的以十抽一的税法。《孟子·滕文公》：

"夏后氏五十而贡,殷人七十而助,周人百亩而彻,其实皆什一也。" ⑨"一夫"句:意谓官府督责每一个农民尽力耕种。 ⑩"故三年"句:语本《礼记·王制》:"三年耕必有一年之食。"意谓连续耕种三年,可以积蓄够一年食用的粮食。 ⑪"甚者"四句:意谓更可怜的是,秋收刚刚打完场,粮食就被全部收走,农民只好吃糠麸秕稗,或者采橡实、蓄菜根,以求度过冬春两季。 ⑫狗彘之食:猪狗吃的东西。语本董仲舒《说武帝限民名田》:"古之贫民,常衣牛马之衣,而食犬彘之食。"而《孟子·梁惠王》有"狗彘食人食而不知检"的话,作者这里可能是误记。卒岁:过年。《诗经·豳风·七月》:"无衣无褐,何以卒岁?" ⑬饿殍(piǎo):饿死的人。⑭山川宗庙鬼神之供给:古代皇帝祭祀天地宗庙鬼神向来都规模巨大,劳民伤财。宋代更是如此。宋代的郊祀礼,除了场面的铺张外,按例给士兵的赏赐即需八九百万(参见欧阳修《本论》)。由此可知耗费之巨大,而这些钱财主要是靠搜刮农民得来的,所以这里特别提出来。 ⑮九州:传说夏禹治水,分天下为九州。这里泛指中国国土。 ⑯凶荒:灾荒。凶,指谷物不收。 ⑰赡:供给。无节:没有节制。 ⑱浮图之民:指和尚。 ⑲"此在"二句:佛教是东汉时才从印度传入的,此前中国没有和尚;而上古时兵农合一,没有职业士兵。所以说像如今和尚、士兵两种人,在三代时都是农民。南亩,田垄东西向的叫东亩,南北向的叫南亩,故南亩泛指农田,南亩之民即指农民。 ⑳浮图不可并周孔:意思是佛教和儒教不能相提并论。周孔,周公和孔子,代指儒教。㉑景德罢兵:指宋真宗景德元年(1004)澶渊之盟后宋与辽讲和罢兵。 ㉒金鼓:指战争。古代打仗时以锣(金)和鼓作为进退的信号，故以金鼓代指战争。 ㉓卫兵入宿：禁军的士兵宿卫皇宫。荷：背负，扛。 ㉔“前日”三句：指景祐元年(1034)秋，西夏国主元昊入侵陕西路庆州，宋将杨遵战败，齐宗举帅兵驰援亦败，并被西夏伏兵俘虏。 ㉕农隙则教之以战：农闲时就教他们(农民)学打仗。 ㉖禁兵：皇帝的亲兵。 ㉗厢兵：地方部队的士兵。按，宋代兵制，中央部队称禁军，地方部队称厢军。 ㉘井田：指井田制。古代实行井田制，各代井田的面积不相同，比如周代是以方九百亩之地为一里，划为九块，每块一百亩，中间一块为公田，四周八块分给八家，公田由八家共同耕种，收获归公，此外不再纳税。到春秋时期，井田制被破坏。 ㉙百顷：一万亩。养客数十家：招养几十家客户来耕种田地。按，唐、宋时户籍中都有主户、客户的区别，客户大多是因为不堪兼并和苛捐杂税而逃亡他乡的无地佃农，亦称“庄客”。 ㉚侨居：外地人迁居新地方。畬(yú)田：新开垦的荒地。 ㉛公家之事：指赋税劳役。举债：借债。下文的“举”也是借的意思。 ㉜成：收获。“出种与税”四句：大意是说一年的收成扣除种子和缴纳官府赋税以后，庄主得一半，庄客得一半，但庄客原先向庄主借的债要偿三倍利息，所以庄客一年的全部收入还不够还债。 ㉝“其场功”二句：早上刚刚打完场，晚上就没有吃的了，只好又借债。 ㉞常食三倍之物：庄客食用一斤借来的粮食，实际等于消耗了三斤粮食。一户常尽取百顷之利：庄主名义上把土地的收获与庄客对分，实际上加上高利贷的剥削，就全部占有了土地的收获。 ㉟“夫主百顷”二句：意谓拥有百顷土地的庄主只需向官府交纳一户的赋税，而数十户庄客却把全部收入都缴给了庄主一家。 ㊱不役于人：不作佃户，不当庄客。皆以等书于籍：都按等级登记在官府的册子上。按，宋代分民户为五等，官府根据土地、财产、人口等状况登记，每户按所属等级纳税服役。 ㊲“而公役”四句：宋代公役分为大役、小役，大役需要向官吏行贿才能得到，小役（比如充当弓手）则由官府随时调遣，不能正常从事生产，等于终生服役。所以不论大役小役，都是对农民的勒索和对农业生产的破坏，所以服役者在到了无法应付勒索和压榨的时候，往往贱卖田产或干脆逃亡他乡。 ㊳奇邪之民：指能制造精巧奢侈品的手艺人。 ㊴僭（jiàn）侈：超过本分的奢侈浪费。 ㊵化粗粝为精善：意思是不吃普通的粮食而改吃精美的食物。 ㊶冢宰：周代官名，为百官之长。《周礼·天官》：“乃立天官冢宰，使率其属而掌邦治。”制：计划，规划。㊷“今不”二句：意谓国家的财政开支事先没有计划，只知道为了种种糜费的支出而随时向人民榨取。 ㊸支移之赋：官府命令农民把应缴的粮食不缴本州本县，而缴到缺粮的他州他县。和籴之粟：在正赋以外官府以预购粮食为名，对农民的一种掠夺。入中之粟：宋代官府征粮的一种举措，其法为募商人入纳粮草于规定的沿边地点，给与钞引，使至京城或他处领取现钱或金银、盐、茶、香药等。有时征用羽毛、筋角、胶漆、铁炭、瓦木等军需物资，亦用此法。和买之绢：北宋时，朝廷每年要输送辽国和西夏大批绢帛，就向农民“和买”，所谓和买，名义上是官府在上一年贷钱给农民，次年收绢匹，实际上是低价硬性向农民派购。杂料之物：除有名目的税收外，增取他物。《宋史·食货志》称为“杂变”。榷：官府专卖。宋代盐、茶、铜、铁等，均由政府专卖。 ㊹“制而不足”三句：意谓即使这样多方收取还是不够国家开支，于是政府主管部门又一再改变办法，无孔不入地与民争利，一丝一毫也不放过。有司，指负责具体事务的政府机构，宋朝总领财赋的是三司使。㊺腾降：上升和下降。相推：指互相挤压。愆(qiān)伏：指季节冷暖失调。《左传·昭公四年》：“冬无愆阳，夏无伏阴。”杜预注：“愆，过也，谓冬温。伏阴，谓夏寒。” ㊻“尧汤大圣”三句：意本晁错《论贵粟疏》：“故尧、禹有九年之水，汤有七年之旱，而国无损瘠者，以蓄积多而备先具也。” ㊼卒：同“猝”，突然。 ㊽就民而为之制：根据农民的实际承受能力而制定相应的赋税制度。 ㊾原其弊而列之：推究这件事情的弊端而论列之。俟：等待。

【品评】

这篇著名的政论文主要谈的是宋代的农民问题。作者认为宋朝积贫积弱的关键，就在于严重侵害了农民利益。所以文章一开始就鲜明地提出“农者，天下之本”，作为一篇之纲目。在此基础上作者尖锐地批评了统治集团忽视国家的这个根本，不知“务农为先”、“节用以爱农”；不仅奢靡无度，甚且“为众弊以耗之”，多方侵害农民利益。文章逐一分析了“诱民之弊”、“兼并之弊”、“力役之弊”等，笔锋所向，触及了诸如官吏贪婪、军人骄惰、赋役繁重、土地兼并日剧以及凶荒灾害频仍、城市畸形繁荣等等一系列社会问题，可谓切中时弊，对于农民特别是佃农在如此众多弊端侵害下的艰难困苦则表达了深切的同情。本文立论正大，见解超卓，可以视之为后来由范仲淹主持、欧阳修积极参加的“庆历新政”的舆论准备。它不但在当时具有振聋发聩的作用，而且对后代的统治者也有一定的警示和借鉴意义。明代古文家茅坤评曰：

“中多切当时情弊，亦今当事者所宜知。”(《唐宋八大家文钞·欧阳文忠公文钞》评语卷十三)

六一居士传

六一居士初谪滁山，自号醉翁。[①]既老而衰且病，将退休于颍水之上，[②]则又更号六一居士。

客有问曰：“六一，何谓也?”居士曰：“吾家藏书一万卷，集录三代以来金石遗文一千卷，[③]有琴一张，有棋一局，而常置酒一壶。”客曰：“是为五一尔，奈何?”居士曰：“以吾一翁，老于此五物之间，是岂不为六一乎?”客笑曰：“子欲逃名者乎，而屡易其号，此庄生所诮畏影而走乎日中者也；[④]余将见子疾走大喘渴死，而名不得逃也。”居士曰：“吾固知名之不可逃，然亦知夫不必逃也；吾为此名，聊以志我之乐尔。”客曰：“其乐如何?”居士曰：“吾之乐可胜道哉！方其得意于五物也，太山在前而不见，疾雷破柱而不惊；[⑤]虽响九奏于洞庭之野，阅大战于涿鹿之原，[⑥]未足喻其乐且适也。然常患不得极吾乐于其间者，世事之为吾累者众也。其大者有二焉，轩裳珪组劳吾形于外，[⑦]忧患思虑劳吾心于内，使吾形不病而已悴，心未老而先衰，尚何暇于五物哉。虽然，吾自乞其身于朝者三年矣，一日天子恻然哀之，赐其骸骨，[⑧]使得与此五物偕返于田庐，庶几偿其夙愿焉。

此吾之所以志也。”客复笑曰：“子知轩裳珪组之累其形，而不知五物之累其心乎？”居士曰：“不然，累于彼者已劳矣，又多忧；累于此者既佚矣，幸无患。吾其何择哉！”于是与客俱起，握手大笑曰：“置之，区区不足较也。”

已而叹曰：“夫士少而仕，老而休，盖有不待七十者矣。⑨吾素慕之，宜去一也。吾尝用于时矣，而讫无称焉，⑩宜去二也。壮犹如此，今既老且病矣，乃以难强之筋骸，贪过分之荣禄，是将违其素志而自食其言，⑪宜去三也。吾负三宜去，⑫虽无五物，其去宜矣，复何道哉！”

熙宁三年九月七日，⑬六一居士自传。

【注释】

①“六一居士”二句：庆历五年(1045)欧阳修贬滁州，第二年，他四十岁，自号醉翁。滁山，指滁州。 ②将退休于颍水之上：宋神宗熙宁元年(1068)，欧阳修在颍州(今安徽阜阳市)颍水之滨修建房屋，准备退居。欧阳修早在仁宗皇祐元年(1049)知颍州时，称赏颍州西湖风景，就和梅尧臣相约，要以该处作为晚年退休之地。这里将滁州称为滁山，将颍州称为颍水，都是表示要摆脱忧劳烦扰，寄情山水的意思。 ③金石遗文：指其《集古录》中所收集的金石拓本。参见前选《集古录目序》。 ④逃名：指耿介之士逃避名声而不居。语本《后汉书·法真传》：“逃名而名我随。”庄生：指庄子。诮(qiào)：讽刺。畏影而走乎日中：典出《庄子·渔父》：“人有畏影恶迹而去之走者，举足愈数而迹愈多，走愈疾而影不离身。自以为尚迟，疾走不休，绝力而死。不知处阴以休影，处

静以息迹，愚亦甚矣。” ⑤“太山”二句：语本《鹖冠子·天则》：“一叶蔽目，不见太山；两耳塞豆，不闻雷霆。”又刘伶《酒德颂》：“静听不闻雷霆之声，熟视不睹泰山之形。”这里化用其意，表示心中有所专注，一切置之度外，都感觉不到了。太山，即泰山。⑥响九奏于洞庭之野：典出《庄子·至乐》：“咸池九韶之乐，张之洞庭之野。”九奏，即九韶，据说是虞舜时的音乐。阅大战于涿鹿之原：《史记·五帝本纪》记黄帝曾与蚩尤大战于涿鹿之野。涿鹿，地名，在今河北省内。 ⑦轩裳珪组：原指官员的车马、服饰、印信等，此处代指官场中的事务。轩，有帷幕的车子。裳，衣服。珪，官员朝会时手拿的玉制礼器。组，印绶。 ⑧赐其骸骨：这是“同意退休养老”的婉转说法。古代官员向皇帝告老辞退称“乞骸骨”，为“归死故乡”之意；因而皇帝批准同意对官员来说就是“赐骸骨”。 ⑨不待七十者矣：语出《礼记·檀弓》：“七十不俟朝。”意谓朝官七十岁退休。欧阳修提出退休时尚未到七十岁，所以用别人也有不到七十岁就告退的作为自解。 ⑩用于时：指得到皇帝信任，当过高官。讫无称：终究没有做出什么值得称道的政绩。⑪违其素志而自食其言：违背自己一向的志愿，而且言而无信。按，欧阳修中年以后的诗文中不时流露辞官归隐的思想，甚至早在二十多岁任西京留守推官时，就认为做官不应该“老不知止”。所以这里如此说。 ⑫负：担负，这里引申为“有”、“具备”的意思。 ⑬熙宁三年：公元1070年。熙宁，宋神宗赵顼(xū)年号。

【品评】

熙宁三年七月，欧阳修由青州改知蔡州，九月到任，改号“六一居士”，并作此文说明改号之由。这篇文章写得非常别致，它名为“传”，却并不系统记叙生平事迹，而是采用汉代辞赋中常用的主客答问的形式，来专门展现作者自己晚年的生活情趣和鄙弃名利、超然闲旷的心态。文章的主旨在于表达一位看破人生的老人对一种无所牵累的自适之乐的神往和追求，这是作者晚年心境的最真实、最坦诚的表露。明代古文家茅坤评论说：此文“文旨旷达，欧阳公所自解脱在此”。（《唐宋八大家文钞·欧阳文忠公文钞》评语卷十九）清人孙琮更具体而准确地分析和评论作者的用心说：“此传自述其退休之志，不是耽玩此五物，观末幅可见。故篇中详辨既非逃名，亦非玩物，只是畏轩裳珪组之劳其形，忧患思虑之劳其心，所以决志退休，借此五物以自适其乐。入后又欲撇去五物，尤见脱然高寄。”（《山晓阁选宋大家欧阳庐陵全集》评语卷四）从艺术表现上来看，此文写得舒卷自如，跌宕多姿，在看似平淡无奇的文字中，蕴含着幽默感和超然物外的逸情远韵，不愧为传记散文中传诵久远的名篇佳作。

祭苏子美文

维年月日，具官欧阳修谨以清酌庶羞之奠，[①]致祭于亡友湖州长史苏君子美之灵曰[②]：哀哀子美，命止斯邪！小人之幸，君子之嗟。子之心胸，蟠曲龙蛇。风云变化，雨雹交加。忽然挥斧，霹雳轰车。[③]人有遭之，心惊胆落，震仆如麻。[④]须臾霁止，[⑤]而回顾百里，山川草木，开发萌芽。子于文章，雄豪放肆，有如此者，吁可怪邪！

嗟乎世人，知此而已。贪悦其外，不窥其内。[6]欲知子心，穷达之际。金石虽坚，尚可破坏。子于穷达，始终仁义。惟人不知，乃穷至此。蕴而不见，遂以没地。[7]独留文章，照耀后世。

嗟世之愚，掩抑毁伤。譬如磨鉴，不灭愈光。[8]一世之短，万世之长。其间得失，不待较量。哀哀子美，来举予觞！[9]尚飨！[10]

【注释】

①具官：文章底稿上官职的省写。以清酌庶羞之奠：以清酒和肴馔作为祭奠品。　②湖州长史：苏舜卿被削职为民后居于苏州，后又被起复为湖州（今属浙江）长史，未及赴任即病逝。故这里称其最后官衔。　③“忽然挥斧”二句：这是比喻形容苏舜钦的文章才气纵横，有如霹雳车轰鸣，震惊当世。霹雳车：典出《三国志·魏书·袁绍传》：“太祖为发石车，击绍楼皆破，绍众号曰霹雳车。”轰，群车之声。又《续博物志》卷一：“细石形如小斧，谓之霹雳斧。”　④仆：倒下。　⑤须臾：一会儿，形容时间短暂。霁止：雨止天晴，这里指风歇雷止，雨雾消散。　⑥“贪悦”二句：意思是说社会上一般人只能欣赏苏舜钦表现于外的才华，而看不到他内在的道德人品之美。　⑦蕴：包藏于内（指苏舜钦的品德节操）。没地：埋藏到地底下（指苏的品德节操随着他的去世有可能被埋没）。　⑧“譬如”二句：意思是说苏舜钦这个人就像一面铜镜子，光芒不会消灭，越磨越闪闪发光。鉴，铜镜。　⑨来举予觞：快来

喝我奉献在你灵前的酒吧！觞，酒杯。 ⑩尚飨：古时祭文末尾的套语，呼唤亡灵来享用祭品的意思。尚，希望；飨，同“享”。

【品评】

这篇祭文写于庆历八年(1048)，即苏舜钦去世的当年。这实质上也是一篇抒情散文。苏舜钦其人，怀仁义之心，负经世之才，但却不遇于时，怀恨而早死，只留下诗文照耀后世。作者围绕这一点来发抒感情，在痛悼苏舜钦之死的时候，既为其怀才不遇感到惋惜和不平，又为其文学上的非凡成就感到欣慰。文章分为三段。首段在简单地说了几句悼念的话之后就转而描绘其文学成就，用一系列生动的比喻赞扬苏文的诙奇变幻、雄豪恣肆、不同凡响。第二段感叹苏舜钦蕴仁义而不见用，唯以文章流传后世。末段以苏文定能“不灭愈光”、流传久远来安慰亡灵，收束全篇。祭文一般都有不少哀伤悲凉之语，本篇却一反常规，以雄健热烈之语，发慷慨激昂之调，具有一种振奋人心的力量。清人孙琮评论说：此文“通幅不作凄凉憔悴语，纯作豪杰自命语。一起写其文章变幻，真有蛟龙盘舞纸上，隐跃而出。后幅写其文章传世，真如日月昭垂，亘古不相磨灭。笔力之神，一至于此。”(《山晓阁选宋大家欧阳庐陵全集》评语卷四)

祭石曼卿文①

维治平四年七月日，具官欧阳修，谨遣尚书都省令史李歇至于太清，以清酌庶羞之奠致祭于亡友曼卿之墓下，[2]而吊之以文曰：

呜呼曼卿！生而为英，死而为灵。[3]其同乎万物生死而复归于无物者，暂聚之形；[4]不与万物共尽而卓然其不朽者，后世之名。[5]此自古圣贤，莫不皆然。而著在简册者，昭如日星。[6]

呜呼曼卿！吾不见子久矣，犹能仿佛子之平生。[7]其轩昂磊落、突兀峥嵘，而埋藏于地下者，意其不化为朽壤，而为金玉之精；不然，生长松之千尺，产灵芝而九茎。[8]奈何荒烟野蔓，荆棘纵横，风凄露下，走磷飞萤！但见牧童樵叟歌吟而上下，与夫惊禽骇兽悲鸣踯躅而咿嘤。[9]今固如此，更千秋而万岁兮，安知其不穴藏狐貉与鼯鼪？[10]此自古圣贤亦皆然兮，独不见夫累累乎旷野与荒城！[11]

呜呼曼卿！盛衰之理，吾固知其如此，而感念畴昔，悲凉凄怆，不觉临风而陨涕者，[12]有愧乎太上之忘情。[13]尚飨！[14]

【注释】

①石曼卿(994—1041)：名延年，宋州宋城(今河南商丘)人。曾任馆阁校勘、大理寺丞、太子中允等职。他熟悉军事，精通武略，但怀才不遇，中寿而死。作者的《石曼卿墓表》称他“以气自豪”、“与时不合”。　②维：句首语气词。治平四年：公元1067年。治平，宋英宗赵曙年号。按，石曼卿死于仁宗康定二年

(1041),这篇祭文是他死后二十六年追祭时撰写的。具官:古人祭文中的套语。起草文章时先不详细开列作者的官衔,只写“具官”二字,待抄正应用时才填上官衔全称。李敭(yáng):生平不详。太清:河南永城县乡名,石曼卿葬地。清酌:清酒。庶:各种。羞:同“馐”,食品。 ③英:英雄。灵:神灵。 ④“其同乎”二句:意谓人的形体是会同万物一样由生到死、由存在到消亡的。⑤卓然:特异的样子。 ⑥“此自古”数句:意谓这是自古以来任何圣人贤人都不能例外的,史书上的记载就像太阳和星星一样再也明白不过了。著,著录,记载。简册,史册,史书。昭,明显,明白。 ⑦仿佛:隐隐约约地想见。 ⑧“生长松”二句:意谓石曼卿的遗体会化为千尺长松或九茎灵芝,长出地面。九茎,传说灵芝仙草九茎一聚。 ⑨踯躅(zhí zhú):徘徊不前。咿嘤(yī yīng):象声词,象禽兽啼叫声。 ⑩貉(hé):一种与狐相似的野兽。鼯(wú):鼠类,似蝙蝠,能低飞。鼪(shēng):即鼬鼠,俗称黄鼠狼。 ⑪“独不见”句:岂不见旷野荒郊之上那些接连不断的坟墓吗?累累,相连不断。 ⑫畴昔:往昔,从前。陨涕:落泪。⑬有愧乎太上之忘情:比起能够不动感情的圣人来,我是要感到羞愧的。太上,最上,指圣人。《左传·襄公二十四年》“太上有立德”句注:“上圣之人也。”忘情,不动感情。太上忘情,语本《世说新语·伤逝》:王戎曰:“圣人忘情,最下不及情;情之所钟,正在我辈。” ⑭尚飨:古人祭文末尾的套语,祈求死者的灵魂来享受祭品的意思。尚,希望。飨,同“享”。

【品评】

这篇祭文是一篇文学抒情散文，它虽然只有短短三百馀字，却笔墨酣畅地表达了对一位已经去世二十多年的友人的深切怀念之情。其正文部分分为三小段，第一段称颂友人身虽死而声名不朽，表现了作者对他的无比推崇和怀念；第二段哀悼友人生前抱负不凡，死后坟墓荒凉，深寓生命殒灭之悲；第三段回顾以往的交情，更增伤感。全篇感情饱满，气氛悲凉，每一小段开头都呼唤“曼卿”，而以“呜呼”振起，令人可以想见作者把笔临文时的声泪俱下之态。文章不但感情真挚深笃，“文亦轩昂磊落，突兀峥嵘之甚”（吴楚材、吴调侯《古文观止》评语）。这篇文章又可当成诗来读，因为它除了有诗一样的抒情境界外，还用骈散相间的句式写成，而且还押韵，一韵到底，使人读起来如同读诗，感觉抑扬顿挫，琅琅上口。

泷冈阡表

呜呼！惟我皇考崇公卜吉于泷冈之六十年，其子修始克表于其阡。[①]非敢缓也，盖有待也。[②]

修不幸，生四岁而孤。[③]太夫人守节自誓，居穷，自力于衣食，以长以教，俾至于成人。[④]太夫人告之曰[⑤]：“汝父为吏廉，而好施与，喜宾客，其俸禄虽薄，常不使有馀，曰毋以是为我累。[⑥]故其亡也，无一瓦之覆，一垅之植，以庇而为生，吾何恃而能自守邪？[⑦]吾于汝父，知其一二，以有待于汝也。自吾为汝家妇，不及事吾姑，然知汝父之能养也；[8]汝孤而幼，吾不能知汝之必有立，然知汝父之必将有后也。[9]吾之始归也，汝父免于母丧方逾年，[10]岁时祭祀，则必涕泣曰：'祭而丰不如养之薄也。[11]'间御酒食，[12]则又涕泣曰：'昔常不足而今有馀，其何及也！[13]'吾始一二见之，以为新免于丧适然耳。[14]既而其后常然，至其终身未尝不然。吾虽不及事姑，而以此知汝父之能养也。汝父为吏，尝夜烛治官书，屡废而叹。[15]吾问之，则曰：'此死狱也，[16]我求其生不得尔。'吾曰：'生可求乎？'曰：'求其生而不得，则死者与我皆无恨也，矧求而有得邪？[17]以其有得，则知不求而死者有恨也。夫常求其生犹失之死，而世常求其死也。[18]'回顾乳者抱汝而立于旁，[19]因指而叹曰：'术者谓我岁行在戌将死，[20]使其言然，吾不及见儿之立也。后当以我语告之。'其平居教他子弟常用此语，[21]吾耳熟焉，故能详也。其施于外事，吾不能知；其居于家无所矜饰，而所为如此，是真发于中者邪。[22]呜呼！其心厚于仁者邪，此吾知汝父之必将有后也，汝其勉之！夫养不必丰，要于孝；利虽不得博于物，要其心之厚于仁。[23]吾不能教汝，此汝父之志也。"修泣而志之，不敢忘。

先公少孤力学，咸平三年进士及第，为道州判官，泗、绵二州推官，又为泰州判官，[24]享年五十有九，葬沙溪之泷冈。太夫人姓郑氏，考讳德仪，[25]世为江南名族。太夫人恭俭仁爱而有礼，初封福昌县太君，进封乐安、安康、彭城三郡太君。[26]自其家少微时，[27]治其家以俭约，其后常不使过之，曰："吾儿不能苟合于世，[28]俭薄所以居患难也。"其后修贬夷陵，太夫人言笑自若，[29]曰："汝家故贫贱也，吾处之有素矣；汝能安之，吾亦安矣。"

自先公之亡二十年，修始得禄而养。[30]又十有二年，列官于朝，始得赠封其亲。[31]又十年，修为龙图阁直学士、尚书吏部郎中，留守南京，太夫人以疾终于官舍，享年七十有二。[32]又八年，修以非才，入副枢密，遂参政事，又七年而罢。[33]自登二府，天子推恩，褒其三世，故自嘉祐以来，逢国大庆，必加宠锡。[34]皇曾祖府君累赠金紫光禄大夫、太师、中书令，曾祖妣累封楚国太夫人。[35]皇祖府君累赠金紫光禄大夫、太师、中书令兼尚书令，祖妣累封吴国太夫人。皇考崇公累赠金紫光禄大夫、太师、中书令兼尚书令，皇妣累封越国太夫人。今上初郊，[36]皇考赐爵为崇国公，太夫人进号魏国。

于是，小子修泣而言曰：呜呼，为善无不报，而迟速有时，此理之常也。惟我祖考，积善成德，宜享其隆，虽不克有于其躬，而赐爵受封，显荣褒大，实有三朝之锡命。[37]是足以表见于后世，而庇赖其子孙矣。乃列其世谱，具刻于碑。既，又载我皇考崇公之遗训，太夫人之所以教而有待于修者，并揭于阡。[38]俾知夫小子修之德薄能鲜，遭时窃位，而幸全大节，不辱其先者，其来有自。[39]

熙宁三年岁次庚戌四月辛酉朔十有五日乙亥，男推诚保德崇仁翊戴功臣、观文殿学士、特进、行兵部尚书、知青州军州事、兼管内劝农使、充京东东路安抚使、上柱国、乐安郡开国公，食邑四千三百户、食实封一千二百户修表。[40]

【注释】

①皇考：死去的父亲。皇，对先代的尊称。考，旧时父死后称考。屈原《离骚》："朕皇考曰伯庸。"崇公：崇国公的简称。欧阳修父亲名观，字仲宾，因儿子的缘故，被追封为崇国公。卜吉：选择吉日（指埋葬）。泷（shuāng）冈：在欧阳修家乡江西永丰县南之凤凰山。克：能。表于其阡：竖立碑前墓文。阡，墓道。 ②有待：指等待自己成名后皇帝给祖先赐封赠爵。 ③孤：幼而无父称孤。 ④太夫人：指欧阳修的母亲郑氏。守节自誓：指郑氏守寡不改嫁。居穷：处于贫困的境地。长：养育。俾（bǐ）：使。⑤之：指作者自己。 ⑥为吏廉：为官廉洁。欧阳观官位不显，一生只做过几任州县推官、判官等辅佐官，所以称"吏"。施与：以资财帮助别人。毋以是为我累：不要让这些东西（钱财）拖累我。⑦"故其亡也"四句：意思是你父亲死的时候，家中没有留下一间屋、一块地，生活上没有依靠，我凭什么能守寡呢？庇，依靠。恃，依赖，仗着。 ⑧"自吾"三句：意思是我出嫁到你们欧阳家时，虽然婆婆已经去世，我没有来得及侍奉她，但我知道你父亲是个很有孝心的人。姑，古时妇女称丈夫的母亲为姑。能养，指能够以下奉上，也就是对父母有孝心。语本《礼记·祭义》："孝有三：大孝尊亲，其次弗辱，其下能养。" ⑨"汝孤而幼"三句：意思是当初你失去父亲，年龄又很小，我不能预知你将来是否有所建树，但是

我知道你父亲肯定会有子孙继承香火。立，成立，建树。有后，指有后代子孙。 ⑩归：古时女嫁曰“归”。这里即指郑氏嫁到欧阳家。免于母丧方逾年：除去母亲的丧服刚刚超过一年。按，古代规定孝子在父母死后要服丧三年。 ⑪“祭而丰”句：意思是祭礼丰盛不如简陋的生活能多奉养几年。 ⑫间：有时候。御：食用。⑬“昔常不足”二句：意思是母亲生前因家境贫寒不能得到很好的奉养，如今我们有能力吃好的了，可是怎么能赶得上补救母亲生前的不足呢？ ⑭“吾始”二句：意思是我起初一两次看到这种情形，还以为你父亲是因为刚除母丧，犹有馀哀，偶然会有此表现罢了。适然，偶然。 ⑮治官书：处理官府的文书。屡废而叹：多次停下来叹息。废，停下，搁置。 ⑯死狱：该判死刑的案件。⑰矧(shěn)：况，况且。 ⑱“夫常”二句：意思是虽然像我这样的治狱者常常想为罪犯开一条生路，但仍然不免有时误判死刑；何况世上一般治狱的人，其出发点是希求入人于死罪呢？ ⑲乳者：乳母，奶妈。 ⑳术者：占卜算命的人。岁行在戌：古代以干支纪年，此句言“到了戌年的时候”。 ㉑平居：平时。 ㉒施于外事：指在社会上的活动。古代妇女不与闻外事，所以说“吾不能知”。矜饰：装模作样。发于中：出自内心。 ㉓“利虽”二句：意谓为老百姓谋利的事虽然限于个人条件不能博施于众，关键在于要有深厚的仁爱之心。 ㉔咸平三年：公元1000年。咸平，宋真宗赵恒年号。道州：州治为今湖南道县。泗州：州治为今安徽泗县。绵州：州治为今四川绵阳市。泰州：州治为今江苏泰州市。㉕考讳德仪：郑氏的父亲名德仪。考，死去的父亲。讳，死者之名。 ㉖县太君、郡太君：宋代制度，朝廷卿、监和地方知州等官的母亲封县太君；朝廷侍郎、学士和地方观察、留后等官的母亲封郡太君。 ㉗微时：尚未贵显的时候。 ㉘苟合于世：无原则地投合世俗。 ㉙修贬夷陵：指景祐三年(1036)欧阳修因与高若讷书事被贬为夷陵令。当时其母毅然随儿子同往贬所。 ㉚得禄而养：指天圣八年(1030)欧阳修进士及第，随即授官(西京留守推官)食禄。 ㉛始得赠封其亲：庆历元年(1041)十一月，仁宗行郊祀(祭天)礼，欧阳修摄太常博士，十二月，加骑都尉，才达到封赠家属的条件。 ㉜太夫人以疾终于官舍：欧阳修的母亲死于皇祐四年(1052)，时欧阳修任应天知府兼南京留守司事。南京，即应天府，治所为今河南商丘市。 ㉝“又八年”五句：嘉祐五年(1060)欧阳修任枢密副使，次年为参知政事(副宰相)，七年后罢知亳州。非才，才位不相称之意，这是自谦之辞。 ㉞二府：中书省和枢密院，是宋代最高的文武政事机关，并称二府。褒其三世：褒奖和封赠曾祖父母、祖父母、父母三代。大庆：指封建王朝祭祀天地祖宗、册封后妃、立太子等大典。宠锡：指皇帝推恩赐封爵位。锡，同“赐”。 ㉟府君：子孙对祖先的尊称。妣：母死称妣，这里指死去的女性祖先。累赠、累封：指最后封赠的官爵。 ㊱今上初郊：指熙宁元年(1068)十一月神宗即位后第一次行郊祀礼。今上，当今皇上。按，帝王郊祀时，官僚都有晋级封赠。 ㊲不克有于其躬：不能亲身享受。三朝：指宋仁宗、英宗、神宗三朝。㊳并揭于阡：一并记载在墓前的碑文上。 ㊴德薄能鲜：德行浅薄，能力很差。遭时窃位：生逢其时，窃取了高位。这两句都是作者自谦之辞。 ㊵熙宁三年：公元 1070 年。庚戌：熙宁三年的干支。辛酉朔：是当年四月初一的干支。乙亥：是四月十五日的干支,也就是欧阳修写这篇阡表的日期。男:儿子对父母的自称。从"推诚保德"到"食实封一千二百户",是欧阳修当时全部的官衔和封爵。

【品评】

这是欧阳修晚年为其父母的墓道撰写的一篇碑文,是根据他二十年前所撰的《先君墓表》修改补充而成的。这是欧阳修散文的名篇,它向来以感情真挚、描写细腻见称。文中深情地记叙了他父亲对母孝顺、为官清廉、治狱谨慎等美德以及他母亲对他的辛勤抚育、谆谆教诲和支持他坚持正义的实际行动等等。这些具体的内容其实并无惊人之处,但千百年来却打动了广大受众的心,原因就在于作者记叙时不铺陈,不藻饰,不夸张溢美,而是以极朴实的文笔,饱含最真挚的情感来缕述平常的事,使得这些事虽平常却又具有光彩,因此读起来让人感到"语语入情,只觉动人悲感,增人涕泪"(《古文观止》评语)。至于篇中流露的光宗耀祖、阴骘报应等思想,则是属于古人难以避免的历史局限,今人是大可不必苛求的。

资政殿学士户部侍郎文正范公神道碑铭(并序)

皇祐四年五月甲子,资政殿学士、尚书户部侍郎汝南文正公薨于徐州,以其年十有二月壬申,葬于河南尹樊里之万安山下。①

公讳仲淹，[2]字希文。五代之际世家苏州，事吴越。[3]太宗皇帝时吴越献其地，公之皇考从钱俶朝京师，后为武宁军掌书记以卒。[4]公生二岁而孤，母夫人贫无依，再适长山朱氏。[5]既长，知其世家，感泣，去之南都，[6]入学舍，扫一室，昼夜讲诵。其起居饮食，人所不堪，而公自刻益苦。[7]居五年，大通六经之旨，[8]为文章论说，必本于仁义。祥符八年举进士，礼部选第一，遂中乙科，为广德军司理参军，[9]始归迎其母以养。及公既贵，天子赠公曾祖苏州粮料判官讳梦龄为太保，[10]祖秘书监讳赞时为太傅，考讳墉为太师，妣谢氏为吴国夫人。

公少有大节，[11]于富贵贫贱毁誉欢戚不一动其心，而慨然有志于天下。常自诵曰："士当先天下之忧而忧，后天下之乐而乐也。[12]"其事上遇人，一以自信，不择利害为趋舍。[13]其所有为，必尽其方，[14]曰："为之自我者当如是，其成与否有不在我者，虽圣贤不能必，吾岂苟哉？[15]"

天圣中，晏丞相荐公文学，以大理寺丞为秘阁校理。[16]以言事忤章献太后旨，通判河中府。[17]久之，上记其忠，召拜右司谏。当太后临朝听政时，以至日大会前殿，上将率百官为寿，有司已具。[18]公上疏，言天子无北面，且开后世弱人主以强母后之渐，[19]其事遂已。又上书，请还政天子，不报。[20]及太后崩，言事者希旨，多求太后时事，欲深治之。[21]公独以谓太后受托先帝，保佑圣躬，始终十年，未见过失，宜掩其小故以全大德。初，太后有遗命，立杨太妃代为太后。[22]公谏曰："太后，母号也，自古无代立者。"由是罢其册命。[23]

是岁大旱蝗，奉使安抚东南。使还，会郭皇后废，率谏官御史伏阁争，不能得，贬知睦州，[24]又徙苏州。[25]岁馀，即拜礼部员外郎、天章阁待制，召还，益论时政阙失，而大臣权幸多疾恶之。居数月，以公知开封府。开封素号难治，公治有声，事日益简，暇则益取古今治乱安危为上开说。又为百官图以献，曰："任人各以其材而百职修，尧舜之治不过此也。"因指其迁进迟速次序曰："如此而可以为公，可以为私，亦不可以不察。"由是吕丞相怒，至交论上前，公求对辨，语切，坐落职知饶州。[26]明年，吕公亦罢。公徙润州，又徙越州。[27]而赵元昊反河西，上复召相吕公，乃以公为陕西经略安抚副使，迁龙图阁直学士。[28]

是时新失大将，延州危。[29]公请自守鄜、延扞贼，[30]乃知延州。元昊遣人遗书以求和，公以谓无事请和难信，且书有僭号，不可以闻，[31]乃自为书告以逆顺成败之说，甚辩。坐擅复书夺一官，知耀州，未逾月，徙知庆州。[32]既而四路置帅，[33]以公为环庆路经略安抚招讨使兵马都部署。累迁谏议大夫、枢密直学士。

公为将，务持重，不及近功小利。于延州筑青涧城，垦营田，复承平、永平、废寨，熟羌归业者数万户。[34]于庆州，城大顺，以据要害，又城细腰胡芦，于是明珠、灭臧等大族皆去贼为中国用。[35]自边制久隳，至兵与将常不相识，[36]公始分延州兵为六将，训练齐整，诸将皆用以为法。公之所在，贼不敢犯。[37]人或疑公见敌应变为如何，至其城大顺也，一旦引兵出，诸将不知所向，军至柔远，始号令告其地处，使往筑城，至于版筑之用，大小毕具，而军中初不知。[38]贼以骑三万来争，公戒诸将：战而贼走，追勿过河。已而贼果走，追者不渡，而河外果有伏。贼失计，乃引去。于是诸将皆服公为不可及。

公待将吏，必使畏法而爱己。所得赐赉，皆以上意分赐诸将，使自为谢。[39]诸蕃质子，[40]纵其出入，无一人逃者。蕃酋来见，召之卧内，屏人彻卫，[41]与语不疑。公居三岁，士勇边实，恩信大洽。乃决策谋取横山，复灵武，[42]而元昊数遣使称臣请和，上亦召公归矣。

初，西人籍为乡兵者十数万，既而黥以为军。[43]惟公所部，但刺其手，公去兵罢，独得复为民。其于两路既得熟羌为用，使以守边，因徙屯兵就食内地，而纾西人馈輓之劳。[44]其所设施，去而人德之，与守其法不敢变者，至今尤多。

自公坐吕公贬，[45]群士大夫各持二公曲直。吕公患之，凡直公者皆指为党，或坐窜逐。[46]及吕公复相，公亦再起被用，于是二公欢然相约，戮力平贼。天下之士皆以此多二公。[47]然朋党之论，遂起而不能止。上既贤公可大用，故卒置群议而用之。

庆历三年春，召为枢密副使，五让不许，乃就道。既至，数月，以为参知政事，每进见必以太平责之。[48]公叹曰：

"上之用我者至矣，然事有先后，而革弊于久安，非朝夕可也。[49]"既而上再赐手诏，趣使条天下事；[50]又开天章阁召见，赐坐，授以纸笔，使疏于前。公惶恐避席，始退而条列时所宜先者十数事上之。[51]其诏天下兴学取士，先德行不专文辞；革磨勘例迁，以别能否；减任子之数而除滥官；用农桑考课守宰等事。[52]方施行，而磨勘、任子之法，侥幸之人皆不便，因相与腾口。[53]而嫉公者亦幸外有言，喜为之佐佑。[54]会边奏有警，公即请行，[55]乃以公为河东陕西宣抚使。至，则上书愿复守边，即拜资政殿学士，知邠州，兼陕西四路安抚使。其知政事才一岁而罢，有司悉奏罢公前所施行，而复其故。[56]言者遂以危事中之，[57]赖上察其忠，不听。

是时，夏人已称臣，公因以疾请邓州。守邓三岁，求知杭州，又徙青州。[58]公益病，又求知颍州，肩舆至徐，遂不起。[59]享年六十有四。方公之病，上赐药存问。及薨，辍朝一日。[60]以其遗表无所请，[61]使就问其家所欲，赠以兵部尚书，所以哀恤之甚厚。

公为人外和内刚，乐善泛爱，丧其母时尚贫，终身非宾客食不重肉。[62]临财好施，意豁如也；[63]及退而视其私，妻子仅给衣食。[64]其为政所至，民多立祠画像。[65]其行己临事，自山林处士、里闾田野之人，外至夷狄，莫不知其名字，而乐道其事者甚众。及其世次、官爵，志于墓，谱于家，藏于有司者，皆不论著。著其系天下国家之大者，亦公之志也欤。[66]

铭曰：

范于吴越，世实陪臣。[67]俶纳山川，及其士民。范始来北，中间几息。[68]公奋自躬，与时偕逢。事有罪功，言有违从。岂公必能，天子用公。其艰其劳，一其初终。夏童跳边，乘吏怠安。[69]帝命公往，问彼骄顽。有不听顺，锄其穴根。公居三年，怯勇隳完。[70]儿怜兽扰，卒俾来臣。[71]夏人在廷，[72]其事方议。帝趣公来，以就予治。公拜稽首，兹惟艰哉。初匪其难，在其终之。[73]群言营营，卒坏于成。[74]匪恶其成，惟公是倾。[75]不倾不危，天子之明。存有显荣，殁有赠谥，藏其子孙，宠及后世。惟百有位，可劝无怠。[76]

【注释】

①皇祐四年：公元1052年。皇祐，宋仁宗赵祯的年号之一。五月甲子：五月二十日。侍郎：六部主管官的副职。汝南：范姓的郡望。文正：范仲淹死后皇帝赐给他的谥号。薨：古代称诸侯或有爵位的大官的死。十有二月壬申：十二月初一日。河南尹：即河南府，府治今河南洛阳市。 ②讳：即名（专用于称死去的皇帝和尊长）。 ③事吴越：在吴越国作官。吴越，五代时钱镠(liú)在今浙江及江苏东南部、福建东北部建立的国家。下文“钱俶(chù)”是钱镠的孙子。 ④皇考：死去的父亲。卒：死。 ⑤再适：再嫁。长山：宋县名，今山东邹平。范仲淹在朱家时，改姓名为朱说。 ⑥南都：即宋之南京应天府（今河南商丘市）。 ⑦“其饮食”三句：据《宋史・范仲淹传》：“昼夜不息，冬月惫甚，以水沃面；食不给，至以糜粥继之。人不能堪，仲淹不苦也。” ⑧六经：指

儒家经典《诗》、《书》、《礼》、《乐》、《易》、《春秋》。 ⑨祥符八年：即真宗大中祥符八年(1015)。礼部：当时进士试由礼部主持。乙科：举人经礼部试后，再经殿试，中式者分甲、乙科。广德军：宋军州名，治所在今安徽广德县。 ⑩赠：封赠。宋代高级官员追封祖先三代。 ⑪大节：安国家、定社稷的大志。《论语·泰伯》："临大节而不可夺也。" ⑫"士当"二句：范仲淹在他的《岳阳楼记》中也写进了这两句话，为后世所广为传诵。天下，指一切人。 ⑬"其事上遇人"三句：意谓范仲淹不管是侍奉皇帝或对待同僚、下属，完全依据自己的认识行事，从不因个人利害而改变处世为人的宗旨。 ⑭为：作为，办事。方：智术，能力。 ⑮"为之自我者"四句：意谓由我负责的事情就必须这么做，至于事情是否能成功，则并不完全决定于我，即使圣人贤人办事也不能事事都保证能成功，我怎么能苟且敷衍呢？ ⑯天圣：宋仁宗年号(1023—1032)。晏丞相：晏殊，当时任应天府知府。荐公文学，以大理寺丞为秘阁校理：当时范仲淹因母丧去官，晏殊将他召置于应天府学，除丧服后又推荐范入京为秘阁校理。 ⑰"以言事"二句：当时章献太后垂帘听政，天圣七年冬至日，太后准备临朝受贺，仁宗将率百官上寿，为范仲淹谏阻。范又上书请太后还政于皇帝，因此触怒太后。河中府：宋府名，府治在今山西永济市。 ⑱至日：冬至日。上：指仁宗皇帝。有司已具：办事的官员已做好准备。 ⑲北面：指朝拜。古代帝王坐北向南，所以说皇帝无北面朝拜之礼。渐：征兆，苗头，引申指开端。开……之渐，意为"开了……的头"，一般指不好的事。 ⑳请还政天子：请求章献太后撤帘还政于仁宗皇帝。按，当时章献太后垂帘听政已经七年，仁宗已经长大成人，可以亲政了。不报：奏章被留中不答复。 ㉑“及太后崩”四句：仁宗本为真宗李宸妃所生，章献太后刘氏当时是真宗的德妃，将仁宗夺为己子，所以她死后官员们纷纷发难欲加之罪。崩，指帝王和皇后死亡。言事者，指御史等谏官。希旨，迎合在上者的意旨。 ㉒“太后有遗命”二句：章献太后临死时有遗命，尊杨太妃（原真宗的杨淑妃）为皇太后，与仁宗同议军国事。按，章献太后此举的目的在于保护她死后免受攻击。 ㉓册命：册封（皇太后）的命令。 ㉔“会郭皇后废”四句：明道二年（1033）范仲淹奉使安抚东南回朝时，正碰上仁宗要废掉郭皇后，宰相吕夷简因与郭皇后有矛盾，力主废掉她，御史中丞孔道辅则率谏官范仲淹等加以谏阻，并当面谴责吕夷简。结果孔道辅被贬泰州，范仲淹被贬睦州（今浙江建德）。 ㉕又徙苏州：指范仲淹到睦州之后，又被命移知苏州。 ㉖百官图：指景祐三年（1036）五月，范仲淹因宰相吕夷简大量进用其门生故旧为朝官，遂作“百官图”上给皇帝，加以揭露。语切：语言直切，不加讳饰。坐：因此。饶州：宋州名，州治今江西波阳市。 ㉗润州：州治今江苏镇江市。越州：州治今浙江绍兴市。 ㉘赵元昊反河西：指仁宗宝元元年（1038）西夏元昊正式建国称帝。元昊本姓李，宋太宗淳化二年（991）赐其祖父李继迁改姓赵。以公为陕西经略安抚副使：按，范仲淹任陕西经略安抚副使是元昊称帝两年后——康定元年（1040）的事。 ㉙“是时”二句：指康定元年元昊攻延州，鄜延副总管刘平、石元孙等兵败被俘。 ㉚鄜（fū）、延：鄜州和延州，当时属陕西路，是受西夏威胁的边州。捍：阻挡、抵抗。贼：指西夏。 ㉛僭号：指元昊称帝后擅自建立的称呼和年号。不可以闻：不可以转奏宋朝皇帝。㉜夺一官：官阶降一级。耀州：州治今陕西耀县。庆州：州治今甘肃庆阳。 ㉝四路置帅：庆历元年(1041)，朝廷分陕西路为秦凤、泾原、环庆、鄜延四路，各置经略安抚使，以抵御西夏。㉞筑青涧城：青涧为当时战略要地，因有青涧水而得名，范仲淹用种世衡策，在此筑城。地在今陕西青涧县。熟羌：当地的羌族居民。归业：指地区安定之后居民归来恢复农业生产。 ㉟大顺：故城在今甘肃庆阳县北一百五十里。细腰葫芦：故城在今庆阳县西北葫芦河附近。明珠、灭臧：都是当地少数部族。 ㊱隳：废坏。兵与将不相识：宋朝建立后，为了限制武将的权力，防止他们搞兵变夺取政权，有意设立一套制度，使得将不专兵，兵不识将，打仗时都是临时凑在一起，所以不能作战。 ㊲“公之”二句：意谓范仲淹镇守陕西四路时，西夏慑于他的威名，不敢进犯。据宋人王辟之《渑水燕谈录》记载：“范文正以龙图阁直学士帅邠、延、泾、庆四郡，威德著闻，夷夏耸服。蕃部率称曰龙图老子，至于元昊亦以此呼之。” ㊳柔远：故城在今甘肃华池县。版筑：古代的筑城工具。 ㊴赐赉(lài)：皇帝的赏赐。以上意分赐诸将：以皇帝的名义把赏赐分给诸将。使自为谢：让他们自己向皇帝谢恩。㊵诸蕃质子：臣服宋朝的少数部族首领(蕃酋)送到内地作抵押的儿子。 ㊶屏人彻卫：遣走侍从，撤掉卫兵。㊷横山：在陕西北部，主峰在今横山县南，当地盛产盐铁，是西夏的经济要地。灵武：今宁夏灵武市，当时是西夏的政治中心。 ㊸西人：指陕西四路的居民。乡兵：宋代禁军、厢兵之外的一种兵制，选当地的丁壮就地集结训练，以为防守。黥以为军：宋代正规军脸上要刺字，这里是说强迫乡兵为正规军。黥(qíng)，在脸上刺字涂墨。 ㊹两路：指鄜延路、环庆路。屯兵：驻守边区的正规军。纾（shū）：缓和，解除。馈輓之劳：运输粮食之劳。馈，运粮食。輓，拉车。㊺坐吕公贬：即指上文景祐三年范仲淹上百官图与吕夷简等争论事。坐，因为。㊻“凡直公者”二句：意谓支持范仲淹意见的朝官余靖、尹洙等人（包括作者自己在内），都被指为朋党，他们都因此而遭到贬逐。直公，即以范仲淹为有理。㊼多：称赞。㊽参知政事：副宰相。必以太平责之：（皇帝）专以实现治国平天下的责任要求他。㊾“而革弊”二句：意谓如今的弊政是长时间太平久安的环境中积累而成的，一朝一夕难以革除。㊿趣使：促使，催促。(51)避席：离开座位。条列时所宜先者十数事：一条条地陈列当时应该优先解决的十几件事。按，这就是范仲淹的《答手诏条陈十事》，见《范文正公全集》。(52)其诏：指庆历三年（1043）仁宗根据范仲淹建议所下的诏书。磨勘例迁：宋代朝廷有磨勘司，初定文官五年武官七年都得升官，后来每逢皇帝生日、郊祀也要升官，范仲淹认为官冗是由于磨勘太快，官员易至高位，应该加以限制。减任子：宋初定任子之法，台省六品官，诸司五品官，凡历官两任者，子孙都可得荫。后来皇帝生日、郊祀等都加封荫，封荫范围也愈来愈大，官员泛滥成灾，因此范仲淹建议缩减任子之数。用农桑考课：就是改考核户口、赋税为考核农业生产成绩。(53)侥幸之人：不由正道获得利益的人，指那些大官僚既得利益集团。腾口：群起攻击。(53)外有言：指社会上攻击庆历新政的言论。佐佑：本为辅助之意，这里是跟着起哄的意思。(55)“会边奏有警”二句：适逢边关奏报外敌入侵，范仲淹就请求外任。(56)而复其故：指废除新政，一切恢复旧法。(57)危事：指政敌们罗织的朋党、专权、废立等罪名。 ㊳邓州：宋州名，州治今河南南阳市。青州：宋州名，州治今山东青州市。 ㊴颍州：州治今安徽阜阳市。肩舆：轿子。徐：徐州，州治今江苏徐州市。不起："死亡"的婉转说法。 ㊵辍朝：皇帝因事不坐朝。 ㊶遗表：大臣临死前上给皇帝的表文。无所请：没有提出个人的要求。㊷食不重肉：每餐不食用两样肉菜。 ㊸"临财"二句：意谓范仲淹心胸豁达，乐善好施，轻财仗义。 ㊹"及退"二句：意谓范仲淹为官廉洁，不谋私利，家中生活贫苦。 ㊺"其为政"二句：范仲淹勤政爱民，所至都有政绩，深受当时人民爱戴，《宋史》本传说他"为政尚忠厚，所至有恩，邠、庆二州之民与属羌皆画像立生祠祀之"。 ㊻"著其"二句：意谓我写这篇碑铭，主要目的是彰显范仲淹关乎国家大政的那些事迹，而对他个人出处官阀的叙述则比较简略，这与他本人志在天下国家的胸怀也是相一致的。 ㊼陪臣：诸侯的臣子。指范仲淹的祖先原是五代时吴越国之臣。㊽来北：指从江南来到宋都开封。几息：指范氏家世衰微，几乎灭绝。 ㊾夏童：指西夏国主元昊。称之为童，是表示蔑视之意。跳边：在西北边疆横行。跳，跳梁，强横之意，语本《汉书·萧望之传》："今羌虏一隅小夷，跳梁于山谷间。"吏：指宋朝西北边州的官吏。怠安：因安定而懈怠。 ㊿"公居"二句：意谓范仲淹在陕西三年，使士兵怯懦的都变得勇敢起来，把原先被毁坏的城池全部修复了。 (71)"儿怜"二句：意谓边民爱戴他，强敌驯服，都来归顺。儿，指边民。怜，爱。兽扰，猛兽驯服，语本《周礼·夏官》："服不氏掌养猛兽而教扰之。"兽，喻指西夏统治者。 (72)在廷：臣服，与"不廷"（不来朝拜）对举而言。 (73)"初匪"二句：意谓事情不是难在开始，而是难在完成。匪，同“非”。按此二句意本《诗经·大雅·荡》：“靡不有初，鲜克有终。” ㊹营营：往来盘旋的样子。语本《诗经·小雅·青蝇》：“营营青蝇，止于樊。”这里引申指小人的谗言萦绕于朝堂。卒坏于成：事情坏于将要成功之际。指庆历新政功败垂成。 ㊺“匪恶”二句：意谓那些进谗言的小人，不单单是厌恶新政，而且意在扳倒范仲淹。 ㊻“惟百”二句：意谓范仲淹一生的光辉业绩，可以鼓励百官不怠忽国家大事。有位，占有一定职位者，指官员。

【品评】

范仲淹是北宋时期政治改革的先驱者，是我国古代优秀的政治家、军事家，也是欧阳修作为北宋“庆历新政”参与者十分钦仰的领袖人物。这篇碑铭，便是欧阳修为自己素所崇敬的当代政治家精心撰写的传记。这篇传记很有特色，作者对传主生平的记叙，不求其全而只是突出其大节。全文用史家笔法结撰而成，重在叙述传主政治上的所作所为，全力彰显其一生从政所建立的光辉业绩，而对传主的出处官阀只作简略的交代。诚如作者在文中所表白的：“及其世次、官爵，志于墓，谱于家，藏于有司者，皆不论著。著其系天下国家之大者，亦公之志也欤。”这令人自然而然地联想到司马迁《史记》里面那些描写政治人物的列传。明代古文家归有光拿本文和苏轼为司马光所作的《司马温公行状》一文进行比较而评论说：“欧阳碑文正公，仅千四百言，而生平已尽；苏长公状司马温公，几万言，而似有馀旨。盖欧所长在史家，苏则长于策论。两公短长处，学者不可不知也。”（《欧阳文忠公文选》评语卷八)茅坤对这一点进一步具体分析比较说:“盖欧得史迁之髓,故于叙事处裁节有法,自不繁而体已完;苏则所长在策论纵横,于史家学或短。此两公互有短长,不可不知。”(《唐宋八大家文钞·欧阳文忠公文钞》评语卷二十三)

张子野墓志铭

吾友张子野既亡之三年,[①]其弟充以书来请曰:“吾兄之丧,将以今年三月某日葬于开封,不可以不铭,铭之莫如子宜。”呜呼!予虽不能铭,然乐道天下之善以传焉。况若吾子野者,非独其善可铭,又有平生之旧,朋友之恩,与其可哀者,皆宜见于予文,宜其来请于予也。

初,天圣九年,予为西京留守推官,[②]是时陈郡谢希深、南阳张尧夫与吾子野,尚皆无恙。[③]于时一府之士,皆魁杰贤豪,日相往来,饮酒歌呼,上下角逐,争相先后,以为笑乐。而尧夫、子野,退然其间,[④]不动声气,众皆指为长者。予时尚少,心壮志得,以为洛阳东西之冲,贤豪所聚者多,为适然耳。其后去洛来京师,南走夷陵,[⑤]并江、汉,其行万三四千里,山砠水厓,[⑥]穷居独游,思从曩人,[⑦]邈不可得。然虽洛人至今,皆以谓无如向时之盛。然后知世之贤豪不常聚,而交游之难得,为可惜也。初在洛时,已哭尧夫而铭之,其后六年,又哭希深而铭之,今又哭吾子野而铭。于是又知非徒相得之难，而善人君子，欲使幸而久在于世，亦不可得。呜呼！可哀也已。

子野之世，曰赠太子太师讳某，曾祖也。宣徽北院使枢密副使累赠尚书令讳逊，皇祖也。[8]尚书比部郎中讳敏中，皇考也。[9]曾祖妣李氏，[10]陇西郡夫人；祖妣宋氏，昭应郡夫人，孝章皇后之妹也；妣李氏，永安县太君。子野家联后姻，世久贵仕，而被服操履，甚于寒儒。[11]好学自力，善笔札。天圣二年举进士，历汉阳军司理参军，开封府咸平主簿，河南法曹参军。王文康公、钱思公、谢希深与今参知政事宋公，咸荐其能，[12]改著作佐郎，监郑州酒税，知阆州阆中县，就拜秘书丞。秩满，[13]知亳州鹿邑县。宝元二年二月丁未，以疾卒于官，享年四十有八。子伸，郊社掌坐；[14]次从，次幼未名；女五人，一适人矣。[15]妻刘氏，长安县君。

子野为人，外虽愉怡，中自刻苦，遇人浑浑，不见圭角，[16]而志守端直，临事敢决。平居酒半，脱冠垂头，童然秃且白矣。[17]予固已悲其早衰，而遂止于此。岂其中亦有不自得者邪！

子野讳先，其上世博州高唐人，自曾祖已来，家京师而葬开封，今为开封人也。铭曰：

嗟夫子野，质厚材良。孰屯其亨，孰短其长？[18]岂其中有不自得，而外物有以戕？[19]开封之原，新里之乡。三世于此，其归其藏。

【注释】

①张子野：张先，字子野，原籍博州高唐(今山东高唐县)，曾祖移居开封(今属河南)，遂为开封人。天圣二年(1024)进士，官至秘书丞、知鹿邑县。按，北宋时有两张先，皆字子野，但此张先为高唐人，另一位张先则为湖州人，天圣八年进士，是当时著名的词人。注意不要将二人混淆。既亡之三年：去世之后三年。②“天圣九年”二句：已见前《被牒行县因书所见呈僚友》、《书怀感事寄梅圣俞》等诗注。 ③谢希深：谢绛，字希深。张尧夫：张汝士，字尧夫。无恙：健康平安。 ④退然：谦退柔和的样子。⑤南走夷陵：指景祐三年(1036)作者被从京城贬谪到峡州夷陵事，已见前《初出真州泛大江作》等诗注。 ⑥砠(jū)：戴土的石山。水厓(yá)：水边之地。 ⑦曩(nǎng)人：故人，老朋友。曩，昔日，往昔。 ⑧皇祖：已故的祖父。 ⑨皇考：已故的父亲。⑩曾祖妣：曾祖母。下文“祖妣”为祖母，“妣”为母亲。 ⑪家联后姻：指张先的祖母宋氏是太祖孝章宋皇后的妹妹。被服操履：衣着打扮。寒儒：穷书生。 ⑫王文康公：王曙，字晦叔，官至同中书门下平章事，死后谥号为“文康”。钱思公：即钱惟演，他死后的谥号为“思”。宋公：指宋庠，他字公序，官至参知政事(副宰相)。咸：全，都。 ⑬秩满：服官任满。 ⑭郊社掌坐：官名，为中央专司祭祀天地的官署郊社局的属官；郊社局的官职一般由朝臣的子弟荫补，张先曾在朝任秘书丞，故其子张伸得荫补郊社之职。 ⑮适人：出嫁。 ⑯浑浑：浑厚质朴的样子。不见圭角：为人沉着有涵养，不露锋芒。圭角，圭(一种上尖下方的玉器)的棱角，喻指锋芒。 ⑰酒半：酒喝到半醉。童然：光秃秃的样子。

⑱“孰屯”二句：意谓是什么因素阻碍了他，使他不能顺利通达？是什么因素局限了他，使他不能发挥自己的所长？屯，艰难，这里作动词用，有“阻塞”之义。短，亦作动词用，“局限”、“限制”之义。

⑩戕（qiāng）：伤害，损害。

【品评】

欧阳修一生好交游，且笃于友情，把他的许多朋友都真实而生动地写进了自己的文学作品里。张先便是他初入仕途在洛阳为官时就结识的好友之一。早在景祐元年（1034）初，欧阳修在为洛阳诸友画像的《书怀感事寄梅圣俞》一诗中就这样描写过张先：“子野乃秃翁，戏弄时脱冠。”这是说：张先年纪轻轻就败顶了，因为他为人忠厚，朋友们常常拿他的秃顶来开玩笑。这只是写了张先的一个小小的侧面。本文作于张先去世之后，因而全面深入地描写了这个可爱可敬的朋友，尤其是凸显了他“外虽愉怡，中自刻苦，遇人浑浑，不见圭角，而志守端直，临事敢决”的可贵品格与作风，塑造出一个“质厚材良”却不遇于时的文人士大夫的鲜明形象。如同作者所撰写的其他碑志文一样，本文对死者的描述，并不是每事必采，而是着重表彰其出处大节；在叙事时，融合着作者的主观感情，抒情气氛极为浓厚。明代古文家归有光评论本篇说：“工于写情，略于叙事，极淋漓骚郁之致。”（《欧阳文忠公文选》评语卷九）清代古文家刘大櫆又说：“以交游之聚散生死，感叹成文，淋漓郁勃。”（《诸家评点古文辞类纂》评语卷四十六）本篇及本书所选的《尹师鲁墓志铭》、《资政殿学士户部侍郎文正范公神道碑铭》、《祭石曼卿文》等篇，便都是兼具史学与文学双重价值的优秀文章。

尹师鲁墓志铭

师鲁，河南人，姓尹氏，讳洙。[①]然天下之士识与不识皆称之曰师鲁，盖其名重当世；而世之知师鲁者，或推其文学，或高其议论，或多其材能。[②]至其忠义之节，处穷达，临祸福，[③]无愧于古君子，则天下之称师鲁者未必尽知之。

师鲁为文章，简而有法。[④]博学强记，通知今古，[⑤]长于《春秋》。其与人言，是是非非，务穷尽道理乃已，不为苟止而妄随，而人亦罕能过也。[⑥]遇事无难易，而勇于敢为，其所以见称于世者，亦所以取嫉于人，故其卒穷以死。[⑦]

师鲁少举进士及第，为绛州正平县主簿、河南府户曹参军、邵武军判官，举书判拔萃，迁山南东道掌书记，知伊阳县。[⑧]王文康公荐其才，召试，充馆阁校勘，迁太子中允。[⑨]天章阁待制范公贬饶州，谏官御史不肯言，师鲁上书，言："仲淹，臣之师友，愿得俱贬。"贬监郢州酒税，又徙唐州。[⑩]遭父丧，服除，[⑪]复得太子中允，知河南县。赵元昊反，陕西用兵，大将葛怀敏奏，[⑫]起为经略判官。师鲁虽用怀敏辟，而尤为经略使韩公所深知。[⑬]其后诸将败于好水，韩公降知秦州，师鲁亦徙通判濠州。[⑭]久之，韩公奏，得通判秦州。迁知泾州，[⑮]又知渭州，[⑯]兼泾原路经略部署。坐城水洛与边臣异议，徙知晋州，又知潞州。[⑰]为政有惠爱，潞州人至今思之。累迁官至起居舍人、直龙图阁。

师鲁当天下无事时，独喜论兵，为《叙燕》、《息戍》二篇行于世。[18]自西兵起凡五六岁，未尝不在其间。故其议论益精密，而于西事尤习其详。其为兵制之说，述战守胜败之要，尽当今之利害，又欲训土兵代戍卒以减边用，为御戎长久之策，[19]皆未及施为。而元昊臣，西兵解严，师鲁亦去而得罪矣。[20]然则天下之称师鲁者，于其材能亦未必尽知也。

初，师鲁在渭州，将吏有违其节度者，欲按军法斩之而不果。[21]其后吏至京师，上书讼师鲁以公使钱贷部将，贬崇信军节度副使，徙监均州酒税。[22]得疾，无医药，舁至南阳求医。[23]疾革，隐几而坐，[24]顾稚子在前，[25]无甚怜之色；与宾客言，终不及其私。享年四十有六以卒。

师鲁娶张氏，某县君。[26]有兄源，字子渐，亦以文学知名，前一岁卒。师鲁凡十年间三贬官，丧其父，又丧其兄。有子四人，连丧其三。女一适人，[27]亦卒。而其身终以贬死。一子三岁，四女未嫁，家无馀资，客其丧于南阳不能归。平生故人无远迩皆往赙之，[28]然后妻子得以其柩归河南。以某年某月某日葬于先茔之次。[29]

余与师鲁兄弟交，尝铭其父之墓矣，故不复次其世家焉。[30]

铭曰：

藏之深，固之密。石可朽，铭不灭。

【注释】

①河南:河南府,治所在今河南洛阳市。讳:即名,专用于对所尊敬的人物不得不称其名时。 ②推:推崇。多:称赞。 ③处穷达,临祸福:在人生道路上或困顿或顺利,或面临祸事或得到幸福。④简而有法:指作文时能像孔子修《春秋》那样,对素材有所取舍和剪裁,叙事时善于在含蓄中寓褒贬之意。作者在《论尹师鲁墓志》一文中强调这一点说:“述其文,则曰简而有法。此一句在孔子六经惟《春秋》可当之,其他经非孔子自作文章,故虽有法而不简也。” ⑤强记:记忆力强。通知今古:指知识面宽广,贯通古今。 ⑥是是非非:肯定正确的,否定错误的。不为苟止而妄随:绝不轻易放弃自己所坚持的东西,也决不盲目地附和别人。过:超过。 ⑦“其所以”三句:指尹师鲁受到世人称赞的那些特出的品行和才干,又使他受到一些小人嫉妒和怨恨,导致他最终困顿而死。 ⑧绛州正平县:故城在今山西新绛县西南。邵武军:宋军州名,治所在今福建邵武市。书判拔萃:书判工作优等;这是当时州县地方长官荐举佐吏的考语。伊阳县:今河南嵩县。 ⑨王文康公:即王曙(“文康”是他死后的谥号),当时任西京留守、河南府知府。馆阁校勘:官名,为翰林院三馆的属官之一。太子中允:官名,为太子东宫属官之一。 ⑩“天章阁待制”六句:指景祐三年(1036)范仲淹与宰相吕夷简论争、范被贬饶州,尹师鲁、余靖、欧阳修等人亦因支持范而被贬事。详参前选《与高司谏书》、《资政殿学士户部侍郎文正范公神道碑铭》等文及其注。郢州:宋州名,治所在今湖北钟祥。唐州:宋州名,州治在今河南唐河县。⑪遭父丧:尹师鲁之父名仲宣,官虞部员外郎,死于景祐四年。服

除，守孝期满，脱掉丧服。 ⑫赵元昊反：指仁宗宝元元年(1038)西夏元昊建国称帝。葛怀敏：宋大将，时任泾原路马步军副总管兼泾原、秦凤两路经略安抚副使。 ⑬辟：召请。韩公：指韩琦，当时任陕西安抚使。 ⑭好水：指好水川，即今甜水河，源出宁夏隆德东六盘山，西流至甘肃静宁注入苦水河。庆历元年(1041)西夏攻渭州，宋将任福战败于此。秦州：宋州名，州治在今甘肃天水市。濠州：州治在今安徽凤阳市东北。 ⑮泾州：宋州名，州治在今甘肃泾县。 ⑯渭州：宋州名，州治在今甘肃平凉市西。 ⑰晋州：宋州名，州治在今山西临汾市。潞州：宋州名，州治在今山西长治市。 ⑱《叙燕》、《息戍》：是尹师鲁的两篇著名的军事论文，今存于其文集《河南集》中，《宋史·尹洙传》亦全文引录。 ⑲土兵：即乡兵，宋代训练当地丁壮保护地方的一种兵制。御戎：抵御敌兵。 ⑳元昊臣：指元昊于庆历四年(1044)五月向宋朝称臣。得罪：即下文所述其属下告发他"以公使钱贷部将"事。 ㉑"将吏"二句：指陕西路将领刘沪、董士廉因不服从尹师鲁的军令，被尹命令狄青逮捕下狱事。详见《宋史·尹洙传》。 ㉒吏：指董士廉。关于董士廉到京城状告尹师鲁事，详见《宋史·尹洙传》。均州：宋州名，州治在今湖北均县。 ㉓舁(yú)：扛，抬。南阳：即邓州，州治为今河南南阳市。当时范仲淹知邓州，故尹师鲁往依之。 ㉔疾革：病重。隐几：靠着桌子。 ㉕稚子：年幼的儿子。 ㉖县君：宋代中级官员的妻子和母亲的封诰。 ㉗适人：出嫁。 ㉘无远迩：无论远近。迩(ěr)，近。赙(fù)：送钱财帮助别人办理丧事。 ㉙先茔：祖先的坟墓。 ㉚兄弟交：交情有如骨肉兄弟。铭其父之墓：为他的父亲写过墓志铭。不复次其世家：不再重复叙述他的家世。

【品评】

本文作于庆历八年(1048)，即尹洙去世的第二年，当时欧阳修从滁州徙知扬州。尹洙是欧阳修政治上、文学上的知心朋友，一生怀才不遇，在贬谪生涯中抑郁而死，因此欧阳修对他的壮年早逝怀有深沉的惋惜和同情，遂精心结撰了这篇墓志铭。此文不像一般的墓志那样备载死者的家世官阀与仕履生平，而是侧重反映尹洙其人杰出的文学成就、军事才干和处世为人的高风亮节，并特别称道后者。欧阳修作碑志文，一向强调"不虚美，不溢恶"，对人物评价必须实事求是；文字上要求简练含蓄，使读者能够寻味其中的褒贬之意；同时他认为碑志之作不必将死者生前的每一件事都采纳入文，而须突出人物的出处大节，"其事不可遍举，故举其要者一两事以取信"；还须讲究文采，"事信言文，乃能表现于后世"，传之久远。这篇墓志就是充分体现他关于碑志文的创作主张的一篇代表作。所以明代古文家茅坤评论此文说："欧最得意友，亦欧公最着意之文。"(《唐宋八大家文钞·欧阳文忠公文钞》评语卷二十九)

太常博士尹君墓志铭

君讳源，字子渐，姓尹氏，与其弟洙师鲁，俱有名于当世。① 其论议文章，博学强记，皆有以过人。而师鲁好辩，果于有为。子渐为人，刚简不矜饰，能自晦藏，与人居，久而莫知。至其一有所发，则人必惊伏。其视世事，若不干其意，已而榷其情伪，[2]计其成败，后多如其言。其性不能容常人，而善与人交，久而益笃。自天圣、明道之间，予与其兄弟交，其得于子渐者如此。

其曾祖讳谊，赠光禄少卿。祖讳文化，官至都官郎中，赠刑部侍郎。父讳仲宣，官至虞部员外郎，赠工部郎中。子渐初以祖荫，补三班借职，稍迁左班殿直。[3]天圣八年，举进士及第，为奉礼郎，累迁太常博士。历知芮城、河阳二县，佥署孟州判官事，又知新郑县，通判泾州、庆州，知怀州。以庆历五年三月十四日卒于官。

赵元昊寇边，围定川堡，大将葛怀敏发泾原兵救之。[4]君遗怀敏书曰："贼举其国而来，其利不在城堡，而兵法有不得而救者。且吾军畏法，见敌必赴，而不计利害，此其所以数败也。宜驻兵瓦亭，[5]见利而后动。"怀敏不能用其言，遂以败死。刘涣知沧州，[6]杖一卒不服，涣命斩之，以闻，坐专杀，降知密州。君上书为涣论直，得复知沧州。范文正公常荐君材，[7]可以居馆阁。[8]召试不用，遂知怀州，至期月，[9]大治。

是时天子用范文正公，与今观文殿学士富公，[10]武康军节度使韩公，[11]欲更置天下事，而权倖小人不便，三公皆罢去。而师鲁与时贤士，多被诬枉得罪。君叹息忧悲发愤，以谓生可厌而死可乐也。往往被酒，[12]哀歌泣下，朋友皆窃怪之。已而以疾卒，享年五十。至和元年十有二月十三日，其子材葬君于河南府寿安县甘泉乡龙涧里。[13]其平生所为文章六十篇皆行于世。子男四人，曰材、植、机、桴。

呜呼！师鲁常劳其智于事物，而卒蹈忧患以穷死。若子渐者，旷然不有累其心，而无所屈其志，然其寿考亦以不长。[14]岂其所谓短长得失者，皆非此之谓欤？其所以然者，不可得而知欤？

铭曰：

有韫于中不以施，一愤乐死其如归。岂其志之将衰？不然，世果可嫉其如斯。

【注释】

①"君讳源"五句：尹君名源，字子渐，是尹洙的哥哥，兄弟二人都有名于当世。 ②榷：商讨，这里有判定的意思。情伪：真伪，真假。 ③祖荫：尹源的祖父尹文化官至都官郎中，父亲尹仲宣官至虞部员外郎，按宋代的制度，文臣至郎中及员外郎任馆阁职者，许荫子或孙一人为官，因此尹源得以补官。三班借职：宋代武官阶名。宋初承旧制，有所谓借职承旨。后淳化二年(991)改为三班借职，无职掌，为低级武臣阶官。政和二年(1112)改名承信郎。左班殿直：宋武臣阶官名，为三班小使臣，政和二年改名承忠郎。 ④"赵元昊"三句：见前《尹师鲁墓志铭》注⑫、⑭。⑤瓦亭：地名，在今甘肃平凉县境。《元丰九域志》："秦凤路渭州平凉有瓦亭寨。"又《大清一统志》："平凉府：瓦亭驿，在华亭县西北一百八十里。" ⑥刘涣：字凝之，与欧阳修同年中进士。参见

前《庐山高赠同年刘中允归南康》注①。 ⑦范文正公：指范仲淹。文正是他死后的谥号。 ⑧居馆阁：指适合担任馆阁之职。 ⑨期月：一整年。《论语·子路》："苟有用我者，期月而已可也，三年有成。" ⑩富公：指富弼。弼字彦国，洛阳（今属河南）人，官至宰相。欧阳修作此文时，富弼任观文殿学士。 ⑪韩公：指韩琦。欧阳修写此文时，韩琦任武康军节度使。 ⑫被酒：中酒，即醉酒。 ⑬寿安：县名，故城在今河南宜阳县东南。 ⑭寿考：原为长寿、高寿之意，这里指寿命。

【品评】

像前选《尹师鲁墓志铭》一样，本文也是一篇赞颂已故友人的人品大节、并为之鸣不平的抒情文章。全篇分为六段。首段将尹源与其弟洙相比较，状写其性情器识。第二段，简述尹源的先世及本人为宦的经历、去世的日子。第三段叙述其在官的杰出事迹。第四段写尹源怀才不遇，"叹息忧悲发愤"而死。第五段再次将尹源与其弟洙进行比较，与首段相呼应，以加深对才士不遇于时之悲剧的感慨。末段为"铭"，寄寓对友人的无限同情与惋惜。明代古文家归有光认为本篇的抒情风格是"凄凉慷慨"（《欧阳文忠公文选》评语卷九），甚是。近人林纾更具体分析本文的主旨及其抒情脉络道："综言之，此篇颇代子渐不平。既书'卒于官'矣，其下复书'已而以疾卒'，不知子渐之卒为愤时而卒，不能于通判怀州时叙明，书'卒于官'者，为之抑抑不应以怀州终官也。再书卒，则表示有心于国家之举枉错直，为理乱之大关键，语纵牢骚，而系属于国家者至巨。末段极抒哀惋之情，举师鲁互相比较，言师鲁之死，死于忧患；而子渐既淡荣利，似不应死，然仍以愤时嫉俗而死。乃偏言无累，不知好善恶恶之过严，即足为子渐之累。乃吞吐不涉痕迹，是行文之神化处。铭亦劲挺可爱。”（《古文辞类纂选本》评语卷八）

上随州钱相公启[①]

比者及期被代，投版言归。[②]宿官早愧于迷方，书课仅能于自脱。[③]

徒以无庸之迹，曾希一眄之荣。[④]当怀檄以云初，属拥旄之方始。[⑤]相公坐于雅俗，镇以无为。[⑥]民丰四鬴之年，市息三丸之盗。[⑦]行郊憩树，绝无两造之辞；[⑧]托乘载宾，惟奉百金之宴。[⑨]而况西河幕府，最盛于文章；[⑩]南国兰台，莫非乎英俊。[⑪]岂伊末迹，首玷初筵？[⑫]至于怜嵇懒之无能，容祢狂而不辱。[⑬]告休漳浦，许淹卧以弥旬；[⑭]偶造习家，或忘归而终日。[⑮]但觉从军之乐，岂知为吏之劳？[⑯]

芘德已深，游藩未几。[⑰]既而持山国之瑞节，改戎乘而启行。[⑱]荆州遽失于所依，周南遂留于滞迹。[⑲]稍以引去，无复并游之人；[⑳]岿然自存，时有思归之叹。每临风而结想，徒零涕而怀恩。

相公以彝鼎之勋，极公台之重。[㉑]独立不倚，群言互兴。[㉒]中山之箧虽盈，南海之车终辩。[㉓]《系辞》有云：崇高莫大乎富贵；古人叹曰：富贵必履于危机。[24]伏惟推盈虚消长之言，究动静吉凶之理。秉珪璋之德，何恤瑕疵？[25]挺松筠之心，不变霜雪。[26]虽流路之谤，未免三年以居东；[27]而在廷之臣，岂无一言以悟主？[28]俟闻来复，以庆终亨。[29]愿无以理而自明，当要既久而复见。[30]区区之志，实在于斯。徒有恋轩之心，[31]未知报恩之所。

【注释】

①随州钱相公：指钱惟演。钱惟演(962—1034)，字希圣，吴越王钱俶之子。曾官保大军节度使，加中书门下平章事(宰相)，因此称钱相公。钱晚年以使相的身份任西京(今河南洛阳)留守，欧阳修在他帐下任推官。欧阳修写这篇“启”时，钱已因故被贬为崇信军(即随州，治今湖北随州市)节度使，故称随州钱相公。启：旧时一种简短的书信文体。 ②比者：近来。及期被代：指作者推官之任将满，即将有人来取代。投版言归：卸掉公事回去。上古官员以手版记事，投版即指卸掉公事。 ③宿官：守官，指作者任留守推官；迷方：迷于其方，指不熟悉为官之道。这句说自己初入仕途，尚不懂吏事。书课：指留守推官所掌的文书工作；自脱：交差。这句也是谦辞，说自己才力不够，仅仅能够勉强完成文书工作。 ④无庸：无用；希：希求；一眄之荣：承对方稍加看顾的光荣。这两句说，以我这样的无用之才，却荣幸地得到您看顾。⑤怀檄：典出《后汉书·陈寔传》：东汉末年陈寔任颍川郡功曹时，大宦官侯览托太守高伦任用某人为吏，高伦命陈寔以此人为内署文学掾，陈寔知其不能胜任，就怀揣记录高伦指示的檄板请见，向

高说明此人不宜在内署，但侯览之意也不可违，建议用于外署。这句是谦辞，说自己初入留守府时，实在不称职，就像那位不胜任文学掾的汉代小吏一样。拥旄：指古代地方官上任时所携表示官阶与权威的旄节。这两句是说，当我初来这里充任推官时，正值您刚刚拥节来当留守。 ⑥雅俗：泛指社会上各阶层人士。这两句前一句用《后汉书·郭泰传》语，称赞钱在洛阳与社会各界都处得好；后一句用《道德经》，说钱遵循道家"无为而治"的宗旨来镇守西京。 ⑦"民丰"二句：是说在钱惟演治下，西京百姓丰衣足食，盗贼绝迹，市井安定。鬴(fǔ)，同"釜"，古代量器，一鬴合六斗四升。据《周礼》记载，百姓每人有四鬴粮为丰年。三丸之盗，典出《汉书·尹赏传》：西汉时长安奸猾少年常结伙刺杀政府官员以报仇。他们设赤、白、黑三种弹丸，抓到赤丸的去刺杀武吏，抓到黑丸的去刺杀文吏，抓到白丸的留在老窝预备办丧事。 ⑧"行郊"二句：赞颂钱惟演善于断案，使境内没有冤狱和纷争。行郊憩树，用西周召公故事。召公常巡行郊邑，遇有棠树即在其下休憩，并为百姓决狱断案。两造，指争讼的双方，即原告和被告。无两造之辞，指无人告状打官司。 ⑨"托乘"二句：是说钱惟演闲暇时常携带属下及文友们去洛阳郊区游玩宴集。托乘载宾，指用车辆运载宾客。百金之宴，用东晋谢安故事。谢安在土山营造别墅，常携带子侄和宾客去游玩饮酒，每次宴会要花费百金治肴馔。⑩西河：即河西，今甘肃、青海两省黄河以西的地段。东汉班彪避难于河西时，被河西大将军窦融聘为幕府从事，窦融所上的奏章皆由班彪起草。 ⑪兰台：战国时楚国名胜，楚襄王曾游兰台之宫，文学家宋玉、景差等陪侍左右。以上二句指钱的幕府拥有众多的文人墨客。 ⑫伊：语气词。末：卑小；末迹：谦指作者自己。玷(diàn)：玷污，也是谦辞。这两句说，没料到我这么卑小的晚辈却得以参加您的首次宴会。 ⑬嵇：指嵇康。他在《与山巨源绝交书》中描述过自己的种种不拘礼法的“疏懒”之状。祢：指祢衡。他有“狂生”之称，曾因轻慢曹操而受凌辱。这两句说自己虽然疏懒轻狂，却得到钱惟演的怜爱与宽容。 ⑭“告休”二句：刘桢《赠五官中郎将》诗：“余婴沉痼疾，窜身清漳滨。”意指卧病在漳河边。这里借指自己卧病。二句意为，我生了病，蒙您关心，准我休养了许多天。弥旬，达十日之久。 ⑮“偶造”二句：晋山简守襄阳时，常去当地豪族习氏园池游乐，大醉而归。这里借指自己曾陪钱惟演外出探访洛阳郊外名士之家，流连忘返。 ⑯从军之乐：借用王粲《从军诗》：“从军有苦乐，但闻所从谁。”这两句说，作者跟从钱惟演，感到很欢乐，竟忘了职事的劳苦。 ⑰芘(bì)：遮蔽，通“庇”。芘德，指钱惟演对作者的爱护照顾。游藩：仕于诸侯王府；这里指在钱府中做官。这两句说，自己在留守府做官时间虽短，但受钱惟演荫庇之恩已很深。 ⑱山国：多山之地，指随州。瑞节：玉制的符信，供官员调动时用。戎乘：军车；节度使是武职，钱惟演去随州任节度使，故称其车为戎乘。这两句写钱持符节、坐军车去贬所上任。 ⑲荆州依：东汉末王粲因长安大乱，跑到荆州依附刘表。周南：洛阳的古称。滞迹：滞留之迹。这两句说，钱去随州之后，自己突然失去依附，孤单单一个人滞留于洛阳。⑳“稍以”二句：前一句用《史记·平原君列传》的成句，说明钱走后，留守府旧人多半散去；后一句说自己没有游伴了。 ㉑彝鼎：帝王宗庙祭祀的常器；钱曾贵为宰相，故称“彝鼎之勋”。公台：古代星相家说，三台星象征三公之位，在天为三台，在人为三公。钱曾任宰相，故说他极公台之重。 ㉒不倚：不仰仗他人。群言：指小人们的谗言。这两句说钱有自己的操行，因而遭到小人的攻击。 ㉓“中山”二句：前一句用《吕氏春秋》典：魏国乐羊攻中山，胜利之后，魏文侯示以谤书一箧。后一句用《后汉书·马援传》典：马援征交趾班师时，载回一车薏苡治病养身。他死后，有人诬告他载回的是明珠和文犀。经人辩冤，才澄清事实。这两句是在安慰钱：虽然您遭受攻击蒙受冤屈，但终究会得到昭雪的。㉔系辞：《周易》篇名，汉人或称为《易大传》。富贵必履于危机：语出《晋书·诸葛长民传》，指富贵容易招祸。 ㉕珪璋：美玉，比喻人的美德；瑕疵：玉上的斑点，喻人的缺点。恤：忧念。这两句说钱有美德，不必过多计较缺点。言外之意是肯定他瑕不掩瑜。㉖筠（yún）：竹子。松竹不因霜雪而改易常青之色，喻意是希望钱经得起打击和考验。 ㉗“虽流路”二句：用《尚书·金縢》典：周武王死后，成王年幼，周公辅政，管叔等人散布流言说周公将谋害成王，周公为避谤而去东方居住了三年。这里借指钱去随州居住。 ㉘一言之悟主：合用司马迁《报任安书》“左右亲近不为一言”及《汉书·霍光金日磾传赞》“金日磾以笃敬寤主”二语，安慰钱：朝臣一定会进忠言使皇帝醒悟，从而召您回朝。 ㉙来复：往还，一去一来；语出《周易·复卦》：“七日来复。”亨：交好运。这两句说，我等着听到您去而复还，最终交好运的消息。 ㉚既：日全食。见：通“现”。既久而复现，指日食之后重放光明。这里比喻事情会弄清楚。这两句劝钱不要急于马上表白自己，等时间长了自会拨云雾而见青天。 ㉛恋轩之心：依恋您的车驾之心；指作者想念、依恋钱惟演之心。轩，车驾，代指钱惟演。

【品评】

这篇书启写于仁宗明道二年(1033)十二月。在此两年多前，作者受命来到洛阳，在钱惟演的西京留守府中担任推官。钱惟演好读书，善诗文，尤喜奖掖后进。他与著名文士尹洙、梅尧臣等频频唱和，并给与年轻的欧阳修以多方面的指导和帮助。明道二年九月，钱被人弹劾，贬官随州，从此西京留守府众文友风流云散。尚在推官任上的欧阳修感到孤独苦闷，抚今追昔，钱的恩情难以忘怀，于是他向随州发出了这封对钱表示深切怀念和真诚安慰的书信。这是一篇情意绵绵、文辞清丽的抒情佳作。全文抒情分为三层：先以感激的心情，回忆描述西京幕府三年朝夕相处的甜蜜而有意义的生活；次以哀婉的笔调，倾诉恩师走后自己的彷徨无依之感；末以诤友的姿态，晓以祸福荣辱盈亏消长之理，规劝对方达观处世，静待原复。最后一层，是本文主旨所在。但作者并不在开头与中间揭出，而是一波三折，于篇末自然引出规劝之意，行文极纡徐委备之致。文中虽不免有一些官场往来的阿谀之语和溢美之辞，但总的说来恳切真挚，不事虚矫，充分体现了作者高尚的情怀和朴实的文风。从语言使用上看，本文属于正格的骈体。全篇以规整的四六句一贯到底，讲究对仗和声律，绝大部分句子用典，富有骈文固有的形式音韵之美。但它与宋以前的骈文颇有一些不同。最明显的一点就是，风格比较质朴，语言平易自然。通篇以达意为本，用典十分注意切合自己所述之事与所抒之情，文意条畅流转，不使用华丽的词藻和秾艳的色彩。这样的辞章，实际上是作者的文体革新主张在骈文领域的初步实践。近人高步瀛《唐宋文举要》评论欧阳修的骈文道："永叔四六，情韵俱佳，不尚藻丽，一出自然，遂开宋代之体。"用这话来概括本文的特色与优点，可以说是再恰切不过的。

谢致仕表

臣某言：今月十七日进奏院递到敕告，[①]伏蒙圣恩，除臣太子少师，依前观文殿学士致仕者。愚诚恳至，曲轸于皇慈；[②]宠命优殊，特加于常品。[③]本期得谢，更此叨荣。臣某中谢。

伏念臣猥以庸近之材，早遘休明之运。[④]不通之学，既泥古以难施；[⑤]无用之文，复虚言而少实。是以三朝被遇，四纪服劳。[⑥]蒙德重于丘山，论报亡于毫发。[⑦]而年龄晚暮，疾病尪残。[⑧]辄希知止于前人，不待及期而后请。[⑨]自陈悃愊，屡至渎烦。[⑩]既久历于岁时，始曲蒙于开可。[⑪]仍超加于异数，非止赐于残骸。[⑫]道愧师儒，乃忝春宫之峻秩；[⑬]身居畎亩，而兼书殿之清名。[⑭]至于头垂两鬓之霜毛，腰束九环之金带，虽异负薪之里，何殊衣锦之归？[⑮]使闾巷咨嗟，共识圣君之念旧；[⑯]搢绅感悦，皆希后福之有终。[⑰]岂惟愚臣，独受大赐？

此盖伏遇皇帝陛下无私覆物，博爱推仁。以其夙幸遭逢，密契风云之感会；[18]曾经服御，不忘簪履之贱微。[19]致此便蕃，萃于衰朽。[20]虽伏枥之马，悲鸣难恋于君轩；[21]而曳尾之龟，涵养未离于灵沼。[22]馀生易毕，鸿造难酬。[23]

【注释】

①进奏院：宋代官署名，太平兴国七年（982）置，是一个承转公文的机构，负责承转诏敕与三省、枢密院命令及有关各部门文件给诸路；摘录各州章奏事由报告门下省，投递各州文书给各有关部门，等等。②曲轸：深切感念。皇慈：皇帝的恩德。③特加于常品：授予远超出原来品级的官号。按，欧阳修以观文殿学士致仕，特加太子少师的称号，观文殿学士是正三品，而太子少师是从一品，官阶一下提高了三级，所以说是“特加于常品”。④猥（wěi）：谦词，鄙贱的意思。庸近：谦词，平庸浅薄的意思。遘（gòu）：遭遇。休明之运：美好而清明的时代。⑤泥古：拘泥古法，不知变通。⑥三朝：指仁宗、英宗、神宗。欧阳修于仁宗天圣八年（1030）入仕，神宗熙宁四年（1071）致仕，共历三朝。四纪：四十八年。一纪是十二年。按，从天圣八年至熙宁四年共是四十二年，这里说“四纪”是举其成数。⑦“蒙德”二句：意谓皇帝对我的恩德重于丘山，而我对皇帝的回报却微乎其微，比头发丝还轻微。亡，不，不及。⑧尪（wāng）残：衰弱病残。⑨知止：适可而止。语本《老子》：“知足不辱，知止不殆，可以长久。”及期：指到了致仕（交还官职归居于家）的期限。⑩悃愊（kǔn bì）：至诚，诚心诚意。渎烦：冒犯，找麻烦。⑪开可：许可。⑫超加于异数：即上文所说的“宠命优殊，特加于常品”。赐残骸：准许退休。

语本《史记·项羽本纪》：范增曰："愿赐骸骨归卒伍。"按，古时官员向皇帝申请退休叫"乞骸骨"，称皇帝同意其退休叫"赐骸骨"。⑬"道愧师儒"二句：意思是说，我被授予"太子少师"这个崇高称号，但以我的德行实在愧为人师。忝，谦词，辱没之意。春宫，太子所居的东宫的别称，即指太子。峻秩：崇高的品级，指太子少师的称号。 ⑭畎亩：田间、田地。书殿之清名：指观文殿学士的职衔。 ⑮霜毛：指白发。韩愈《答张十一功曹》诗："吟君诗罢看双鬓，斗觉霜毛一半加。"腰束九环之金带：指皇帝的赏赐。《隋书，李德林传》："别赐九环金带一腰。"异负薪之里：指退休后不是回到故乡。负薪之里，指家乡。按，欧阳修致仕后到颍州定居，而不是回家乡庐陵，故云。衣锦之归：语本《汉书·项籍传》："富贵不归故乡，如衣锦夜行。" ⑯闾巷：里弄，泛指民间。咨嗟：叹息，赞叹。圣君念旧：圣明天子顾念旧臣。语本《左传·昭公四年》："王思旧勋。" ⑰搢绅：士大夫。后福：日后的幸福。《后汉书·左雄传》："虞翻上疏曰：'……白璧不可为，容容多后福。'" ⑱风云之会：君臣之间的际遇。语本三国魏吴质《答魏太子笺》："臣幸得下愚之才，值风云之会。" ⑲服御：皇帝所用衣服车骑之物。这里用以比喻臣子，即作者自己。不忘簪履：不忘旧之意。《韩诗外传》卷九记载：孔子出游少源之野，碰见一位妇人在泽畔哭泣，使弟子询问她为什么哭，回答说是因为割蓍草时丢失了头上的蓍簪。弟子问：不就是丢了一个簪子吗，有什么值得如此悲伤的？妇人回答说："非伤亡簪也，盖不忘旧也。"又贾谊《新书·谕诚篇》记载：楚昭王与吴人战，楚军败，昭王逃走时丢了履（鞋子），走出三十步才发现，又折回去将鞋子捡回来。事后左右问他为什么这样爱惜一双鞋，他回答说：楚国虽穷，何惜一履？我只是“恶与偕出弗与偕反（返）也”。这里合二典而用之。 ⑳便蕃：众多。语本《左传·襄公十一年》：“便蕃左右，亦是帅从。”杜预注：“便蕃，数也。” ㉑伏枥之马：自比伏枥之老马，语本曹操《步出夏门行》诗：“老骥伏枥，志在千里。”恋君轩：留恋于帝王。君轩，帝王的车驾，代指帝王。 ㉒曳尾之龟：典出《庄子·秋水》：“庄子钓于濮水，楚王使大夫二人往先焉，曰：‘愿以境内累矣。’庄子持竿不顾曰：‘吾闻楚有神龟，死已三千岁矣，王巾笥而藏之庙堂之上，此龟者宁其死为留骨而贵乎？宁其生而曳尾于涂中乎？’二大夫曰：‘宁生而曳尾涂中。’庄子曰：‘往矣，吾将曳尾于涂中。’”这里借以比喻退休后自由自在的隐居生活。灵沼：传说周文王建于镐京的辟雍灵台四周之环水。《诗经·大雅·灵台》：“王在灵台，于牣鱼跃。”这里借以比喻自己虽然退休，仍然受到君王恩波的涵养。㉓鸿造难酬：帝王的大恩难于报答。鸿造，帝王的宏大恩惠。语本上官游韶《为朝臣贺粱州瑞石表》：“臣等自省微生，幸沾鸿造。”

【品评】

这篇骈体文写于熙宁四年（1071）作者接到朝廷准其致仕的敕告之后。按当时的常规，这种文章不过是向皇帝谢恩的例行公文，一般都是套话连篇，令人生厌，但欧阳修却切合自己的入仕经历和思想感情，把它写得情真意切，情文并茂，典雅得体，韵味深长，成为宋四六中的名篇。文章分为三段，第一段是一个引子，简言接到敕告，蒙皇帝恩准致仕，自己理应致谢。第二段是全篇的中心，极为谦恭地对自己入仕以来的作为进行评价，并叙屡次陈乞致仕，而今始得许可，而蒙格外照顾，依前观文殿大学士，除太子少师，尤感君恩之厚。第三段抒发自己发自内心的感激之情，收束全篇。本文是欧阳修四六文的代表作之一，它情韵俱佳，不尚藻丽，而一出自然，言情述事皆能准确到位，因而对宋代四六文的创作影响很大。明人王志坚引宋人苏轼、元绛之例评点本文说："东坡见此表至'伏枥之马'一联，大以为妙，云：'古人致仕表，未有能到此者。'元厚之《致仕表》云：'跄跄退舞，敢忘舜帝之笙镛？翯翯归飞，亦在文王之灵沼。'又表云：'冥鸿虽远，正依天宇之高华；微藿虽倾，尚溯日华之明润。'皆本欧公语。"（《四六法海》评语卷三）

归田录（四则）[1]

都料匠预浩

开宝寺塔，[2]在京师诸塔中最高，而制度甚精，[3]都料匠预浩所造也。[4]塔初成，望之不正而势倾西北。人怪而问之，浩曰："京师地平无山，而多西北风，吹之不百年，当正也。"其用心之精盖如此。国朝以来，木工一人而已。[5]至今木工皆以预都料为法，有《木经》三卷行于世。世传浩惟一女，年十馀岁。每卧，则交手于胸为结构状，如此踰年，[6]撰成《木经》三卷，今行于世者是也。

卖油翁

陈康肃公尧咨善射，当世无双，公亦以此自矜。[7]尝射于家圃，有卖油翁释担而立睨之，[8]久而不去。见其发矢十中八九，但微颔之。[9]康肃问曰："汝亦知射乎？吾射不亦精乎？"翁曰："无他，但手熟尔。[10]"康肃忿然曰："尔安敢轻吾射？[11]"翁曰："以我酌油知之。"乃取一葫芦置于地，以钱覆其口，徐以杓酌油沥之，自钱孔入，而钱不湿。[12]因曰："我亦无他，惟手熟尔。"康肃笑而遣之。[13]此与庄生所谓解牛、斫轮者何异？[14]

石刘二酒仙

石曼卿磊落奇才，[15]知名当世，气貌雄伟，饮酒过人。有刘潜者，亦志义之士也，常与曼卿为酒敌。闻京师沙行王氏新开酒楼，遂往造焉。[16]对饮终日，不交一言。王氏怪其所饮过多，非常人之量，以为异人，稍献肴果，益取好酒奉之甚谨。二人饮啗自若，傲然不顾。至夕，殊无酒色，相揖而去。明日，都下喧传王氏酒楼有二酒仙来饮。久之，乃知刘、石也。

传讹

世俗传讹，惟祠庙之名为甚。[17]今都城西崇化坊显圣寺者，本名蒲池寺，周氏显德中增广之，[18]更名"显圣"；而俚俗多道其旧名，[19]今转为"菩提寺"矣。江南有大小孤山，在江中嶷然独立，[20]而世俗转“孤”为“姑”。江侧有一石矶，谓之澎浪矶，遂转为“彭郎矶”，云“彭郎者，小姑婿也。”余尝过小孤山，庙像乃一妇人，而敕额为“圣母庙”，[21]岂止俚俗之谬哉！西京龙门山，夹伊水上，自端门望之如双阙，故谓之阙塞，而山口有庙曰阙口庙。余尝见其庙像甚勇，手持一屠刀尖锐，按膝而坐。问之，[22]云：“此乃豁口大王也。[23]”此尤可笑者尔。

【注释】

①归田录：是欧阳修的笔记集，共二卷。系其为官时平日所记，治平四年(1067)因受人诬陷而产生解官归田的强烈念头时编辑成书，并取此名。主要记北宋前期人物事迹、职官制度，兼及官场轶事等等。原文每一则均无标题，本书选录四则，标题为选注者所加。　②开宝寺塔：北宋初年京城开封所建开宝寺内的一座木塔。“开宝”为宋太祖赵匡胤的年号，此寺建于开宝年间，因以命名。　③京师：京城，指开封。制度：这里等于说“设计”。④都料匠：木工的首领。　⑤国朝以来，木工一人而已：自宋朝开国以来，预浩在木工里面要算独一无二的。　⑥踰年：过了一年。踰，同“逾”，越过、超过。　⑦陈康肃公：指陈尧咨，宋初人，宋真宗时任龙图阁直学士尚书工部郎中，“康肃”是他死后的谥号。当世无双：在宋代为第一。关于陈尧咨的善射，《宋史》和很多宋人笔记都有记载，在当时有“小由基”(养由基，春秋时著名的神射手)之称。自矜：自夸。　⑧释担而立睨之：放下担子站着看他射箭。释：放下。睨(nì)，眼睛斜着看。　⑨但微颔之：只是微微点

头，不十分佩服的样子。颔(hàn)，本指下巴颏，这里作动词用，是点头的意思。 ⑩无他：没有什么特别的地方。但手熟尔：只不过手熟罢了。 ⑪忿然：很生气的样子。尔安敢轻吾射：你怎么竟敢小看我射箭的本领？ ⑫“徐以杓酌油沥之”三句：慢慢地用油勺舀满油，然后将油沥成一条线，经过钱孔注入葫芦，而钱不被油沾湿。 ⑬遣之：打发他走。 ⑭庄生：指庄子。它姓庄名周，有《庄子》一书传世。解牛、斫轮：《庄子·养生主》有“庖丁解牛”的故事，《庄子·天道》有“轮扁斫轮”的故事，都是写的长期从事某一专业的工匠技术达到神化境界的寓言。 ⑮石曼卿：名延年，欧阳修的好友，详见前《祭石曼卿文》等篇注。磊落：洒脱不拘，直率开朗的样子。刘勰《文心雕龙·明诗》：“慷慨以任气，磊落以使才。” ⑯造：到，去。 ⑰为甚：最极端，最厉害。 ⑱周氏显德中增广之：五代后周世宗(柴荣)显德年间曾扩建它。 ⑲俚俗：指民间。 ⑳嶷(yí)然：高高地。 ㉑敕额：皇帝亲笔书写的匾额。 ㉒问之：问当地居民。 ㉓此乃豁口大王也：这就是豁口大王呀。按，豁口，缺唇的意思，因为此庙叫阙(缺)口庙，当地人便附会出“豁口大王”这个神。

【品评】

《归田录》一书中有不少文学性、叙事性很强的优秀短章，这里选录的四则便各有特色。

《都料匠预浩》一则，简要记叙了北宋杰出的建筑师预浩的一件轶事，从中可以窥见他科学的头脑、精湛的技艺和当时建筑工艺所达到的水平。

《卖油翁》一则是连中学生语文课本都入选的名篇。这则故事写文武双全的陈尧咨以善射箭而自以为了不起，当他发觉旁观的卖油老人并不叹赏时，先是勃然大怒，而当卖油老人表演了自己熟练的酌油技术后，他才感到爽然若有所失——其实是有所得，亦即明白了自己以前不懂的某种事理。这则故事不但细节描写极为简洁生动，而且揭示了这样一个道理：任何技艺，都必须经过长期认真刻苦的锻炼，才能得心应手，就是人们通常说的“熟能生巧”。

《石刘二酒仙》一则，通过市楼饮酒这样一件小事的描写，活画出两位狂放不拘、直率开朗的文化人的可爱形象，并使我们从一个侧面了解到北宋时期都市的风俗文化特征。

《传讹》一则，实际上是一篇说理文，但却不枯燥地发议论，而是以实例的叙述来证明自己想要阐明的道理：凡事都应该问一个为什么，自己进行考察研究，切不可轻信传闻。

名家精注精评本已出书目

书　名	主要编选者
李白集	郁贤皓(中国李白研究会原会长)
杜甫集	张忠纲(中国杜甫研究会原会长)
韩愈集	卞孝萱(中国韩愈研究会原会长)
白居易集	严　杰(南京大学教授)
王维集	董乃斌(上海大学教授、中国唐代文学学会副会长)
李商隐集	周建国(中国李商隐研究会理事)
柳宗元集	尚永亮(武汉大学教授、博导)
刘禹锡集	吴在庆(厦门大学教授、中国唐代文学学会理事)
杜牧集	罗时进(中国唐代文学学会副会长)
柳永集	王星琦(南京师范大学教授)
欧阳修集	刘扬忠(中国宋代文学学会副会长)
苏轼集	陶文鹏(中国社科院文学所研究员、博导)
三曹集	张可礼(山东大学中文系教授、博导)
陶渊明集	陈庆元(福建师大教授、博导)
二李集	蒋　方(湖北大学教授)
辛弃疾集	刘乃昌(中国李清照辛弃疾学会原会长)
王安石集	王兆鹏(武汉大学教授、博导)
陆游集	蒋　凡(复旦大学教授、博导)
李清照集	王英志(苏州大学教授、博导)
黄庭坚集	蒋　方(湖北大学教授)
李贺集	吴企明(苏州大学教授)
纳兰性德集	施议对(澳门大学教授)